LOCUS

LOCUS

LOCUS

LOCUS

RECREATION

R59
流火風暴（永無天日2） *THROUGH THE EVER NIGHT*

作者：維若妮卡・羅西 Veronica Rossi
譯者：張定綺
責任編輯：江怡瑩　美術編輯：顏一立
校對：呂佳真
法律顧問：全理法律事務所董安丹律師
出版者：大塊文化出版股份有限公司
台北市10550南京東路四段25號11樓
www.locuspublishing.com

**讀者服務專線：0800-006689**
TEL：(02) 87123898　FAX：(02) 87123897
郵撥帳號：18955675　戶名：大塊文化出版股份有限公司


總經銷：大和書報圖書股份有限公司　地址：新北市新莊區五工五路2號
TEL：(02) 89902588　FAX：(02) 22901658
排版：辰皓國際出版製作有限公司 製版：瑞豐實業股份有限公司
初版一刷：2014年4月

定價：新台幣 280 元
Printed in Taiwan

流火風暴：永無天日2 / 維若妮卡・羅西 Veronica Rossi著；
張定綺譯. -- 初版. -- 臺北市 :大塊文化, 2014.4
面；　公分. -- (R;59)
譯自 : THROUGH THE EVER NIGHT
ISBN 978-986-213-208-1(平裝)

874.57　　103001567

永無天日2

# 流火風暴

# THROUGH THE EVER NIGHT

維若妮卡·羅西 Veronica Rossi 著　張定綺 譯

獻給 Elisabeth 和 Flavio

# 譯者說明

本書中的人名，一部分沒有照習慣的方式音譯，而是採用意譯，或發音與意譯混合的方式呈現，在此略做說明。

《永無天日》的背景是未來的地球，當時人類不知製造了什麼樣的可怕災難，只有少數倖存，總數可能不到一百萬。災難過後，有一層濃密的雲霧包圍著地球，終日不散，看不見藍天。濃霧裡有閃電火焰，蓄積能量到一定程度，就像雨一般墜落地面，毀滅房舍、農作物、牲畜、人類。這層雲霧書中稱作Aether，一般譯作「以太」，但由於它具有閃電在雲層中迸發，以及將烈焰灑落大地的特徵，我譯作「流火」。《詩經》中形容夏季日頭赤炎炎，說是「七月流火」，相形之下，本書中的流火更具體，只不過它危害最烈的季節卻是冬季。

一小群菁英分子在災難發生之初，建造了若干密閉城市，把自然界的攻擊阻擋在外，居民仍能享受安全而舒適的生活。密閉城市保存過去的文明與科技之餘，也培養大批科學家研究如何延長人壽，改良基因，使人類能繼續征服惡劣的環境。未能進入密閉城市的人，只好在外界逐漸退化，流火使他們幾乎無法務農，無法定居，生活型態變得相當原始。

無分密閉城市或外界部落，由於每個聚落裡的人數都不多，所有的成年人都彼此認識，所以除了密閉城市裡的高級主管，一般人都有名無姓。密閉城市的人傾向採用與我們這時代差不多的西方傳統名字，外界居民則偏好用自然物命名，例如谷、溪、礁、熊、隼，或許意味著他們與歷史文化漸行漸遠，也或許是融入自然。為了保存這方面的差異，我把外界人的名字都盡可能意譯，有時為了對照上的方便，會保留原來發音的一部分，所以就出現「維谷」（Vale發音維爾，意義是山谷）、「羅吼」（Roar發音羅爾、意義是吼叫）、「李礁」（Reef發音李夫，意義是礁石）這樣的名字。

女主角詠歎調的名字是個例外。她生長在密閉城市，母親卻為她取了一個不傳統的名字。詠歎調非但不存在於自然界，也沒有實體，而是一種歌曲；西洋歌劇中的歌唱部分幾乎都屬於詠歎調的形式。小女孩詠歎調自幼受聲樂訓練，把詠歎調唱得出神入化，這不僅是她取悅母親的方式，後來在她到外界求生時，也提供很大的幫助。把她的名字直譯為詠歎調，有助行文流暢。

另一個重要角色馬龍的名字也要在此一提。Marron原為法語單字，指美洲的逃亡奴隸（源自西班牙文cimarrón），從十六世紀開始，中、南美洲的黑奴有一部分逃亡，集結成山寨，擁有防禦力量，並能生產食物，自給自足，在白種人的虎視眈眈下，生存到二十世紀才逐漸被同化。這種部落一方面對來自非洲不同區域的異族黑種人兼容並蓄，一方面在白種人不斷圍剿下努力維持原鄉的生活方式，形成獨特的文化。我們從馬龍這個人和他的城寨，也看到類似的特質，名字有助於我們理解這個角色，只可惜不能直接用翻譯表達。

本書譯者張定綺

# 1
# 游隼

詠歎調來了。

阿游追著她的氣味，快步奔過黑夜。雖然他的心在胸腔裡突突狂跳，但他仍保持穩定大步，一路在黑暗的林間搜索。羅吼曾告訴他，她又回到了外界，還附上一朵紫羅蘭為證，但阿游除非看到她本人，否則一概不信。

前方有一堆大石塊，他扔下弓箭和皮袋，跳上石堆，爬過一塊又一塊的岩石，直到最高處。天空籠罩著濃密的雲層，散發柔和的流火光芒。他對著起伏的丘陵張望，目光停駐在一大片寸草不生的荒地上。燒焦的地面泛著銀光，這是去年冬天風暴留下的疤痕。從這兒往西，兩天的腳程外便是他的領地，那兒的一大部分看起來也是這副模樣。

阿游看到遠處的營火便緊張起來。他吸一口氣，聞到冷風帶來的煙味。一定是她，而且很近了。

「看到什麼了？」李礁對上面喊。他站在相距約二十呎的下方，汗水在他深褐色的皮膚上閃亮，沿著從他鼻根延伸到耳朵上端、把臉頰切成兩半的那道疤痕流下來，他在喘氣。只不過幾個月前，他們還是陌生人。如今李礁是他隨身護衛的頭領，幾乎跟他形影不離。

阿游爬下來，跳到一灘正在融化的雪上，發出潮濕的咔吱聲。「她在東邊。一哩路。可能更近。」

李礁舉起袖子抹把臉，把辮子撥開，擦掉汗水。通常他輕易就能跟上，但連續兩天急行軍下來，立刻凸顯出他們年齡上的差距。「你說她能幫我們找到永恆藍天？」

「她會幫忙的。」阿游道：「我告訴過你，她跟我們一樣，非找到它不可。」

李礁走上前，距阿游不到一呎，瞇起眼睛說：「你確實告訴過我。」他歪著腦袋吸口氣，動作大膽，充滿野性。他不像阿游那麼刻意掩飾自己的敏銳感官。「但那不是我們追她的原因。」他道。

阿游聞不到自己的情緒，但他可以想像李礁聞到的氣味。熱切、青澀、強烈、生氣勃勃。慾望，濃郁如麝香。不可能聞不到。李礁也是靈嗅者。他對再過幾分鐘就會見到詠歎調的阿游目前的心境一清二楚。氣味從不撒謊。

「那是原因之一。」阿游有點緊張地說。他撿起自己的東西，不耐煩地甩到肩上。「你留在這兒，跟其他人一起紮營。日出時我就回來。」他轉身要走。

「日出嗎，阿游？你以為潮族願意再失去一個血主？」

阿游站定，轉身面對他。「我獨自來過這裡上百次。」

李礁點點頭。「是啊，那時你是獵人。」他從自己的皮袋裡取出一個水袋，慢條斯理地顯得很悠哉——儘管他還在喘氣。「現在的你，身分不比從前。」

阿游盯著樹林看。小枝和葛倫正在那兒聆聽與監視，防範危機。從他離開領地開始，他們一直在保護他。李礁說得對。三不管地帶唯一的法則就是求生。沒有這群護衛，他的生命隨時有危險。阿游緩緩嘆口氣，跟詠歎調獨處一晚的希望破滅了。

李礁用力壓緊水囊的軟木塞。「怎麼樣？主公有何吩咐？」

八百正經的稱呼讓阿游搖頭——這是李礁提醒他責任在身的手段，好像他真的會忘記似的。「你的主公要獨處一小時。」他道，隨即開步向前跑。

「游隼，等一下。你必須——」

「一小時。」阿游回頭喊道。不論李礁想幹嘛，都得等一下。

他確定已甩開李礁之後，便握緊手中的弓，加快腳步。穿越樹叢時，不斷有氣味飄來。濃郁、充滿允諾、濕潤的泥土氣息。來自詠歎調營火的煙味。還有她的氣味。紫羅蘭，甜美而珍貴。

兩腿火辣辣刺痛和新鮮空氣在肺腔裡流動，都令阿游覺得是種快感。冬季流火風暴肆虐，大家都深居簡出，他已經太久沒像這樣跑到野外來了——從他送詠歎調到定居者的密閉城市去找她母親開始。他一直告訴自己，她回到她歸屬的地方，跟她的族人在一起，而他則必須照顧自己的部落。但幾天前，羅吼忽然帶著炭渣回到村裡，告訴他，她又回到外界，而且就在附近。從那一刻起，他滿腦子就只有跟她在一起的念頭。

阿游沿著一道被不久前降下的雨泡得柔軟、且鋪滿新生嫩草的斜坡向下滑，一路往樹林裡掃視，透過樹冠的過濾，流火的光變得黯淡，但他仗著夜視力把所有枝葉都看得一清二楚。詠歎調營火的氣味隨著每一步變得更濃。他忽然想起她喜歡的遊戲：像一道陰影般無聲無息地撲上來，在他臉頰上種下一個吻。他的雙唇不由得綻開一個微笑。

他看到前方有動靜——模糊的人影正穿過樹木。詠歎調跑到看得見的地方來了。靈活。沈默。專注地搜尋這塊區域。看見他，她驚訝得瞪大眼睛，但她沒有放慢腳步，他也沒有。他扔下手中物品，任它們掉落地上，埋首向前狂奔。他知道的下一件事，就是她一頭撞上他的胸膛，結結實實、香氣淋漓地落進他懷裡。

阿游緊緊抱住她。「我好想妳。」他湊在她耳畔低聲道。他把她抱得不能再緊。「我根本不該放妳走。我想妳想得要命。」

他說了一大堆話。說了幾百件他從來沒想到要說的事，直到她退後一步，仰頭對他微笑。然後他就什麼也說不出來了。他看著她細細彎彎、跟頭髮一樣黑的眉毛，還有她灰色眼睛裡慧黠的的光芒。那麼一個纖秀白嫩、精巧美麗的人兒。比他記憶中更美。

「你來了。」她說：「我不確定你會來。」

「我一聽到就——」

話還沒說完，她就摟住他的脖子，他們開始親吻——笨拙、倉促的吻。他們都呼吸得太用力，笑得太狂烈。阿游很想放慢速度，好好品嘗這一切，卻找不到一丁點兒耐心。他不確定是自己還是她先笑了出來。

「我可以表現得更好。」他們同時說話，她說的是：「你長高了。我發誓你長高了。」

「長高？」他說：「但願不要。」

「真的。」她道。她細看他的臉，好像要了解他的一切。她差不多已經辦到了。他們在一起的那段時間，他把從來沒跟別人說過的事都告訴了她。詠歎調的目光落到他脖子上的那串項鍊，忽然收起了笑容。「我聽說發生的事。」她伸手過來，壓在他鎖骨上的重量忽然一輕。「現在你是血主了。」她聲音很低，像在自言自語。「這個……好漂亮。」

他低頭望去，看她用手指撫摸銀色的鍊子。「很重。」他道。現在是他戴上這條項鍊後幾個月來最快樂的一刻。

詠歎調迎上他的眼神，情緒平靜下來。「我對維谷的下場很遺憾。」

阿游望一眼陰暗的樹林，喉頭忽然一緊，他勉強吞嚥一口口水。哥哥死亡的記憶使他夜間難以入眠。偶爾獨處的時候，這件事也讓他呼吸困難。他溫柔地握住詠歎調托著項鍊的手，將兩人的手指交纏在一起。

「以後再說吧。」他道。他們要交換闊別好幾個月的消息。他要跟她談她的母親。自從聽到羅吼帶來的消息，他就想安慰她。但不是她剛回到他身邊的現在。「以後……好嗎？」

她點點頭，眼光裡滿是溫柔的體諒。「以後。」她翻轉他的手，察看炭渣造成的疤痕，一條條粗大的白色紋路，像蠟液流下的痕跡，蛛網般從手指關節分布到手腕。「你還會不舒服嗎？」她用手指撫摸著疤痕，問道。

「不會。它讓我想到妳……妳幫我上繃帶的時候。」他低下頭，把臉頰貼在她臉上。「那是妳第一次碰到我不覺得討厭。」這麼近的距離，到處都是她的氣味，穿透他的身體，讓他覺得既亢奮又沈醉。

「羅吼有講過我要去哪裡嗎？」她問。

「講了。」阿游站直，仰頭張望。他看不見流火，但他知道它在天上，在雲層上流動。每年冬季的流火風暴，一年比一年猛烈，降下烈火與毀滅。阿游知道情況會愈來愈糟。他的部落唯一的生存之道，就是找到傳說中那個沒有流火的地方——也是詠歡調正在尋找的目的地。「他說妳在找永恆藍天。」

「你看到極樂城了。」

他點頭。他們一起到那座密閉城市去找她母親，卻發現它已被流火摧毀。山那麼大的圓頂建築，整個兒倒塌，厚達十呎的圍牆像蛋殼般碎裂。

「夢幻城也會遭到同樣下場，只是時間早晚而已。」她繼續道：「永恆藍天是我們唯一的機會。我聽到的每個消息都指向角族，指向黑貂。」

一聽到這名字，阿游便脈搏加快。他的姊姊麗薇本來去年春季就該嫁給這位角族的血主，但她臨陣脫逃，跑掉了。麗薇還沒現身。過不了多久，他就得去跟黑貂打交道。

「角族的城市還被冰雪封鎖。」他道：「北方的山隘融雪前，沒辦法進入邊緣城。可能還要等幾個星期。」

「我知道。」她道：「我本來以為現在路應該暢通了。只等路一通，我就要去北方。」

她忽然退後一步，向林子裡張望。她的頭不斷快速變換角度。她發現自己是個靈聽者時，他也在場。那時每一種聲音都是新發現。現在他看著她自然而然地把注意力轉移到夜晚的雜音上。

「有人來了。」她道。

「李礁。」阿游道：「他是我的部下。」不可能已經過了一小時，還早得很呢。「附近還有更多。」

阿游意識到她的情緒急轉直下，變得安定而鎮靜。他的心跳也跟著放慢。他已經好幾個月沒有牽掛的感覺了。就從上次跟她分開起。

「你什麼時候要回去？」她問。

「很快。一早。」

「我明白了。」她從他看到項鍊，表情變得疏遠。「潮族需要你。」

阿游搖搖頭。她不了解。「我不是為了跟妳相聚一晚而來，詠歎調。跟我一起回潮族。這裡不安全，而且——」

「我不需要幫助，阿游。」

「我沒那個意思。」他太激動了，沒法子控制自己的思想。他還來不及再說些什麼，就見她又退後一步。手放在腰間的小刀上。幾秒鐘後，李礁就從林子裡走了出來，他縮起寬闊的肩膀，向他們走來。阿游暗地裡咒罵一聲。他需要更多時間跟她在一起。獨處。

李礁一看到詠歎調的戒備與武裝，立刻停下腳步。這可能跟他對定居者的預期不符。阿游也注意到她警戒的表情。李礁橫過半張臉的疤痕和挑釁的目光，看起來並不像個善類。

阿游清一清喉嚨。「詠歎調，這是李礁，我的護衛長。」居中介紹兩個對他都意義重大的人相見，感覺有點彆扭，好像他們本來就該認識似的。

李礁緊張地點一下頭，沒有特定對象，接著狠狠盯了阿游一眼。「借一步說句話。」他急促地說，隨即昂首闊步地走開。

被人用這種態度說話，令阿游怒氣勃生，但他信任李礁。他注視詠歎調。「我馬上回來。」

沒走多遠，李礁就猛然轉過身，辮子甩得滿頭飛。「你現在的情緒是什麼狀態，不需要我告訴你，是吧？那是愚蠢的氣味。你帶我們到這兒來追一個女孩，她把你搞得——」

「她是靈聽者。」阿游打斷他。「她聽得見你的話。」

李礁豎起一根手指。「我要你聽見我的話，游隼。你要為部落著想，絕不能為一個女孩昏頭——尤其她是個定居者。你難道忘記了發生的事？我跟你保證，全部落的人都沒有忘記。」

「綁架不是她的錯，她跟那批人毫無關係，而且她只是半個定居者。」

「她是地鼠，阿游！是他們的一員。所有人都看得出這一點。」

「他們要服從我的命令。」

「或者他們會在背後出賣你。你認為他們要是看到你跟她在一起會怎麼想？維谷只不過是跟定居者私下交易，可從來沒有跟她們上過床。」

阿游撲上前，抓住李礁的背心。他們面對面站著，相距只有幾吋。李礁的怒火使阿游的舌頭底下產生一種冰冷的灼痛。「你表達了你的看法。」阿游放開李礁，退後一步，喘了幾口氣。橫亙在他們之間的沈默，經過方才的爭執，變得無比響亮。

他知道帶詠歎調回潮族會引起什麼樣的麻煩。部落會把孩童失蹤事件都怪到她頭上，只因她是個定居者，不論她是否無辜。他知道這不容易——至少一開始是如此——但他會設法解決問題。不管要面對多少難關，他都要跟她在一起，這就是他身為血主做出的決定。

阿游瞥一眼詠歎調等待的方向，又看一眼李礁。「你知道怎麼著？」

「什麼？」李礁立刻應道。

「你拿捏時機的能力很差。」

李礁抿一下嘴角，伸手摸摸後腦杓，嘆口氣道：「的確如此。」再開口時，他的聲音已沒那麼嚴厲。「阿游，我不願意看到你犯錯。」他對那條項鍊示意。「我知道你為它付出了多大的代價。我不想看到你失去它。」

「我知道我在做什麼。」阿游把冰冷的鍊子捏在手裡。「我有這個。」

## 2 詠歎調

詠歎調眼看著面前的樹木，耳聽著阿游的腳步聲由遠而近，他回來了。她先看見他脖子上的項鍊，然後才看見他的眼睛在黑暗中閃閃發亮。他們的相遇是如此倉促。現在他邁著大步向她走來，她才第一次把他看個清楚。

他英俊挺拔，比她記憶中更卓爾不凡。他確實長高了，她一開始的判斷沒錯，而且肩膀肌肉更發達，正好烘托他高瘦的體型。黯淡的光線下，她看到深色外套和線條俐落合身的長褲，已不是她秋季遇見的那個一身補靪的獵人。他把金髮剪短了，打薄出層次，襯托他的臉，也和她一度熟知、又捲又亂、披頭散髮的模樣大不相同。

他才十九歲，卻顯得比她在夢幻城所有的朋友都老成。但她那些朋友有誰經歷過他的遭遇？有誰要負責照顧幾百個人的安危？一個也沒有。他們來自截然不同的世界。流火，她想。這是定居者和外界人唯一的共通點。它對兩者都構成威脅。

阿游停在幾呎外。微光映著他線條分明的臉，她注意到他眼睛下面有黑圈。他抬手摸著下巴上的鬍碴。那種摩擦的聲音好熟悉，詠歎調覺得自己的指尖彷彿已經碰到了那金色的剛毛。

「李礁的事我很抱歉。」

「沒關係。」她說，但事實並非如此。李礁的話在她腦海裡回響。**定居者**，他這麼稱呼她。**地鼠**。這是罵人。她有幾個月沒聽到這些字眼了。她在馬龍那兒適應得很好，好像那是她的家。

她的目光落在他倆之間的地上。她只需再前進三步。他的腳步大，兩步就夠了。才不過幾分鐘前，他們還擁抱在一起，現在卻像陌生人一般，站得這麼遠。像是一切剛發生了改變。**錯誤**。李礁還說過這個字眼。那他是對的嗎？「也許我該離開。」

「不——留下。」阿游走上前，握住她的手。「忘記他的話。他脾氣不好……比我還糟。」

她抬頭看他：「還糟？」

他挑起嘴角，露出她日思夜想的那種壞壞的笑容。「差一點啦。」他靠近一點，表情變得很嚴肅。「我來這兒，不是只為了跟妳共度一晚，或自告奮勇幫妳忙。我來是為了要跟妳在一起。北方山隘的雪可能還要幾個星期才會融化。我們等雪融化了，一起去找永恆藍天。」他頓了一下，目光完全集中在她身上。「跟我回去，詠歎調，留在我身邊。」

聽到這些話，就有種亮閃閃的東西在她心裡舒展開來。她像記憶一首歌般，把這些話記在心裡：每個音符，用他低沈溫暖的音色徐徐道來。不論發生什麼事，她都會把這些字句收藏在心裡。她唯一的想法就是答應他，卻平息不了盤據肺腑裡的那份焦慮。

「我也想要。」她道：「但現在不是只有我們兩個人了。」他有他對潮族的責任，她這方面也有壓力。夢幻城的保安主管兼執政官黑斯，用阿游的姪兒鷹爪要脅，要求她替他找出永恆藍天的位置。這是她重返外界的原因——眾多原因之一。

詠歎調望著阿游的眼睛，不忍心告訴他黑斯的勒索。他對這件事無能為力，說出來只會讓他擔心。「李礁說，部落會背棄你。」她改口道。

「李礁錯了。」阿游不悅地望向森林。「可能要花一點時間，但他們會適應的。」他握住她的手，眼中亮起一朵微笑。「答應我嘛，我知道妳願意的。如果我沒帶妳回去，羅吼會打我一頓，況且妳還有一個理由該跟我回去，說不定這可以幫妳做出決定。」

他的手沿著她的手臂向上滑行，大拇指掃過她的二頭肌。碰到他弓箭手的老繭，既粗糙又柔軟的觸感令她全身一顫。她聽到微風吹過樹梢的沙沙聲，然後感覺風吹過臉頰的涼意。就因為他，她才能認清與接納自我。

阿游在說話。她必須回溯自己的思路才能跟上。「妳需要標記，沒有標記很危險。隱瞞感官的靈力會被視為詐欺，詠歎調。有人因隱瞞而被殺。」

「羅吼告訴過我。」她道。從離開馬龍的山寨開始，她一直藏身林中，所以沒有標記尚未構成問題。但一旦啟程到北方去，她就會遇到其他人。她不能否認有個靈聽者的刺青會安全得多。

「這種刺青只有血主能授權。」阿游道：「我剛好認識一個。」

「你支持我刺青？即使我只有一半外界人的血統？」

他把頭歪向一側，金色捲髮垂下來遮住眼睛。「是的，我很願意。」

「阿游，但是……」詠歎調欲言又止，不確定要不要把困擾她好幾個月的疑問說出口，但她必須知道答案，即使她會因而心碎。「你告訴過我，你只能跟另一個靈嗅者在一起，而我不是……」她咬緊嘴唇，在腦海裡安全地說完句子的下半截。*我跟你不一樣。我不是你要的那種人。*

他注視著她，她脹紅了臉。不論說或不說，他都聞得到深藏在她內心的不安全感。

他靠過來，伸手勾勒她下巴的輪廓。「妳改變了我對很多事情的想法。這只是其中之一。」

忽然之間，她完全不想離開他了。必須設法讓這件事行得通。部落會因她是個定居者而憎恨她──她可以確定這一點。要是她跟阿游牽著手回營地，潮族就再也不會信任他的判斷力。但如果她和阿游把焦點轉移到其他方面呢？像是集中在對他們雙方都有用的事情上？她想出一個主意。

「你有沒有告訴過潮族任何與我有關的事？」她問。

他皺起眉頭。這問題似乎讓他猝不及防。「我告訴過幾個人，妳會幫忙找到永恆藍天。」

「就這樣？」

「我沒有跟任何人提過我們的私事，如果妳要知道的是這個。」他聳聳肩膀。「那是私人的事……我們之間的事。」

「那就保持這樣。我以盟友的身分跟你回去，我們私人的部分繼續保密。」

他放聲大笑，聲音卻很平板，一點也不愉快。「妳說真的？妳要撒謊？」

「不是撒謊。就像你剛才說的：那是私人的事。這樣我們才能慢慢讓部落接受它。我們先不提我們的事，直到我們知道他們對這件事的看法。我們可以拜託羅吼不要說，他會配合的。但李礁呢？」

阿游點點頭，咬緊牙關說：「他宣誓向我效忠。他會做我要求的任何事。」

樹枝折斷的聲音使她把注意力轉往黑暗的樹林。三種不同的腳步聲，一個比一個沈重。阿游其餘的護衛正在趕過來。他們低聲交談，但每個聲音在她耳中都很分明，就像人的長相一樣各具特色。「有別人來了。」

「讓他們來吧。」阿游道：「那都是我的部下，詠歎調。不需要對他們隱瞞任何事。」

她願意相信他，但他們得提高警覺。作為新領袖，他需要部落的支持。她也不能否認，成為標記者一定會增加她找到永恆藍天的機會，而且前往邊緣城的旅途中，阿游可以提供種種幫助。他既是獵人，也是戰士。善於求生。比她認識的每個人都要適應三不管地帶的生活。這都構成她趁著出發尋找永恆藍天前，到潮族住上幾個星期的好理由。只要她和阿游小心一點，就能獲得他們想要的一切。

阿游的護衛已來到附近，腳步聲愈來愈響。詠歎調踮起腳尖，把手放在他胸前。「這是最好的辦法——最安全。」她悄聲道：「相信我。」

她很快用嘴唇貼一下他的唇，但這根本不夠。她用雙手捧住他的臉，觸摸她懷念的溫柔鬍根，再次堅定而兇猛地親他一下，然後退開。

李礁和另兩個人出現時，她和阿游相隔數步——那是陌生人之間的距離。

# 3 游隼

兩天後，阿游穿過一片橡樹林，潮族的村落就出現在眼前，它高居山坡上，後方是濃雲密布的天空。田壟沿著泥土路往兩旁延伸，直達圍繞這座山谷的山巒下。

從小他便曾多次幻想成為血主，卻從來沒有想過當上血主會是現在這種心情。這是他第一次外出之後回到自己的轄地。天地間的每個人、每棵樹、每塊石頭都屬於他。

詠歎調來到他身旁。「那就是你們的村子？」

阿游調整一下背上的弓箭，掩飾自己的詫異。回程途中，她放在他身上的注意力，不比一眼也不肯看她的李礁，或瞪著她目不轉睛的葛倫與小枝多。夜晚入睡時，他們中間總隔著火堆，白天也幾乎不交談。即使應酬幾句，也非常簡短而冷漠。他討厭在她面前偽裝，但只要這麼做有助於她放心跟他回來，他也願意配合。就這段時間。

「正是。」他點頭道。整天雨勢未歇，現在下的是毛毛細雨。他希望雲層散開，露出陽光或流火——任何光線都可以——但連日來只見陰霾的天空。「我父親把村子建成環形——比較好防禦。我們的木造圍牆遇襲時可以拉出來，封閉房屋之間的空隙。最高的建築……看到那邊的屋頂嗎？」他指點道：「那是炊事房，部落的核心。」

葛倫和小枝從他們身旁走過，阿游頓了一下。那天早晨，他派李礁先行，向族人通報，讓所有人知道，詠歎調將以盟友的身分受他保護。他希望她的來訪盡可能順利。小枝和葛倫走在前面，他讓自己靠近她一點，指向南端一塊燒焦的土地。

「今年冬季，一場流火風暴摧毀了那片樹林。毀了我們一部分最好的農地。」她的情緒衝擊上來，令他肩頭起了一陣小小的震顫。鮮綠色，有薄荷味。她非常警覺，而且緊張得心慌意亂。他已經忘記被另一個人收服是何種感受了，不僅能聞到他們的情緒，而且感同身受。詠歎調還不知道他倆之間有這層連結。去年秋季他沒告訴她，因為自認不會再見到她了，他得盡快處理這事，就等下次跟她獨處的機會。

「損害本來會更嚴重。」他繼續道：「好在我們沒讓火勢蔓延，而且村子沒被擊中。」他看著她仔細觀察遠方。潮族山谷的面積不大，但土地肥沃，靠近海邊，地形利於防禦。她看得出來嗎？只要流火不來打擾，這是個好地方。他不知道現狀能維持多久。在它變成焦土之前，充其量是一年、兩年吧。

「比我預期的漂亮多了。」她說。

他鬆一口氣。「是嗎？」

詠歎調看著他，眼中有笑意。「是啊。」她退開一點，阿游不知道他們是否站得太近。如果假裝是盟友，難道不能交談嗎？一個微笑會太多嗎？這時他看到她聽見了什麼。

柳兒正沿著小路全速跑來，跳蚤追在她身旁。狗兒先趕到，豎起耳朵，對詠歎調齜牙咆哮。

「沒關係的。」阿游道：「牠很友善。」

詠歎調不敢動，把重心放在腳跟，隨時準備逃跑。「看起來不像。」她道。

羅吼告訴過他，過去幾個月來，她已練出一身高明的戰鬥技巧。阿游現在看出來了，她確實進步不少，顯得更強壯、敏捷，也能安然面對恐懼。

他強迫自己把眼光從她身上移開，跪下。「來，跳蚤，給人家一點空間。」跳蚤一吋吋前進，嗅嗅詠歎調的靴子，慢慢搖著尾巴，然後歡喜地躍上前。阿游抓抓牠棕色與黑色夾雜的皮毛。「牠是柳兒的愛犬。他倆形影不離。」

「那我猜，這就是柳兒了。」她道。

阿游直起身來，剛來得及看見柳兒從葛倫和小枝身旁飛奔而過，只匆匆打個招呼：她用她三歲以來一直採取的方式，撲進他懷裡。現在她十三歲，再做這種舉動已嫌太大，但阿游總是被逗笑，所以柳兒還是照做不誤。

「你跟我說只離開幾天的。」阿游一把她放下，她就埋怨著。她穿著平時的衣服——灰撲撲的長褲、灰撲撲的靴子、灰撲撲的襯衫，黑色髮辮裡編著紅帶子，那是用她母親冬季裡特地為她縫製、卻被她拆了的紅裙子上撕下來的布條做的。

阿游微笑道。「也不過幾天嘛。」

「感覺像永遠。」柳兒道，然後她打量詠歎調，棕黑色的眼睛裡充滿狐疑。

詠歎調第一次被逐出夢幻城時，一眼就被看出她是個定居者。她說話的聲音尖銳快捷，皮膚像牛奶一樣白，身上有種令人不快的怪味。如今這些差異都消失了。她現在引人注目是因為另一個原因——也是過去兩天以來，只要她一個不注意，葛倫和小枝就會盯著她看的原因。

「羅吼告訴我，有個定居者要來。」柳兒終於說道：「他說我會喜歡妳。」

「但願他說得對。」詠歎調摸摸跳蚤的頭。那隻狗兒坐在她腳邊，愉快地喘氣。

柳兒仰起下巴。「好吧，跳蚤喜歡妳，所以我可能也會。」她仰頭看阿游，眉頭緊皺，他嗅到她的情緒。通常是種鮮明的柑橘味，但現在他的視界邊緣變得模糊，被陰影籠罩，他知道出了狀況。

「怎麼回事，小柳？」他問。

「我只知道阿熊和懷倫正在等你，他們看起來很不高興。我猜你會想知道。」柳兒的小肩膀一聳；快步跑開，跳蚤在她腳邊跳跳蹦蹦。

阿游往村裡走，納悶著發生了什麼事。阿熊是個大塊頭，人長得像堵牆，心地卻很溫柔，手上永遠有他在田裡幹活沾到的泥巴，凡是跟農耕有關的事都數他最拿手。身材矮小、臉色陰沈的懷倫，是潮族頂尖的漁夫。這兩人成天辯論潮族的資源在哪裡，總在舌戰土地與海洋孰重。阿游希望這回也頂多如此。

詠歎調表現得信心十足，大步與他並肩齊行，穿過大門，來到村子正中央的一片空地，但他聞得出她恐懼中的寒意。他從她的角度看自己的家——一片圍成環形、用木頭和石塊建造的小屋，被海風吹得破舊——他再次困惑她有什麼感想。這兒遠不及馬龍的城寨舒適，跟她在密閉城市裡習慣的生活方式更有天壤之別。

他們剛好在晚餐前抵達——時機太不巧。幾十個人在外面晃蕩，只等開飯。其他人站在自家窗前或門口，瞪大眼睛看好戲。高灰家那群男孩中的一個在指指點點，另一個在旁咯咯笑。小溪從她家門口的板凳上站起來，對著他和詠歎調輪番打量。阿游不無罪惡感地想到，前一年冬季跟她的一次交談。他告訴小溪，他不能跟她交往，因為他煩心的事太多。其實他的煩惱就是詠歎調——當時他以為此生再也見不到她了。

不遠處，阿熊和懷倫正在跟李礁談話。他們望過來時，全都陷入沈默。出於直覺，阿游一直往自己的家走去。他會盡快處理他們的事。他沒看見目前唯一能幫上忙的人：羅吼。

阿游在自家門口停下腳步，用腳把一籃引火的細柴推到一旁。他看著站在旁邊的詠歎調，覺得好像該說些什麼。**歡迎？妳在這兒很安全？**但隨便說什麼都覺得太正式。

「房子很小。」最後他道。

他走進裡面，看到隨便扔在地上的毯子和桌上的髒杯子，不由得縮起脖子。衣服全堆在角落裡，對面牆腳下的一排書橫七豎八。這兒離海雖然還有半小時腳程，但他腳邊的地板上卻有一層沙。他想，以六個男人合住一間房子而言，這種程度的髒亂還不算太糟。

「有六個人住在這兒。」他解釋道：「我後來才遇見他們，自從妳……」他說不出離開這兩個字。原因不明，就是說不出口。「現在他們是我的護衛，全都是標記者。妳已經見過李礁、小枝和葛倫，還有三人是兄弟：海德、海登和迷路。他們三個都是靈視者。阿迷真正的名字是海文，但……以後妳就會知道，這名字很適合他。」他揉揉下巴，強迫自己閉嘴。

「有蠟燭或燈嗎？」她問。

這時他才注意到房間裡很暗。對他而言，這裡每件東西的輪廓都很清晰。但對詠歎調——或其他人——而言，卻是伸手不見五指。他對身為靈嗅者這件事一直很警覺，但總要到這種時刻，他才會想起自己的靈視能力。他不是一般的靈視者，他眼睛真正的強項是在黑暗中視物。詠歎調有次說，這是一種突變——流火對他的視力做了異常的扭曲。他認為這其實是種詛咒，讓他無法忘記身為靈視者的母親在賦予他生命時死去。

阿游打開百葉窗，讓午後的朦朧光線透進來。外面廣場上，隨著詠歎調抵達的消息傳開，八卦也開始營營嗡嗡。他阻止不了。他交叉雙臂，看著她打量這個地方，腸胃一陣陣抽搐。他無法相信她真的在這兒，在他的家裡。

詠歎調走到窗口，站在他身旁，研究窗台上一排鷹爪收藏的老鷹雕刻。阿游知道自己該去見阿熊與懷倫，卻遲遲難以行動。

他清一下喉嚨。「那是鷹爪跟我做的。有模有樣的都是他的傑作，我雕的是看起來像烏龜的那隻。」

她揀出那個雕像，拿在手中翻來覆去。她抬起灰色的眼睛，親切地說：「我最喜歡這個。」

阿游的目光移動到她的唇上。這裡只有他倆獨處。從他上次擁她入懷，這是他們站得最近的一次。

她把木雕放下，退後一步。「你確定我可以留下？」

「是的，房間給妳用。」從他站的位置，可以瞥見他哥哥的床，床上鋪著一條褪色的紅毯子。實際上他並不希望她住在這兒，但已沒有更好的選擇。「我睡那裡。」他偏一下頭，對閣樓示意。

詠歎調把皮袋扔在牆腳，看一眼前門，因他聽不見的聲音而微笑。幾秒鐘後，羅吼就像一道黑色閃電衝了進來。

「終於！」他吼道，還用力抱住詠歎調，害她腳沾不著地。「你們怎麼花了那麼久？別回答。」他看一眼阿游。「我想我知道。」他放下她，緊握住阿游的手：「好在你回來了，游。」

「我錯過了什麼？」阿游咧嘴笑問。

羅吼還來不及回答，懷倫、阿熊、李礁都趕來了，那麼多人擠在房子裡，卻是一片死寂。他們站了好久，每雙眼睛都盯著唯一的陌生人。房間裡的氣氛變得很尖銳，溫度不斷上升，使阿游的視野變成血紅色。他們不要她在那兒。他知道他們會有這種反應，但還是忍不住把雙手攥成拳頭。

「這位是詠歎調。」他壓抑著往她靠過去的衝動，說道：「她有一半定居者的血統，李礁應該已經告訴你們了。她將幫助我們找到永恆藍天，以此交換棲身之所。她在這兒的期間，會以靈聽者的身分接受標記。」

這些話像石頭般從他口裡掉落，雖說都是真話，但因為只包含一部分的真相，所以感覺更像謊言。阿游看到羅吼眼中的質疑。

阿熊上前一步，搓著一雙大手。「請原諒我有疑問，阿游，可是地鼠怎麼會幫助我們？」

懷倫低聲嘟噥了幾句，詠歎調立刻望過去，羅吼也全身緊繃。他們都是靈聽者，所以清楚聽到了他的話。

阿游一陣怒火上湧，很想給懷倫一巴掌。但他發覺自己感受到的，其實是詠歎調的怒火，這讓他心頭一緊。他深深吸一口氣，努力自制。「有話要說嗎，懷倫？」

「沒有。」他答道。「沒有話要說。只是試試她耳朵管不管用。」他冷笑道：「確實管用。」

李礁伸手拍一下懷倫的肩膀，力道大到令這個小個子齜牙咧嘴。「阿熊和懷倫剛剛告訴我，我們不在時發生了什麼事。」他轉換話題。

阿游打起精神，準備處理他們最新的爭執。「說來聽聽。」

阿熊雙臂一叉，擱在寬闊的胸膛上，兩道濃眉揪在一起。「昨晚倉庫失火。我們認為是羅吼帶回來的那個男孩炭渣幹的。」

阿游看一眼羅吼和詠歎調，警覺心高漲。炭渣操縱流火的獨特能力只有他們知道。他們基於保護炭渣，有保密的默契。

「沒有人看到他下手。」羅吼讀出他心意，說道：「他在被抓到前就跑了。」

「他跑了？」阿游問道。

羅吼翻個白眼。「你知道他是怎麼回事。他會回來的。他向來如此。」

阿游伸展一下那隻滿是疤痕的手。要不是親眼看到炭渣把一群烏鴉族的人燒成灰燼，他也不信。「損失有多嚴重？」

阿熊朝門口歪歪頭。「帶你去看一眼，比較簡單。」話畢，他就帶頭往外走。

阿游在門口頓了一下，回頭看一眼詠歎調。她輕輕聳一下肩膀，表示了解。他們剛來不到十分鐘，他就被迫離開她。他討厭這樣，卻沒得選擇。

炊事房後面的倉庫，是一個很長的石砌房間，一排排的木架上堆著裝穀物的容器、裝香料與藥草的罐頭，以及一籃籃早春的蔬菜。寒冷的空氣裡通常都飄浮著食物的氣味，但這回阿游一走進去，只聞到濃郁的木頭焦臭味。此外還有少許流火嗆鼻的味道——也是炭渣特有的味道。

損害局限在庫房一角。一座架子的一部分不見了，燒光了。

「他一定是打翻了一盞燈或什麼。」阿熊抓抓腮邊黑鬍道：「我們已經立刻趕到了，但損失還是不小，不得不扔掉兩箱穀物。」

阿游點點頭。他們承擔不起食物的損失。潮族的口糧配給已經在緊縮之中。

「那孩子偷你的東西。」懷倫道：「他還偷我們大家的東西。下次我看見他，一定把他趕出領地。」

「不。」阿游道：「帶他來見我。」

# 4 詠歎調

「妳還好吧？」房間空了以後，羅吼悄聲問道。

詠歎調先吁口氣才點頭，其實她不很確定。除了羅吼和阿游，剛才站在屋子裡的人都因為她的出身而看不起她。只因為她是「她」。

一個定居者。一個住在密閉城市裡的女孩。**婊子地鼠**，正如懷倫方才壓低聲音說的。她已經準備好面對這種待遇，尤其看了幾天李礁的冷眼之後，但結果還是令她震撼。她這才想到，如果阿游進入夢幻城，可能也是一樣，甚至更糟。夢幻城的警衛對外界人一律格殺勿論。

她轉身背對房門，打量這個舒適而擁擠的住家。一側是張搭配彩繪椅子的餐桌，後面架子上擺著五顏六色的碗盤。火爐前有兩張皮椅，陳舊但看起來很舒服。對面牆腳下有一籃籃書本和木製玩具。這兒清冷安靜，有煙和舊木頭的味道。

「這是他的家，羅吼。」

「是的，沒錯。」

「真不敢相信我在這兒，比我想像中溫暖。」

「本來還更溫暖。」

一年前，這棟房子住滿了阿游的親人，現在只剩他一個。詠歎調感到好奇，是否因為如此，六人組才睡在這裡。他們一定也可以住到別處。或許家裡擠滿人，可以幫助阿游不再思念家人。但她對此深感懷疑。沒有人能填補她母親留下的空虛。人是無法取代的。

她憶起自己在夢幻城的房間，灰色牆壁和一座嵌入式抽屜櫃，空間很小，家具不多，但很整潔。那房間一度是她的家，現在她已不再想念它，感覺就像住在鐵盒裡一樣毫無吸引力。她想念的是從前在那裡的感覺，安全，有人愛，周圍的人都接納她，不會悄聲用婊子地鼠這種字眼稱呼她。

她這才想到，如今她已沒有一個屬於自己的地方。沒有可以擺在窗沿上的老鷹雕像，沒有任何東西證明她曾經存在過。所有物品都是虛擬的，收藏在虛擬世界裡，都不是真實的存在。她甚至連母親都沒有了。

一陣輕飄飄的感覺襲上心來，像斷了線的氣球，在空中飄蕩，只有空氣。

「妳餓了嗎？」什麼也不知道的羅吼，在她背後問道，他的聲音總是那麼輕鬆愉快。「我們通常在炊事房吃飯，但我也可以端些東西來，就在這兒吃。」

她轉過身，羅吼臀部靠著桌子，叉起手臂，他從頭到腳一身黑，跟她一樣。

他微笑道：「不及馬龍那兒舒服，是嗎？」

過去幾個月他們一起度過，他在等腳傷痊癒，而她卻要治療更深的傷口。一點一點，一天一天，他們互相提攜，幫助彼此康復。

羅吼的笑容擴大了。「我知道。妳想念我。」

她翻個白眼：「離上次見面還不到三個星期咧。」

「一段悲慘漫長的時間。」他道：「怎樣，吃飯嗎？」

詠歎調瞥一眼門口。如果要潮族接納她，就不能躲起來，必須直接面對他們。她點頭道：「帶路吧。」

「她皮膚太光滑了吧——像鰻魚一樣。」

充滿惡意的言詞傳到詠歎調的耳裡。

她跟著羅吼，甚至還未落座，部落居民就開始對她評頭論足。她拿起一根沈重的湯匙，攪動面前那碗燉肉，努力把注意力轉移到其他事情上。

炊事房的結構很粗糙，有點像中世紀的大廳，又有點像狩獵時暫住的木屋。有好多支架式的大桌子和蠟燭。兩端各有一座烈焰咆哮的大火爐。孩子在廳裡跑來跑去，嬉鬧聲混合著燒開水的咕嚕聲和木柴的劈啪聲，也混合著湯匙碰撞和大夥兒交談、吃喝的呼嚕聲。一聲打嗝，一陣笑聲，一隻狗汪汪叫，所有的聲音都被厚實的石牆放大。嘈雜聲中，刻薄的低語還是特別清晰地送進她耳裡。

兩名年輕婦女隔著一張桌子聊天。其中之一是個漂亮的金髮女郎，有雙嫵媚的藍眼。就是這女孩，在詠歎調走進阿游房子時，盯著她不放。這一定是小溪，她的妹妹克拉拉也在夢幻城。維谷把她跟鷹爪一齊賣了，換取潮族所需的糧食。

「我還以為定居者一呼吸外界的空氣就會死。」小溪低聲道，眼睛瞟著詠歎調。

「會啊。」另一個女孩道：「但我聽說她只是半個地鼠。」

「真的有人跟定居者交配？」

詠歎調握緊湯匙。她們在侮蔑她去世的母親和身分神祕的父親。接著她震撼地想到一件事。一旦潮族知道真相，也會以同樣方式評論她和阿游，說他們是交配。

「阿游說要給她紋標記。」

「一隻有靈力的地鼠。」小溪道：「難以相信。她是什麼？」

「靈聽者，我想。」

「所以她聽得見我們說話。」

笑聲。

那聲音讓詠歎調咬牙切齒。一直默默坐在她身旁的羅吼靠過來。

「聽清楚她們講的每一個字。」他湊在她耳邊道：「那是妳來這兒最重要的目的。」她瞪著面前的燉肉，心跳劇烈。

「別吃鱈魚，煮過頭了，很可怕。」

她用手肘頂他的肋骨。「羅吼。」

「我說真的，硬得像橡皮。」羅吼望向桌子對面。「難道不是嗎，老威？」他問一個鬢髮斑白、鬍子亂七八糟的老頭兒。

雖然詠歎調已在外界生活了好幾個月，但皺紋、疤痕和種種衰老跡象，還是會讓她驚訝。從前她覺得這些特徵很噁心，這人皺紋密布的臉卻讓她微笑。原來外界的人會把經驗像紀念品一般穿戴在身上。

詠歎調先前見過的柳兒，坐在老威旁邊。她覺得有個重量壓在靴子上，低頭便看見跳蚤。

「爺爺，羅吼問你話呢。」柳兒道。

老人把耳朵轉向羅吼：「你說啥，漂亮人兒？」

羅吼提高音量道：「我告訴旁邊這位詠歎調，別吃鱈魚。」

老威仔細打量她，抿緊嘴唇，做出苦惱的表情。詠歎調等他答話，臉頰卻開始燥熱。聽人家私下耳語是一回事，當面受排斥又是另一回事。

「我七十歲啦。」最後他道：「七十歲，身體很棒。」

「老威不是靈聽者。」羅吼悄聲道。

「看得出來，謝謝你告訴我。他剛稱呼你漂亮人兒嗎？」

羅吼點點頭，邊吃邊說：「能怪他嗎？」她看一眼他勻稱的五官。「不，確實不能。」她道，雖然羅吼皮膚黑，需要「漂」，也不夠「亮」。

「所以妳要做標記。」他道：「要我做妳的見證嗎？」

「我以為阿游——游隼會做。」詠歎調說。

「阿游負責批准，並且會主持儀式，但那只是一部分。只有血主才能做的部分。」坐在羅吼對面一個壯碩的女人湊過來說：「擁有妳這種感官靈力的人，必須宣誓妳的聽力是真的。如果妳是靈聽者，只有別的靈聽者才能做妳的見證。」

詠歎調微笑，注意到這女人特別強調如果二字。「我確實是靈聽者，所以就這樣嘍。」婦人用蜜糖色的眼睛打量她。她似乎做了個決定，嘴角的冷酷線條忽然柔和下來。「我叫茉莉。」

「茉莉是我們的治療者，也是阿熊的妻子。」羅吼道：「不過她比那個大塊頭兇多了，對不對，茉莉？」他回頭看著詠歎調：「所以見證我來做，妳覺得如何？我是完美的人選。每件事都是我教妳的。」

詠歎調搖搖頭，努力克制笑意。確實，羅吼是完美的人選。他教她所有與聲音有關的知識——還有如何用刀。「每件事。除了謙虛。」

他扮個鬼臉：「誰需要它？」

「嗯，我不知道。說不定是你，漂亮人兒。」

「胡扯。」他道，隨即繼續用餐。

詠歎調強迫自己做同樣的事。那道燉菜很美味，有大麥和白肉魚，但她吃了幾口就吃不下了。不僅因為整個部落都在講她的悄悄話，也因為她覺得大家都在瞪著她，密切注意她的一舉一動。

她放下湯匙，伸手到桌子底下，拍拍跳蚤的頭。牠對她眨眨眼，靠過來一點。牠有種虛擬世界裡的狗都缺乏的聰明表情。她從不知道動物也有如此鮮明的個性。這不過又是她從前的生活和現在的生活無數差異當中的一項。她好奇潮族會不會改變對她的看法，就像跳蚤一樣。

食堂裡的交談聲忽然靜止，詠歎調抬起頭來。阿游和三個年輕男子從門口走進來，他們全都是金髮，個子很高，其中兩人跟阿游一樣肌肉發達。她猜他們就是海德和海登。第三個跟在後面，落後幾步，比他們矮一個頭，大概就是迷路。他們都有靈視者的派頭：背著弓箭，抬頭挺胸，不斷掃視四方。

阿游一眼就看見她。他點一下頭——盟友之間最安全的打招呼方式，但已讓她屏住呼吸，滿懷渴望。他跟三兄弟坐在靠近門口的桌上，被許多人頭擋住。幾分鐘後，無情的話語再度飄進她耳裡。

「她看起來不像真人。我打賭，即使割她一刀，她也不會流血。」

「我們試試看。輕輕割一下，看是真是假。」

詠歎調沿著聲音望去，迎上小溪凌厲的藍眼。詠歎調把手放在羅吼手腕上，很慶幸他有種獨特能力，能藉由肌膚接觸聽見別人的思想。她發現他有這種能力時，並沒有大驚小怪。這跟她戴了一輩子的智慧眼罩差不多，後者也有類似的運作——藉由實質接觸聽見思想模式。

那是阿游的女朋友，她用思想對他說。是嗎？

羅吼靜止不動，湯匙舉在半空中。「不是……妳才是，我很確定。」

她好惡毒，我很想傷害她。

羅吼咧嘴一笑。「那會是我很想看的場面。」

「看看她。」又是小溪的聲音。「她在勾搭羅吼。我知道妳聽得見我說話，地鼠。妳在他身上下工夫是浪費時間，他是麗薇的人。」

詠歎調猛然把手從羅吼手腕上抽開。羅吼嘆口氣，眼光轉回來看她。他放下湯匙，把碗推開。「來吧，我們到外面去。我帶妳去看一個東西。」

她從桌下抽出腿，跟在他身後，專心盯著羅吼的背。經過阿游身旁時，她放慢腳步，容許自己看他一眼。他正在聽坐他對面的李礁說話，但他飛快抬一下眼，迎上她的眼神。

她恨不得能告訴他，她多麼想念他，多麼希望坐在他對面的是她。然後她才想到，這些話已透過她的情緒傳遞給他了。

羅吼帶她穿過沙丘中間一條彎曲的小徑。流火的光穿過雲層，照亮了小徑和沙沙作響的高大野草。一路行來，聽到一種風的低嘯夾雜著水流沖激的聲音。它穿過她的身體——嘶嘶輕響、低語加上咆哮——隨著她踏出的每一步，愈來愈響亮清晰。

來到最後一個沙丘，詠歎調停下腳步。大海就在她面前，生氣勃勃，延伸到萬物的盡頭。她聽見一百萬個浪花，每個都獨特而兇猛，一起組成她從未聽過的沈著而雄渾的大合唱。她在虛擬世界裡看過無數次海，卻都不能讓她在見到真正的大海前有充分的心理準備。

「如果美有聲音，應該就是這樣。」

「我知道這會有幫助。」羅吼道，他的笑容像一道白光閃過黑暗。「靈聽者說，大海擁有聽得見的每種聲音。妳只要聽就行了。」

「我一直不知道。」她閉上眼睛，讓濤聲從頭頂沖瀉而下，尋找她母親的聲音。魯明娜深信耐心與邏輯可以解決任何問題，她那種冷靜與把握在哪裡？她沒聽見，但她相信它存在。詠歎調向羅吼望去，把悲傷放在一旁。「瞧？你還沒有把每件事都教給我。」

「確實。」羅吼道：「我不能冒讓妳覺得無聊的險。」

他們一起走到離海更近的地方。羅吼坐下，往後靠在手肘上。「所以，幹嘛要演戲？」

詠歎調在他旁邊坐下。「這樣比較好。」她道，手指掘進沙裡。上層仍帶有白晝的暖意，下層卻變得又冷又濕。她把沙粒澆在羅吼的膝蓋上。「你聽見他們多麼討厭我。萬一他們知道阿游跟我在一起。」她搖搖頭：「我不曉得。」

「妳有什麼不曉得？」羅吼露出打算嘲弄她的笑容。這一刻感覺無比熟悉，雖然他們是第一次來這兒。一整個冬季，他們聊過多少次阿游和麗薇啊？

詠歎調又把一捧沙澆在他膝上，聽沙子在浪濤拍岸的聲音下細細墜落。「是我的主意。這樣最安全，但偽裝的感覺很奇怪。就像我們中間隔著玻璃牆。我不能碰他或……跟他溝通。我不喜歡這種感覺。」

羅吼扭扭膝蓋，把她的沙堆搖落。「他的聲音還像煙與火？」

詠歎調翻個白眼。「我不知道為什麼告訴你那種事。」

他把頭歪向一邊，擺出跟阿游一模一樣的姿勢，但同時把一隻手按在胸口，這可不是阿游會做的動作。「小詠，妳的氣味……就像盛開的花。」他完美地模擬阿游拉長尾音的低沈聲音。「過來，我香甜的玫瑰。」

詠歎調搥一下他的肩膀，逗得他哈哈大笑。「是紫羅蘭。我見到麗薇時，就輪到你付出代價了。」

羅吼的笑容消失了。他摸一把自己的黑髮，坐直上身，凝望拍擊的浪花，沈默不語。

「還沒有消息嗎？」她低聲問。阿游的姊姊前一年的春季失蹤，讓羅吼心碎。

他搖搖頭。「沒消息。」

詠歎調坐起身，拍乾淨雙手。「很快就會有的。她會出現的。」她但願不曾提到麗薇。羅吼和麗薇自幼一起長大，回到家鄉，失去她的痛苦一定更強烈。

她眺望大海。遙遠的所在，雲層後有強光脈動。流火的漏斗正在發動攻勢。詠歎調無法想像置身那種處境。阿游有次告訴她，出海總有遇到風暴突如其來的危險。她不知道潮族的漁夫怎麼有勇氣天天去打魚。

「妳知道，打破玻璃並不難，詠歎調。」羅吼聚精會神地看著她說。

「說得對。」她要如何解釋？她的處境比他好太多了。起碼她現在跟阿游在同一個地方。

「你說服我了。我要打破玻璃，羅吼。等下次有機會。」

「很好。把它打成碎片。」

「我會的，你也會的。只等我們找到麗薇。」她等他表示同意——她要他這麼做——但羅吼卻換了話題。

「黑斯知道妳來這兒嗎？」

「不知道。」她說。她從縫在皮製背包內襯裡的小口袋取出智慧眼罩。「但我必須跟他聯絡。」昨天她就該做這件事，那是他們例行會面的日子，但趕來潮族途中，一直抽不出時間。「我現在跟他聯絡。」

智慧眼罩光滑透明，像一顆水滴，也幾乎跟水滴一樣飽滿，一望即知是來自另一個世界，跟村裡那些太陽曬得泛白、邊緣被風吹裂的東西都不一樣。它也確實是來自另一個世界——她的世界。她戴這裝置戴了一輩子，不覺有異。所有的定居者都這樣。他們藉著它出入不同的虛擬世界。直到最近，她才開始覺得這種生活很恐怖。這全要感謝黑斯執政官。

詠歎調拿起智慧眼罩貼在左眼上。它立刻吸附她眼窩周圍的皮膚，產生一種牢固而熟悉的壓力，中間的生化塑膠隨即軟化，變成液態。她眨了幾下眼，讓自己適應透過透明介面視物。眼罩電力啟動，大海的背景上浮現紅色字母。

**歡迎來到虛擬世界！比真實世界更好！**

字跡淡去後，便出現「身分鑑識」字樣。

她搖一下頭，注視字母隨著她的動作移動。

接著閃現「通過」字樣，她頭皮泛起一種熟悉的刺痛感，沿著脊椎往下蔓延。眼前一暗，只見一個有「黑斯」標籤的圖像飄浮在空中。從前她擁有自己的智慧眼罩時，螢幕上有一大堆她喜歡的虛擬世界的圖像、即時新聞跑馬燈，還有朋友傳來的訊息。但黑斯把這副智慧眼罩設定成只能跟他聯絡。

「妳進去了嗎？」羅吼問道。

「進去了。」

他躺下來，頭枕在手臂上。「回來時叫醒我。」在他看來，她只是靜靜坐在沙灘上。他沒有管道窺看智慧眼罩為她展示的虛擬世界。

「我還是在這裡，你知道的。」

羅吼閉上眼睛。「不對，妳不在。不是真的在。」

她集中精神，點選那個圖像，讓黑斯知道她來了。不久她就開始分身，意識不斷分化、打散。這種感覺並不舒服，卻也不痛苦——就像突然來到一個陌生的地方。一瞬間，她就同時存在兩個不同的世界：既在海灘上跟羅吼一起，也在黑斯指定她去的虛擬世界裡。她把注意力放在後者，整個人靜止不動，暫時被強光照花了眼。然後她看看四周，適應化為粉紅色的世界。

四面八方都是櫻花樹。盛開的花朵壓得樹枝不勝負荷，滿地落花，彷彿下過一場粉紅色的雪。耳中忽然傳來鋪天蓋地的沙沙聲，只見一陣粉紅色的狂風，掀落漫天花瓣雨。

她乍看覺得美景無限，直到她注意到每根樹枝都極為對稱，樹與樹間的距離也都恰到好處。然而這兒沒有花瓣墜落或樹枝斷裂的聲音。風只有一個空洞的音符。與她了解的正常狀態相較也太過活躍。**比真實世界更好**，他們這麼形容虛擬世界。她也曾這麼以為，但那是從前。許多年來，她在夢幻城圍牆的庇護下，在諸如此類的空間裡遨遊，不知道還有更好的選擇，也不知道任何世界都不可能比真實世界更好。

或更壞，她忽然憶起佩絲莉。她最要好的朋友只看過真實世界可怕的一面。火、痛苦、暴力。詠歎調仍然無法相信她真的死了。她所有與佩絲莉有關的記憶，幾乎都包括佩絲莉的哥哥迦勒。他們三個總是同進同出。

迦勒在夢幻城過得好嗎？還常逛藝術的虛擬世界嗎？他是否轉去別的領域？她喉頭一緊，嚥了一口口水，她想念他。她也想念其他朋友盧恩和小仙，過去的生活何等輕鬆。水底音樂會，雲上派對。跟恐龍玩雷射捉迷藏、雲裡衝浪、與希臘神祇約會等匪夷所思的虛擬世界。現在她的生活發生重大改變，就連睡覺時都會把刀放在伸手可及的地方。

詠歎調抬起頭，倒抽一口涼氣。透過粉紅色樹枝，她看到一抹淺藍色天空，完全沒有流火的痕跡，也沒有被發光的雲層包圍。那是三百年前、大融合之前的天空。大規模的太陽閃焰還沒有破壞地球的磁球層，為宇宙風暴敞開大門，引來造成超乎想像破壞的外來大氣層，亦即流火。她心目中的永恆藍天，就是這樣的藍天——明亮、開闊、平靜。

她低下頭，看到黑斯執政官坐在大約二十步外一張桌子前面。小小的桌子有大理石桌面，搭配兩張鑄鐵椅，是那種歐洲廣場上的小餐館典型的家具。黑斯無論挑選哪種虛擬世界，細節從不改變。

詠歎調低頭看看自己。一套日式和服取代了她的黑長褲、黑上衣和靴子。這套衣服用厚重的乳白色提花錦緞裁製，有紅色和粉紅色花朵圖案。衣服很漂亮，但是太緊了。

「這有必要嗎？」她照例問道。

黑斯默不作聲，看著她走過去。他表情嚴峻，臉部輪廓像石頭雕鑿出來的，眼睛分得很開，薄嘴唇，使人聯想到蜥蜴的長相。「跟這個虛擬世界很搭配。」他道，上下打量她的身材。「而且我看不順眼妳的外界人服裝。」

詠歎調在他對面的椅子上坐下，不舒服地調整一下位置。穿這種衣服令她無法交叉雙腿，而且嘴唇上似乎有打過一層蠟的感覺？她伸手一摸，發現塗了鮮紅的唇膏。**真討厭**。這麼做太過分了。

「你的衣服跟這個虛擬世界一點也不配。」她說。黑斯仍穿著定居者的灰制服——跟她在夢幻城穿了一輩子的那種衣服很類似，唯一的差別在於，他的衣服在領口和袖子上有藍色飾帶，代表他是執政官。「這張桌子和咖啡也不配。」

他不理她，在撒落桌面的粉紅花瓣間，把咖啡倒進兩個精巧的杯子。詠歎調聆聽著注水的聲音，清晰分明，卻很奇怪的毫無特色。那濃郁的香氣使她口水上湧。過去幾個月來，他們每次見面都如此。華麗的虛擬世界。同樣的桌椅，濃烈的黑咖啡。唯一的例外是這次黑斯的手在顫抖。

他喝了一口。放下杯子時，發出喀一聲。他抬起眼皮，與她四目相對。「我很失望，詠歎調。妳遲到了。我以為我已經把任務的急迫性講得很清楚了。現在我覺得好像該提醒妳，萬一失敗要面臨多麼嚴重的後果。」

「我知道後果。」她全身緊繃。**鷹爪。夢幻城。所有的一切。**

「而妳還繞道。妳以為我不知道妳在哪兒？妳去看那孩子的叔叔，對吧？那個游隼？」

黑斯利用智慧眼罩監視她的行蹤。詠歎調並不意外，但她仍然覺得脈搏變快了。她不願意他知道任何與阿游有關的事。「我還不能到北方去，黑斯。通往角族的隘道冰封了。」

他靠過來。「我可以派浮力船送妳去。明天就能抵達。」

「他們恨我們。」她道。「他們沒有忘記大融合。我不能以定居者的身分衝進去。」

「他們是野蠻人。」他不當一回事地揮揮手。「我才不在乎他們怎麼想。」

詠歎調意識到自己的呼吸變得急促。羅吼坐起身。他在真實世界裡看著她，知道她緊張。**野蠻人**。她也曾這麼看待他們。但有羅吼在旁，她定下心來，恢復平靜。

「你必須讓我用我的方式處理這件事。」她對黑斯說。

「我不喜歡妳的方式。妳的回報還遲到。妳對外界人浪費時間。我需要那情報，詠歎調。給我經緯度。方向。地圖。什麼都好。」

他說話的時候，她注意到他的小眼睛閃爍不定，他的衣領泛出紅光。整個冬季，他們會面時都沒見過他這麼緊張、好鬥。有某件事令他擔心。

「我要見鷹爪。」她道。

「除非妳先拿到我要的東西。」

「不行。」她道：「我必須看到他——」

一切都靜止了。四周的櫻花靜止，懸在半空。風聲消失，虛擬世界忽然陷入一片死寂。過了一會兒，花瓣先逆向上升，頓一下，又開始循正常方式飄然墜落地面，聲音也恢復了。

詠歎調看到黑斯臉上的震驚。「怎麼回事？」她問：「剛才發生了什麼？」

「三天後回來。」他斷然道。「不准遲到，到時候妳最好已出發去北方。」他的分身離開，逐漸消失。

「黑斯！」她喊道。

「詠歎調，出了什麼事？」

羅吼的聲音。她轉移焦點。他的眉毛因擔憂而擠在一起。

「我沒事。」她道，很快在腦海裡發出指令，準備脫掉智慧眼罩。詠歎調將它緊握手中，憤怒令她視線模糊。

羅吼靠近一點。「發生了什麼事？」他問。

她搖搖頭。她也不確定，有點不對勁。她從未見過虛擬世界靜止。是黑斯故意那麼做來嚇她的嗎？但他看起來也很緊張。他在隱瞞什麼？為什麼突然急著要她去角族？

「詠歎調，」羅吼催促：「告訴我。」

「黑斯知道我在這裡，他要我馬上出發去北方。」她小心選擇用字，不提鷹爪。「他不管山隘有沒有結冰。」

「黑斯是個混蛋。」羅吼的目光越過她，望向海灘。「但我告訴妳一個好消息，妳打破玻璃的機會來了。」

# 5 游隼

阿游沿著沙灘向詠歎調走去，每踏出一步，他都有強烈的自覺。他們充其量只有幾分鐘相處，再怎麼加快腳步都嫌不夠。

他在半途遇見羅吼。「幫忙把風？」阿游要求。

「當然。」羅吼道，錯身而過時捶了一下他的肩膀。

他走到詠歎調面前時，她站著。滿頭黑髮都撩到一側肩膀上。「你確定可以這麼做嗎？」她望著他身後問道。

「一下下沒關係。」他說：「羅吼在把風，李礁在小徑的另一頭。」派人戒備，防範他自己的部落，好像不應該，但他迫切需要跟她獨處。

「你找到炭渣了嗎？」

他搖搖頭。「還沒有，不過一定找得到。」他很想牽她的手，但他嗅到她的心情。某件事讓她很緊張，他大概知道是什麼事。「小枝——他是靈聽者——告訴我炊事房裡發生的事。大家說些什麼。」

「不要緊的，阿游。都是八卦而已。」

「給他們一星期，」他說：「情況會改善的。」

她望著別處，沒有回答。

阿游摸摸下巴，不明白為什麼感覺就像他們還在假裝不認識。「詠歎調，怎麼了？」他問。

她交叉雙臂，情緒不斷冷卻、冷卻，終於結成冰。阿游努力抗拒那冰塊壓在身上的重量。

「黑斯知道我在這裡。」最後她說：「他逼我離開。我過兩天就得走。」

他記得這名字。黑斯就是那個把她扔出密閉城市的定居者。「他知道現在去北方不安全嗎？」

「知道。」她說。「他不管。」

她的恐懼忽然將他攫住。「他威脅妳？」阿游問道，他的心開始翻騰。

詠歎調搖頭，他驀然想到了。

「他手上有鷹爪。他用鷹爪要脅妳，對不對？」

她點頭。「對不起。就這麼一次，我但願能對你撒謊。我不想加重你的負擔。」

阿游緊握雙拳，緊到他的手指關節作痛。雖然綁架是維谷一手安排的，他仍覺得自己有責任。除非鷹爪能平安回家，否則歉疚不會消失。

「他就在這兒被抓走。」他說：「就在這兒。我看著定居者踢他的肚子，把他拖進停在那座沙丘頂上的浮力船。」

詠歎調走上前一步，握住他的手。她的手指清涼柔軟，但她的掌握很堅定。「黑斯不會傷害他的。」她道：「他要的是永恆藍天，他會用鷹爪跟我們交換。」

阿游無法相信他得把姪兒買回來。他發現這跟把麗薇弄回家需要採取的行動沒什麼差別。維谷用他們兩個交換食物。一切都指向他必須去一趟角族。他需要永恆藍天——為了他的部落，也為了鷹爪。麗薇不露面，他必須償還欠黑貂的債。或許這麼一來，他姊姊也會回來。

「比我預期的快。」他說：「但我要跟妳一起去。我們過幾天就出發，希望屆時隘道已經可以通行。」

「如果不行呢？」

他聳聳肩膀。「我們就跟冰雪奮戰。可能要花雙倍的時間，但我們辦得到。我會把我們帶到目的地。」

這番話讓詠歎調露出微笑。他不知道原因，但無所謂。她笑了就好。

「好吧。」她說。她張開手臂抱住他，把頭貼在他胸前。阿游拂開她肩上的頭髮，吸入她的氣息，藉由她情緒的力量帶他回來。一次一口氣，憤怒消散，變為慾望。

他用大拇指沿著她的脊椎滑動。她的一切都那麼優雅而強壯。她退後一步，迎上他的目光。

「這個……」他本想告訴她，幾天前在樹林裡的時候，他們就該這麼親密。一整個冬季他緬懷的就是這個情境——這是他念念不忘的一切。但她的感受，還有她凝視他的方式，都讓他說不出話來。

「是的。」她道：「這個。」

阿游彎腰吻她嘴唇。她身體後仰迎合他。她的嘆息化作一陣暖風，吹過他臉頰，一切好似蕩然無存，只有她的唇、她的皮膚、她身體依偎著他的感覺。他們沒多少時間了。附近有很多人。他幾乎無法思考這些因素。她就是一切，他要擁有更多。

羅吼示警的口哨令他全身一僵，他嘴唇貼在她脖子上。「告訴我妳沒聽見。」

「我聽見了。」

他再次聽見羅吼的信號，這次更響亮，持續更久。阿游苦著臉，挺直身軀，牽起她的手。她的氣息包圍著他。他最不情願的就是與她分開。

「我們離開前要替妳做好標記。至於隱瞞我倆的關係這件事……就免了吧。不能碰妳，我都快憋死了。」

詠歎調仰頭對他微笑。「既然我們很快就要離開，還不能保密到那時候嗎？」

「妳喜歡看我受苦？」

她低聲笑起來。「等待是值得的，我保證。快去吧。」

他再吻她一下，然後逼著自己放開她，跑到沙灘上，整個人輕飄飄地。

羅吼站在沙灘盡頭，咧開嘴看他。「好美呀，游，我也快憋死了。」

阿游大笑。從他身旁跑過時拍一下他的腦袋。「不是每句話你都可以聽的。」

他在小徑上找到李礁，正攔著前來找他的阿熊和懷倫。回村途中，阿熊談到他跟兩個農夫高灰與茬仔的糾紛。懷倫每走十來步，就穿插一些不值一提的訴苦，聲音照例是那麼尖細而憤怒。不論阿游怎麼說或怎麼做，一度是維谷忠實追隨者的懷倫，總覺得不夠。

阿游心不在焉地聽著，盡可能不讓自己把微笑掛在臉上。

一小時後，他坐在自家屋頂上，這麼多天來第一次有機會獨處。他垂下手臂扶著膝蓋，閉上眼睛，享受皮膚上的清涼霧氣。風停了，他深深吸口氣，隱約嗅到詠歎調的味道。她在維谷的房間裡，在屋子裡。笑語聲穿過屋頂的縫隙，飄進他耳裡。六人組正在玩骰子。他聽見小枝和葛倫照例在插科打諢。他們兩個都是靈聽者，總在說話，總在爭論，每件事都要較量。

村中燈光明滅，煙霧從煙囪裡升起，混合在鹹空氣中。時候已不早了，只有少數人醒著。阿游躺下來，凝望著從雲層較薄處照下來的流火，聽著廣場另一頭的交談聲。

「寶寶的燒怎麼樣了？」茉莉問某人。

「退燒了，謝天謝地。」那人答道。「他已經睡著了。」

「很好，讓他休息吧。我一大早會帶他到海邊去。那可以幫助他的肺敞開。」

阿游吸氣，讓海風敞開他的肺。他成長的過程中受到很多人的照顧，就像她們談到的寶寶一樣。小時候，他趴在最近的人腿上就睡著了。發燒或傷口需要縫合時，茉莉會照顧他直到康復。潮族是個小部落，也是一個大家庭。

阿游很好奇炭渣去了哪兒，但他知道他會自己回來，羅吼說得沒錯。阿游看到他，會就逃跑這件事責備他，然後問明白炊事房裡發生了什麼事。

「阿游！」

他坐起身，剛好接住下面扔上來的一條捲好的毯子。

「謝了，茉莉。」

「不知道為什麼你在上面，他們卻暖烘烘地在你房子裡。」她說，隨即快步離開。

其實茉莉知道的。這麼小的部落裡沒有祕密可言。每個人都知道他會做噩夢。在這上頭，他至少可以解讀風中的氣味，觀看雲層後面的光線變化，消磨睡不著的夜晚。這個春天真奇怪，天上總有厚厚的雲層。他雖然畏懼流火，但看著它卻會讓他覺得好過一點。

黎明時分，他離開村子，小溪跟上來，肩上搭著弓箭。「你要去哪？」

「跟妳一樣。」他道。她是個靈視者，也是村中最好的弓箭手之一，所以阿游派她負責教導潮族的每個人射箭。她上課的地方離他跟阿熊相約的地點不遠。

這段路走得尷尬而沈默。他注意到她仍把他的一枚箭頭繫上皮繩，戴在脖子上，他盡量不去回想自己把這玩意兒送給她的那天，以及它對他們兩人有什麼意義。他喜歡她，這是不會改變的，但他倆之間已經結束了。他在冬季就告訴過她，用的是最溫和的措辭，希望她很快就能明白。

他們來到村東的農田，發現一場爭執已接近白熱化：務農的荏仔與高灰在農事上都需要比阿游所能提供的幫助更多。阿熊站在他們中間，塊頭雖大，卻溫馴得像隻小貓。

「你們看看。」年輕的農夫荏仔道，他就是昨天晚上那個發燒小孩的父親。他抬起沾滿爛泥的靴子給大家看。「我需要擋土牆，需要攔住山上沖下來的砂石。我還需要更多排水溝。」

阿游望向半哩外的山腳。流火風暴一舉摧毀了這座山下半截的植栽，只剩灰燼。春季降雨，滾滾泥漿和砂石就這樣沿著山坡流下來。沒有樹木抓住泥土，整座山都開始變形。

「這算得了什麼。」高灰道。他比阿游和阿熊整整矮了一個頭。「我一半的土地都泡在水裡。我需要人手，需要牛。我比他更需要這兩項。」

高灰相貌和氣，舉止謙遜，但阿游總嗅到他胸中的怒火。高灰沒有靈力——他跟大多數人一樣不是標記者——但他蔑視靈力。從年輕開始，他就想擔任哨兵或護衛，但那些職位都被靈聽者和靈視者拿去了，感官能力賦予他們明顯的優勢。剩下的選擇有限，高灰只落得做莊稼。

阿游早就聽過茬仔和高灰這些爭執，但他們要求的資源——人手、馬、牛——他都另有更重要的工作要派上用場。阿游下令在村子周圍挖掘防禦用的壕溝，也在炊事房旁邊挖了第二口水井。他強化了圍牆，也充實了武器庫。他還要求潮族的每個人——從六歲到六十歲——在弓箭與刀之間，至少學會其中一種基本技巧。

阿游才十九歲，擔任血主算是很年輕。他知道在外人眼中，他經驗不足，容易對付。他確信春季來臨後，成群結隊的離散者和被流火奪去家園的部落，會把潮族當作攻擊目標。

高灰和茬仔不斷哀求，阿游駝起背，開始懊惱昨晚沒睡好。他做血主就為了處理這種事？高一腳低一腳走在滿是爛泥的田裡，聽他們爭吵？小溪在附近給高灰七歲和九歲的兩個兒子上射箭課。那可比聽大人碎碎念有趣多了。

他從來不想接收血主這部分的工作。他從沒考慮到，冬季的存糧用罄，春季的作物還未收成，青黃不接的時候要怎麼餵飽將近四百個人。他從沒想過，比他年長的人結婚也要他作主。更別說發燒孩子的母親仰望著他尋求答案。茉莉的治療失效時，她們就來找他。無論大事小事，大家都向他求助。

阿熊的聲音把他從沈思中驚醒。「你怎麼說，阿游？」

「你們兩個都需要幫助，我知道。但你們都必須再等等。」

「我是農夫，阿游。我必須做我知道的事。」荏仔道。他朝小溪那方向揮揮手：「問題沒解決，我哪有心情射箭。」

「還是學一學吧。」阿游道：「說不定能救你一命，甚至救更多的人。」

「維谷從不叫我們做這種事，我們也過得很好啊。」

阿游搖搖頭，他無法相信自己的耳朵。「現在不一樣了，荏仔。」

高灰走上前。「如果不趕快播種，下個冬季我們會挨餓。」

他的語氣──充滿自信而強硬──觸怒了阿游。「下個冬季我們未必還在這裡。」

荏仔猶豫不決，兩條眉毛絞在一起。「那我們會在哪裡？」他問，提高了音調。他跟高灰互望一眼。

「你不會真的要把我們全體遷到永恆藍天吧？」高灰問道。

「我們可能沒得選。」阿游道。他想起哥哥對同樣這批人發號施令，沒有人會提出異議，根本不需要說服他們。維谷說的話，他們都服從。

小溪走過來，拭去額頭的汗水。「阿游，怎麼了？」她問。

他意識到自己一直在搓揉鼻梁，一股燒灼的痛感刺進他的鼻竇。他抬頭望去，一聲咒罵脫口而出。

雲層終於散開了。他看到高高在上的流火。但它沒有照這個季節的慣例，形成緩緩流轉的光之迴流，反而在他頭頂上集結成許多條寬幅的河流，強光四射。有好幾處已見到流火像蛇般盤繞捲曲，化為會襲擊大地、釋放烈焰的漏斗。

「那是冬季才有的天象。」茬仔的聲音充滿困惑。

「爹，怎麼回事？」高灰的一個兒子問。

阿游非常清楚這是怎麼回事。他無法否認自己目睹的景象——或來自鼻腔深處的灼痛。

「馬上回家！」他告訴他們，隨即往村裡跑去。這次風暴會在何處肆虐？往西，落在海面上？或直接降臨在他們頭上？他聽見號角發出警訊，接著有更遠的號角傳來，警告農夫覓地避難。他必須去警告那些不容易接到警告、更難以平安返家的漁夫。

他衝進村子的大門，跑到廣場上。眾人趕著回家，慌亂地呼叫彼此的名字。他仔細打量他們的臉。

羅吼跑過來。「你要做什麼？」

「找詠歎調。」

## 6 詠歎調

雨下得突兀，還夾帶一陣冷風，像個冰冷的巴掌擊中詠歎調。她循著她散步了一整個早晨，思索虛擬世界為何會忽然卡住不動的小徑，跑回村裡。穿過樹林時，風像鞭子打在她四周，但她的小刀撞擊著大腿，敲出令人安心的節奏。

聽到號角聲，她停下腳步，抬頭仰望。透過烏雲的縫隙，她看到粗大的流火亂竄。幾秒鐘後，她清楚地聽見一個漏斗尖嘯——撕裂的高音像冰塊穿過她的血管。這時期會有風暴？今年的風暴不是應該結束了嗎？

她再度加快速度奔跑。幾個月前，她跟阿游一起置身暴風雨之下，她永遠不會忘記流火漏斗在近處墜落時，皮膚是多麼灼痛，她的身體是如何無法動彈。

「小河！」遠方有個聲音喊道：「你在哪裡？」

她停下腳步，隔著沙沙雨聲聆聽各種聲音。人聲雜沓。每個人喊的都一樣，聲音裡的焦慮清晰傳到她耳裡。她捏緊麻木的雙手。她憑什麼去幫忙？潮族討厭她。但又有一個聲音傳來——這次比較近——聲音是那麼絕望恐懼，她不假思索就跑過去。她知道找尋失蹤的人是什麼滋味。他們或許不接受她的幫助，但她必須試試看。

她離開小徑，踩進又厚又滑的爛泥裡，聲音讓她知道有十多個人在森林裡搜索。認出小溪時，她兩腿一僵。

「妳在這裡做什麼，地鼠？」全身濕透的小溪顯得比平時更狠毒。她滿頭金髮色澤變深，滑溜溜地貼在頭蓋骨上，眼神冷得像玻璃珠。「妳抓走他了，是不是，偷小孩的？」

詠歎調搖頭。「不！我幹嘛做那種事？」她眼神挪到小溪肩頭的武器上。

茉莉，也就是詠歎調在炊事房遇見的那個中年婦人衝過來。「妳在浪費時間，小溪。繼續找人！」她等小溪離開，才抓住詠歎調的手臂，壓低聲音訴說，雨水從她豐滿的臉頰上流下來。「完全出乎我們的意料。沒有人想到會有暴風雨。」

「誰失蹤了？」詠歎調問。

「我的孫子，他才剛滿兩歲，名叫小河。」

詠歎調點點頭。「我去找他。」

其他人都遠離小徑，往森林深處搜尋，但詠歎調的直覺告訴她，該在附近搜索。她放慢速度，不離小徑。沒有大叫大喊，而是豎起耳朵，捕捉風雨中最小的雜音。時間流逝，除了她在泥漿裡的腳步聲和山上沖刷下來的水聲，什麼也沒有。流火的尖嘯變得更響，她的頭開始作痛，耳中全是暴風雨的嘈雜。一個哼歌的聲音讓她停下腳步。

她向它走去，爬下山坡時還滑了一跤。詠歎調在一叢茂密的灌木前面蹲下。她慢慢撥開樹枝，卻除了樹葉什麼也沒看見。她耳後的皮膚起了雞皮疙瘩，猛然轉身拔出刀子，卻發現只有自己一個人面對晃動不已的樹木。

「放輕鬆。」她喃喃自語，把刀插回鞘裡。

她又聽見哼唱，雖微弱卻沒錯。她繞到灌木叢另一頭，向裡面張望。

不到一呎的距離，有雙眼睛對著她眨動。那孩子看起來好小，跪坐在地上。他用手摀著耳朵，哼著一個旋律，沈浸在自己的世界裡。她注意到他遺傳著祖母圓滾滾的臉頰和蜂蜜色的眼睛。她回頭望去，從她蹲踞的地方就看得見回村的小路，只不過二十步遠。他沒有迷路——只是嚇壞了。

「嗨，小河。」她微笑道。「我是詠歎調。打賭你跟我一樣，是個靈聽者。唱歌就聽不見流火的聲音，是不是？」

他眼睛瞪著她看，仍哼著那曲調。

「那是一首很棒的歌。獵人之歌，對吧？」她問，其實她一聽就知道那是阿游最喜歡的歌。去年秋天，在她多方慫恿之後，他唱過一次給她聽，但唱的時候還是慚愧地脹紅了臉。

小河沈默下來。他下唇抖索，好像即將大哭。

「聲音這麼大的時候，我的耳朵也會痛。」詠歎調想起自己有靈聽者專用的帽子，便伸手到皮袋裡取出。「要戴這個嗎？」

小河的手握成一個胖嘟嘟的拳頭。他慢慢把手從耳朵上放下來，點點頭。她把帽子戴在他頭上，把護耳片翻下來，在他下巴底下繫緊。這帽子對他而言太大，但還是擋得住暴風雨的噪音。

「我們回屋裡去，好嗎？我會把你平安送到家。」

她伸出手，幫他爬出樹叢。他抓住她的手，撲進她懷裡，抱緊她的肋骨，像件背心般貼身。詠歎調緊緊抱住他顫抖的小身體，快步去找茉莉和小徑上的其他人。他們全都跑過來——濕透了，也氣壞了。

「別碰他！」小溪惡狠狠地把小河拉開。冷風灌進詠歎調胸口，忽然失去他的重量，令她差點跌倒。小溪從他頭上扯下帽子，扔在爛泥裡。

「不要靠近他！」她咆哮道。「再也不准妳碰他。」

「我正要送他回去！」詠歎調喊道，但小溪已帶著小河往村裡跑，孩子開始大哭。其他人跟在小溪身後，有些人控訴地瞪了詠歎調一眼，好像小河走失是她的錯似的。

「妳怎麼找到他的，定居者？」一個留在後面的矮胖男子問道，他眼中滿是猜疑。兩個詠歎調猜是他兒子的男孩站在附近，縮著肩膀，牙齒捉對兒打顫。

「她是靈聽者，高灰。」茉莉出現在她身旁，說道。「好了，走吧。帶你兒子回屋裡去。」

那人又看了詠歎調最後一眼才離開，快步跟兒子一起去找庇護。

詠歎調拾起靈聽帽，擦拭上面的泥漿。「小溪跟妳沒有親戚關係，是嗎？」

茉莉搖頭，嘴角綻開一個微笑。「沒有，她不是我親戚。」

詠歎調把帽子塞回袋裡。「很好。」

她們一塊兒趕回村裡時，她注意到茉莉的腳步有點蹣跚。

「我的關節。」茉莉提高音量解釋，怕她聽不見。流火漏斗的尖嘯越發響亮了。「天冷下雨時，痛得特別厲害。」

「來，我扶妳。」詠歎調說。她撐著茉莉的體重，一起加快腳步，向村子走去。

過了好幾分鐘，茉莉才又開口。「謝謝妳，找回小河。」

「不客氣。」雖然身體麻木，耳鳴不已，詠歎調卻覺得跟朋友並肩齊行有種特別的滿足感。

這是她在潮族交到的第一個朋友，跳蚤除外。

# 7 游隼

阿游離開羅吼，用他這輩子最快的速度，沿著通往港口的小路往前跑，一直跑到碼頭上。懷倫與葛倫互相呼喊著把一艘小漁舟繫緊，衣服被風吹得在身上獵獵拍動。船在波濤中撞擊碼頭，撼動阿游腳下的木板。他只看到兩艘船，令他心頭一緊。他手下大多數的漁夫都還在海上。

「其他人有多近？」阿游喊道。

懷倫陰沈地看他一眼。「你是靈視者，不是嗎？」

阿游沿著海邊跑向延伸出去、像一條巨大的長臂保護港灣的岩石防波堤。他跳上海中的花崗岩，在一塊塊巨石間縱躍前進。海水從岩縫中噴出，打濕了他的腿。他在防波堤盡頭停步，往遼闊的海面張望。大浪洶湧翻騰，浪頂全是白沫，景象嚇人，但他還是找到了想看的畫面。五艘小船正向港口接近，在驚濤駭浪中起伏，像幾顆軟木塞。

「阿游，停步！」李礁從岩石上爬過來。葛倫和懷倫跟在後面，兩人肩上都扛著長繩。

「他們回來了！」阿游喊道。誰留在後面？浪花使一切顯得模糊。即使以他的好眼力，還是直到第一艘漁船通過防波堤時，才認出船上的漁夫。阿游瞥見他曾發誓要保護他們生命的那些漁夫驚恐的表情。他們還不算安全，但港灣裡的波浪已不像外海那麼兇猛。第二艘與第三艘小船陸續入港，他終於緩過一口氣。幾乎可以確定他不會失去任何人。

接著第四艘小船也進來了，海上只剩一艘。阿游等候著，看清楚後，不禁低罵了一聲。是柳兒和她祖父，臉色蒼白，抓緊桅杆坐在那兒。耳朵貼在腦後的狗兒跳蚤，蹲伏在他倆中間。

阿游沿著防波堤朝向大海的一側跳下去，更接近打上來的巨浪，這時只見海平線上劃過一道強光，刺眼的光芒使時間靜止。暴風雨來了。一個個漏斗狀的渦旋墜入海中，烏雲遮蔽的天空裡，出現無數根燦亮的藍色線條。風暴還在幾哩外，但他本能地感到緊張，滑了一跤，擦破小腿。

「阿游，回來！」李礁喊道。狂浪撞擊他們周遭的岩石，從四面八方發動猛烈攻勢。

「還不行！」濤聲如雷，阿游連自己說話的聲音都幾乎聽不見。

柳兒的小船轉了方向，直接往防波堤衝過來。她用雙手兜住嘴巴，喊了些什麼。

葛倫出現了，在阿游身旁保持平衡。「他們失去了舵，無法控制方向。」

阿游很清楚接下來會發生什麼事，其他人也知道。

「棄船！」懷倫在附近高喊。「快離開！」

老威已經拉著柳兒站起身。他用雙手捧住她的臉，狂亂地交代了一句阿游聽不見的話，然後匆匆抱一下她，幫她從船頭跳進浪裡。跳蚤緊跟著她跳水，老威殿後，他的表情出乎意料地平靜。

不消幾秒鐘，潮水就抓住小船，把它推進激流。船身東搖西擺，在最後一刻向後轉，所以是船尾在距阿游僅僅十步的地方撞上岩石。船身彎折、斷裂，碎片四散彈開。他舉手保護自己，木片與浪花紛紛打在他手臂上。

他用力眨眼，釐清視線，看見柳兒向滿布殘骸與白沫的水面游來。

「拋繩，快！」李礁喊道。

不遠處，懷倫施展天生捕魚好手的完美技巧扔出繩索。若沒有繩子，柳兒一定會被捲進白浪，一再撞上岩石。藉著繩子，他們才有機會把她安全拉到岸上。

「柳兒，抓住繩子！」阿游喊道。

他看到她回頭找尋祖父，動作急促而慌亂，然後當她發現老威落在後面時，神情變得恐懼。

一道大浪壓過她，阿游的心跳幾乎停止。柳兒又出現了，嗆出海水，大口吸氣。她拼命游向繩索，總算抓住了它。

阿游下到他勇氣容許的最低處，力聚兩腿，準備接應柳兒。

海浪再次湧上來，懷倫和葛倫用力拉繩。柳兒箭也似的飛向阿游。他接住她時，被她撞得往後跌倒，她的額頭撞上他的下巴。他倒在岩石上，肋骨一陣劇痛。他只抱住她一下，李礁立刻把她從他懷中接走。

「離開那兒，游隼！」李礁喊道，同時把柳兒帶到防波堤的高處。

這次阿游沒答話，在救起老威之前他不能走。

懷倫扔出另一條繩索。它落在老威附近，但老漁夫行動維艱，抬起頭在原地划水，勉強保持在水面上。

「動啊，老威！快游啊！」阿游喊道。

漏斗墜落如雨，距離更近了，幾分鐘前還只有五、六呎高的波浪，已變為兩倍高度的駭人巨浪，倒灌在海堤上。

「爺爺！」柳兒忽然尖叫，好像她已知道結局，已意識到接下來會發生什麼事。

老威消失在水中。

阿游四大步就衝到懷倫身旁，一把抓起繩索。葛倫和李礁在他身後大吼：「不可以！」但他已跳下岩石，潛入海中。

水下的靜謐讓他嚇了一跳。阿游拿著鬆弛的繩頭，用力抓緊，向防波堤外游去。他上升時，腳踢到硬物——木板？岩石？波浪在他周圍搭起連綿的高牆。極目望去都是海水，直到一個波峰把他從谷底托起。快速上升令他一陣反胃，在波峰頂端，可以看見方才站的那塊岩石。可惜才幾秒鐘，而且距離自以為業已到達的地方還很遠。

阿游朝最後一次看見老威的方向游去。洋流蠻橫有力，把他拉回防波堤。他看到水中有動靜，跳蚤在二十碼外划水。老威也在不遠處奮力前進，滿頭白髮跟浪花白沫難以分辨。

阿游游到老漁夫身旁，見他臉色灰敗。「撐著點，老威！」阿游把繩索綁在他身上。「拉！」他揮舞著手臂對岸上大喊。

隔了幾秒鐘，他手中的繩子才開始繃緊。他被拉向前，但幾乎沒移動。又一下拉扯，無法否認，對懷倫而言，他們兩個太重了。他又瞥到一眼防波堤，只見黑色花崗岩映出白色閃光。流火風暴逼近了。

阿游放掉繩子，老威很快便離開他身旁。他追在後面，對自己疲憊的肌肉提出更多要求。每划一下水，都像是要把全身舉起來那麼沈重。接近防波堤時，他聽見李礁和葛倫叫喊。他敦促自己用力。從迎面打來的浪花中窺視，再幾碼就到了。

一股突如其來的海流，像鉤子般扣住他，把他往後拉回海中。潮水同樣突兀地換了方向，他看到防波堤快速接近。他抱住頭，縮起腿。他的腿被重重撞了一下，整個人倒向一旁，撞上岩石。

痛楚穿透他全身。脊椎骨散了，到處都在痛，疼痛凝聚在他右肩。他伸手去摸，才知道肩膀已變形。骨骼異常突起，關節脫臼了。

不該這樣。他用好的那隻手臂游泳，哀求雙腿加把勁，但每個動作都讓肩膀痛得像刀割。隔著排山倒海的巨浪，他又瞥見了防波堤。阿熊和懷倫一把一把拉著繩子，把老威救上岸。柳兒和跳蚤都站在旁邊，全身濕透，不住發抖。李礁和葛倫站在岩石上，喊著他的名字，準備把他拉出水面。阿游奮力踢水，但他的腿沒有反應，不肯以他要求的方式移動。他嗆到海水，幾乎無法呼吸。

只有一個辦法脫離這狀況。他放棄游泳，潛入水下。他抓住自己的手腕，花了片刻痛下決心，然後把它往身側用力一拉，眼前立刻紅光直冒，感覺就像撕裂自己的肌肉，痛得像肩膀裡有顆炸彈爆發，但關節還是不肯彈回原位。他放開手臂。不能再試了，要不然他確定自己會痛昏。

他用力向上，穿過洶湧的海水，快沒空氣了。他使勁踢水，找尋水面。找尋。找尋。

忽然他無法分辨哪個方向是往上。恐懼威脅著要吞噬他，但他強迫自己冷靜地划水，一驚慌就完了。又過了漫長的幾秒鐘，他的肺吶喊著要氧氣，驚慌還是來臨了，他覺得自己瘋狂地在水中撲騰，身體的動作已不受控制。

他知道這時不能呼吸，呼吸也吸不到空氣。但不論怎麼極力抗拒，就是阻止不了自己。肺和頭的疼痛遠超過肩膀的痛，遠超過所有的一切。

他張開嘴，吸了一大口。一大片刺骨的寒冷沖進他喉嚨，他立刻把它吐出去。紅光又冒了出來，他的肺不斷抽搐，吸，吐。需要。抗拒。

他墜進更冷的水裡，那兒變得更黑暗、更安靜、更加更加黑暗。他覺得四肢鬆懈，然後一陣傷心之痛蔓延到全身，取代了痛苦。

*詠歎調*。他才剛找回來的詠歎調。不要離開啊。不要讓她傷心。不要——

什麼東西撞到他的喉嚨。血主項鍊……快把他勒死了。他伸手去抓它，然後他發覺上面有人正把他往上拉。鍊子鬆了，但他覺得有隻手臂環繞在他胸前，他在移動，被拉著走。

他一出水面就狂吐海水，全身都在抽搐。有人把繩子綁在他肋骨四周，然後葛倫和懷倫把他拉到岩石上，還有一個人在後面推。那一定是李礁。

阿熊過來拉他手臂，他卻一閃，差點滑到水裡，阿熊咒罵一聲。

「肩膀！」阿游咬緊牙關道。

阿熊聽懂了，改用手臂攬住阿游腰部，將他提出洶湧的波浪。阿游一被放到地面就往前走。他蹣跚地爬下防波堤，拼了命往前，直到沙灘，然後倒下，讓來自五臟六腑、肩膀、喉嚨的痛楚，把他整個人壓縮成一團。他的肺感覺像被毒打到淤青。

一群人圍在他四周，但他仍在咳嗽，為呼吸掙扎，最後他終於擦掉眼睛周圍的鹽水。

他深感羞愧，仰天躺在地上，當著族人的面被擊潰。

葛倫猛搖頭，好像對方才發生的事無法置信。老威摟著柳兒站在一旁。李礁的胸膛起伏不已，橫過臉上的那道疤呈鮮紅色。頭頂上，流火已形成無數巨大而復仇心切的車輪。

「他的手臂脫臼了。」阿熊道。

「先往上拉，然後往旁邊拉。」李礁道。「動作要慢而確實，無論如何都不可以中途停止。趕快處理，我們得進屋子裡去。」

阿游閉上眼睛。一隻大手握住他的手腕，然後他聽見阿熊低沈的聲音從上方傳來。「你不會喜歡的，阿游。」

的確如此。

拖著因亢奮和寒冷而不停顫抖的身體，阿游把手臂抱在身側，爬進他的閣樓。他笨拙地從頭上脫掉濕透的上衣，扔進下面的房間，肩膀痛得他嘶嘶怪叫。衣服啪一聲落在壁爐架上，就掛在那兒。他躺下來，用受傷的肺一口一口吸氣，同時透過屋頂上的縫隙觀察流火。雨從縫中落下，敲打他的胸膛，然後滾到他底下的墊褥上。

只要幾分鐘。他需要獨處幾分鐘，才能面對全體部落。

他閉上眼睛。眼前出現的全是維谷，他在發表演說。維谷坐在炊事房的主桌，冷靜地監督一切。他哥哥從不曾在全體潮族面前跌倒。阿游剛做了什麼？

**救起老威是正確的事**。那為什麼他不能放慢呼吸？為什麼他很想找個東西痛打一頓？

門忽然被用力推開，砰一聲撞上石牆，放進一股冷風。

「阿游？」下面有人說。

阿游失望地眨眨眼，這不是他想聽見的聲音。目前他願意聽的聲音只有一個。羅吼可曾找到她？

「現在不行，炭渣。」阿游等著聽關門的聲音。幾秒鐘過去，什麼也沒發生。他換了強硬的語氣，再說一遍：「炭渣，出去。」

「我要解釋發生的事。」

阿游坐起身。炭渣站在下面，全身濕透，手裡拿著黑色小帽，表情堅決而冷靜。

「你要現在談？」阿游在自己的聲音裡聽見父親憤怒的語調。他知道該克制，偏偏做不到。「你高興露面就露面，高興逃跑就逃跑？你到底想怎樣？如果你要留下，我會很感謝你不要燒掉我們的食物。」

「我只是想幫忙——」

「你想幫忙？」阿游從閣樓上跳下來，手臂傳來一陣錐心劇痛，他喃喃咒罵一聲。他大步走向瞪大那雙穿透人心的眼睛、抬頭望著他的炭渣。他對敞開的大門揮手道：「那你何不把那個解決掉？」

炭渣瞥一眼門外，回過頭來看著他。「那就是你要我來的原因？你以為我能阻止流火？」

阿游忽然清醒過來。他剛才沒用大腦，不知道自己在說什麼。他搖頭道：「不，不是那個原因。」

「算了！」炭渣倒退，向門口移動。脖子上的血管開始發出像流火一樣的藍光，像樹枝一樣從他皮膚底下滲出來，蔓延到他的下巴、臉頰和額頭。

阿游看過炭渣兩度變成這種模樣——燒傷他的手那次以及摧毀烏鴉族那次——但這情景還是令他震驚。

「我從一開始就不該信任你！」炭渣喊道。

「慢著，」阿游道：「說那種話是我不對。」

太遲了。炭渣已轉身飛奔出去。

# 8 詠歎調

詠歎調扶著茉莉走了沒多久，來到村子附近，就見羅吼跑過來。「我到處找妳。」他匆匆摟一下詠歎調。「妳讓我擔心。」

「真抱歉，漂亮人兒。」

「是該抱歉，我討厭擔心。」他抓起茉莉空著的手臂，兩人合力拉著她，以她能承受的最快速度，往炊事房走去。

整個部落的人都擠在炊事房裡，坐在桌前或站在牆邊。茉莉先去探望小河，羅吼去找阿熊。詠歎調看到小枝，就是那個跟她一起回潮族，長得瘦瘦高高的靈聽者。她溜到他身旁，坐在長凳上，掃視鬧烘烘的食堂。大家都對這場風暴感到驚慌，議論紛紛，語氣激動，因恐懼而繃著臉。

她看到小溪隔著幾張桌子，跟那個曾經在阿游家中低聲咒罵過她、一雙黑眼睛總是游移不定的漁夫懷倫坐在一起，並不感到意外。她看到柳兒依偎在父母身旁，老威和跳蚤也在一旁，還看到總在阿游身邊守護的六人組其他成員。她從一個人看到下一個人，心頭逐漸湧起恐懼，指尖開始刺痛。她沒看見阿游。

羅吼走過來，把一條毯子披在她肩上。他把小枝擠開，坐在她身旁。

「他在哪？」她直接問，焦慮得忘了顧忌。

「在他房子裡。阿熊說他肩膀撞脫臼了，沒事。」羅吼抬起黑眼睛看她。「這次真是千鈞一髮。」

詠歎調的胃一緊。她豎起耳朵，在一大片低語聲中，逐張桌子搜尋阿游的名字。她在嗡嗡雜音中篩選，挑出懷倫輕蔑的聲音，也再次找到他的人影。已有一群人圍在他四周。

「……他像白癡一樣跳下去。李礁只好把他撈起來，差點就來不及。」

「聽說他救起了老威。」另一個人說。

又是懷倫的聲音：「老威不會淹死的！他比我們大家都更了解大海。我本來下次拋繩就會把他救上來。現在即使那條該死的項鍊戴在跳蚤身上，我都會放心得多。」

詠歎調碰碰羅吼手臂。*你聽見懷倫嗎？好可惡啊。*

羅吼點頭。「他只會吹牛。妳是這兒唯一真正聽他說話的，相信我。」

詠歎調對這一點不是很確定。她雙手交纏在一起，雙腳在桌子下面踏步。兩座壁爐都生了火，大廳裡很溫暖。這兒有潮濕的羊毛和泥漿的味道，還有太多人的汗水味。大家都把珍視的物品從家中帶過來。她看到一個洋娃娃，一件百衲被，裝滿小東西的籃子。她心中浮現阿游房子窗台上的老鷹雕刻，接著想到阿游正獨自在那兒，她應該跟他在一起。

漏斗形的流火墜落在外面，遙遠的尖嘯送進她耳裡，靴子下傳來微弱的震動。她很想知道炭渣是否還在外面的風暴裡，但她明白，世界上若有流火傷害不了的人，也只有他了。

「我們就坐在這兒？」她問。

羅吼抓抓後腦杓，濕髮都豎了起來。他點頭道：「風暴這麼近，這個地方最安全。」

在馬龍那兒，風暴遠不會這麼令人害怕。城堡裡的人都退守台爾菲地底深處的老礦坑。馬龍在那兒儲備充裕，甚至也有音樂和遊戲等消遣。

又一陣劇烈的震動傳遍整個地板。詠歎調抬頭只見屋梁上的灰塵紛紛搖落，撒在她面前的桌子上。烹飪區的鍋子喀喀低響。不遠處，柳兒抱住跳蚤，緊緊閉上眼睛。詠歎調在這時幾乎聽不見任何人交談。

她又伸手碰碰羅吼。你得採取行動。他們嚇呆了。

羅吼挑起眉毛。「我？」

對啊，你。阿游不在，我又不能。我是地鼠，記得嗎？哦，不對，我是婊子地鼠。

羅吼瞪著他，好像在衡量自己有哪些選擇。「好吧，不過妳欠我一次。」他走到房間對面，找一個脖子上有一圈眼鏡蛇刺青的年輕男子，比著靠在牆上的一把吉他，問道：「可以借用一下嗎？」

年輕人愣了一下，便交出樂器。羅吼回來往桌上一坐，腳擱在長凳上。他先測試琴弦，專注地瞇起眼睛，調整張力，過程一絲不苟，換作是她，也會這麼做。他們都有完美的音準。只要一點點誤差，對他們的神經都是折磨。

「所以，」他滿意地說：「我們要唱什麼？」

「什麼意思叫我們，羅吼？這是你的任務。」

他微笑。「但這是二部合唱。」他彈了她最喜歡的合唱團「歪倒綠瓶子」一首歌曲的開頭。

整個冬季，他把那首歌聽了一遍又一遍，還嫌不夠。這首名叫〈北極小貓〉的民謠，必須用浪漫到肉麻的方式演唱，使原本就可笑的歌詞更顯得荒唐。

羅吼認真發揮浪漫情懷。他彈了頭幾個小節，深褐色的眼睛專注地看著她，嘴角勾出一個充滿誘惑的曖昧微笑。他在鬧著玩，但已足夠令她臉紅。詠歎調覺得所有人都在注意他們。

他開唱了，聲音圓潤而富於幽默感。「來融化我冰凍的心，我的北極小貓。」

詠歎調無法抗拒，接口唱下一句。「別做夢，我的大雪怪，我寧願長凍瘡。」

「讓我做妳的男雪人，跟我一起住冰屋。」

「我寧願凍死，也不要跟你冬眠。」

詠歎調無法相信他們竟然合唱這麼蠢的一首歌，而且是唱給一群渾身濕透又嚇得動彈不得的人聽——四周還有流火漏斗不斷轟擊。羅吼充分融入音樂，他的手指在弦上彈出愉快的旋律。她強迫自己配合他的熱忱，一句接一句輪番唱下去。

她本來預期潮族隨時會把杯子或鞋子扔到她身上。但她只聽見有人低哼一聲，然後從眼角瞥見幾個笑容。他們唱到合唱部分時——要跟著旋律打呼嚕——幾個人公然大笑，她終於放心，讓自己享受發揮專長的樂趣。這是她精通的才能。她一輩子都在唱歌，再沒有比這更自然的事了。

羅吼彈完最後一個音符，出現一拍完全的寂靜，然後風暴的噪音再度傳來，大家又開始交談。詠歎調偷眼覷著周圍的臉孔，捕捉談話的片段。

「我這輩子聽過最癡呆的歌。」

「不過很好笑。」

「雪怪是什麼？」

「不知道，不過那隻地鼠唱得像天使。」

「聽說小河是她找到的。」

「你想她還會唱別的嗎？」

羅吼用肩膀撞她一下。他挑起一道眉毛：「怎麼樣？她還要唱嗎？」

詠歎調挺直背脊，把肺吸滿空氣。他們以為〈北極小貓〉就很了不起了嗎？他們根本什麼都還沒聽到呢。

她微笑道：「好。她唱。」

# 9 游隼

幾個月來第一次，阿游走進炊事房時沒引起注意。每一雙眼睛都盯著詠歎調和羅吼。他閃進陰影，靠在牆上，手臂一陣劇痛，令他咬緊牙關。

羅吼坐在大廳中央的一張桌子上，彈著吉他。詠歎調在他身旁唱歌，唇上掛著輕鬆自若的微笑，頭歪向一側。她的黑髮濡濕了，聚成一束束，披在肩上。

阿游沒聽過這首歌，不過他看得出來，她從前就跟羅吼合唱過，因為他們有時同聲齊唱，有時又各唱各的，像一雙比翼飛翔的鳥。他並不意外，他們會一起唱歌。羅吼從小就喜歡把一些荒誕不經的事編成歌曲，逗麗薇發笑。聲音把羅吼和詠歎調結合在一起，就像氣味把所有的靈嗅者結合在一起。但內心中有一部分的他，卻受不了看他們在一起這麼開心，尤其在他差點淹死之後。

大廳對面的李礁和葛倫看到他，便走過來，這引起詠歎調的注意。她停下歌聲，給阿游一個不確定的微笑。羅吼的手停頓在吉他上，臉上浮現一抹焦慮。現在所有人都看見阿游了，擁擠的桌上掃過一陣騷動。

他的心跳加速，臉頰發燙。他絲毫不懷疑大家都已聽說防波堤上發生的事。每個人都知道了，阿游看到他們臉上的失望與憂慮，他早就在大廳裡滿滿的焦慮情緒中聞到那種氣味。潮族早就嫌他輕率，這次沒頭沒腦跳下水去救老威，只會加深這種印象。

他抱起手臂，疼痛深深刺進肩膀的關節。「不要停。」他恨自己聲音沙啞，方才拼命咳嗽，把海水嘔出來，喉嚨還在作痛。「再唱一首好嗎？」

盯著他不放的詠歎調立刻答應。「好。」

這次她唱的是一首他聽過的歌——他們一起住在馬龍那兒時，她曾經唱過。那是她的訊息。當著幾百個人的面，提醒他那段專屬於他們的時光。

他把頭靠在牆上。聽歌的時候閉著眼睛，壓抑著衝到她身邊、緊緊抱住她的慾望。他想像她在他懷裡那麼密合服貼。想像著痛楚消失，被人從海裡撈起來、在部落之前犯錯受傷的恥辱也消散。他繼續發揮想像，直到只剩他們兩人，在屋頂上獨處。

幾小時後，阿游從炊事房裡的座位上站起來。他伸展一下背部，轉動一下肩膀，測試一下。他吞嚥著口水，確認全身每個部位都仍然作痛。

早晨的陽光從敞開的門窗照進來，在大廳裡映出一條條金黃色光柱。村民橫七豎八地躺著，堆疊在牆腳下、桌子底、走道上。這麼多人竟如此安靜，好像不大可能。他的目光第一千次轉到詠歎調身上。她睡在柳兒旁邊，跳蚤蜷成一個球，夾在她們中間。

羅吼醒了，揉揉眼睛，不遠處的李礁也爬了起來，把辮子往後推。六人組的其他成員陸續有了動靜，意識到阿游需要他們。小枝推葛倫一把，他半睡半醒地頂回去。海德和海登都站起來，動作一致地把弓掄到背上，丟下還拉著靴子往腳上套的迷路。他們悄悄穿過還在熟睡的部落，跟阿游到外面去。

除了廣場上的水窪，以及到處掉落的樹枝和碎瓦片，村子看來還保持原樣。阿游眺望群山，沒看到火光，但潮濕的空氣裡有刺鼻的煙味。他非常確定，他已失去了更多土地，只盼望那不是農地，也不是牧地，而且下雨能減少損失。

迷路上前幾步，皺起鼻子，望著天空說：「昨晚是我做夢嗎？」

流火平靜地流轉，淡淡的流雲間看得到大片藍天。正常的春季天空，沒有發光的厚厚雲層，沒有大團流火在上空翻騰。

「夢裡有小溪嗎？」葛倫道：「那答案就是肯定的，我也夢到她了。」

迷路拱一下他的肩膀。「笨蛋，她是阿游的女朋友。」

葛倫搖頭。「對不起，游。我不知道。」

阿游清一下喉嚨。「沒關係，已經不是了。」

「夠了，你們兩個。」李礁怒目瞪著阿迷和葛倫。「你要我們從哪兒開始，阿游？」

更多人從炊事房裡絡繹走出來。高灰和懷倫。茬仔、茉莉、阿熊。他們打量村子和天空時，阿游看到他們滿臉愁容。現在安全了嗎，還是另一場風暴很快就會來臨？今後整年都會有流火風暴嗎？他知道這些問題籠罩在每個人心頭。

阿游要他們先繞村一周，評估屋頂的損害，察看廄房裡的牲口，然後去探視田地。他對前一晚的表現深感懊悔，派柳兒和跳蚤去找炭渣。他自知言行離譜，該對炭渣致歉。之後他跟羅吼一起往西北方走。一小時後，他們站在一塊冒煙的田地裡。

「沒救了。」羅吼道。

「這只是狩獵用地，不是我們最好的土地。」

「你還真樂觀啊，游。」

阿游點點頭。「謝了，我還在努力。」

羅吼目光轉向田地邊緣。「看啊，快樂本尊來了。」

阿游看到李礁，不由得微笑。這種時刻，只有羅吼能逗他開心。

李礁來報告其餘的損害情形。他們失去南方的一塊林地，跟冬季被大火夷平的區域相鄰。「看起來就像灰燼掩埋的區塊變大了。」李礁道。潮族僅餘的最後幾個蜂巢都毀了，村裡兩口水井也都受到污染，現在水都有灰燼的味道。

李礁報告完畢，阿游不能再對防波堤上發生的事避而不談。羅吼把小刀拿在手中轉動，這是他厭倦時會玩的把戲。阿游雖然在他面前無話不說，卻還是費了很大力氣才把話逼出來。

「你救了我的命，李礁。我欠你——」

「你什麼也不欠我。」李礁打斷他。「誓言就是誓言。你該學會這件事。」

羅吼把刀塞回腰上的刀鞘。「你這話是什麼意思？」

李礁不理他。「你發誓要保護潮族。」

阿游搖搖頭。難道老威不算部落的一部分？「我就是在這麼做啊。」

「不對，你做的事差點送掉你的命。」

「難道我該讓他淹死？」

「是的。」李礁嚴厲地說。「或者由我跳水去救他。」

「可是你沒跳。」

「因為那等於是自殺！試著了解一件事，游隼。你的命比那個老頭子的命有價值，也比我的命有價值。你不能那樣跳下去。」

羅吼笑了起來。「你完全不了解他，是嗎？」

李礁猛然轉身，指著他說：「你該說服他做一個理性的人。」

「我等著看你什麼時候會閉嘴。」羅吼道。

阿游衝到他們兩人中間，把李礁往後推。「去吧。」李礁的怒火在他視野的邊緣閃爍。「去散個步，冷靜一下。」

阿游看著他大步走開，聽見身旁的羅吼低聲咒罵。

如果對他最忠貞的兩個人之間也會發生這種事，潮族其他人會怎樣？

回村途中，阿游看見炭渣站在森林的邊緣。他在小徑旁等候，不安地撥弄手中的帽子。羅吼看見他就翻個白眼。「待會兒見，游。我受夠了。」話畢，他就邁開小步跑了。

阿游走上前，炭渣踢著腳邊的青草。

「很高興你回來了。」阿游道。

「是嗎？」炭渣餘怒未消，頭也不抬。

阿游沒浪費時間回答。他扠起手臂，發現肩膀比早晨好多了。「我不該對你吼叫，以後不會再發生這種事了。」

炭渣聳聳肩膀。過了一會兒，他終於抬起頭。「你的肩膀……？」

「沒事了。」阿游道。

「我去見你的時候，不知道前面發生的事。那個女孩——柳兒——今天早晨才告訴我。她非常害怕，擔心她自己和她爺爺，也擔心你。」

「我也很害怕。」阿游道。現在回想起來，連他自己都難以置信。前一天他在水下，只差幾秒鐘就會送命。「那不是我最幸運的一天，不過我還活著，所以也不算是最倒楣的一天。」

笑容在炭渣臉上一閃而過。「對哦。」

炭渣的怒氣逐漸平息。阿游趁機問道：「儲藏室發生了什麼事？」

「就是我餓了？」

「三更半夜？」

「我不喜歡在晚餐時間吃東西。我一個人也不認識。」

「你整個冬季都跟羅吼在一起啊。」阿游道。

「羅吼只在乎你跟詠歎調。」

還有麗薇，阿游想道。沒錯，羅吼只對少數幾個人忠心耿耿，但他永遠不會背棄他們。「所以你溜進儲藏室。」

炭渣點頭。「裡面很黑，又很安靜。這時忽然之間我看到一隻黃眼睛的怪獸。牠把我嚇壞了，馬上丟下手中的燈，我知道的下一件事就是到處都著了火，我想滅火，情形卻被我弄得更糟，所以我就逃跑了。」

阿游對故事的前半段很在意。「你看到一隻怪獸？」

「嗯，我最初是那麼以為。其實是跳蚤那隻笨狗，只是黑暗中看起來像隻惡魔。」

阿游嘴角牽動。「你看到跳蚤。」

「不好笑。」炭渣道，但他也在努力憋住不笑。

「所以惡魔狗跳蚤嚇著了你，火勢是燈引起的？不是……你用流火造成的？」

炭渣搖頭。「不是。」

阿游等他再往下說。關於炭渣的異能他有好幾百個疑問，他究竟是什麼來歷。但炭渣要有充分的心理準備才會說。

「你要趕我走嗎？」

「不，」阿游連忙道：「我要你留下。但你必須合群，要成為團體的一分子。你不能惹出事就一走了之，也不能三更半夜去找食物。而且你要像所有人一樣自己賺口糧。」

「我不知道該怎麼做。」炭渣道。

「怎麼做什麼？」

「賺口糧。我什麼都不會。」

阿游打量他。他什麼都不會？這不是炭渣第一次說這麼奇怪的話。

「那我們有很多該學習的。我會交代小溪幫你準備一副弓箭，開始給你上課。明天我也會跟阿熊談談，他需要各式各樣的幫助。最後一件事，炭渣。你準備好以後，我要聽你講所有你知道的一切。」

炭渣皺起眉頭。「所有我知道的一切什麼？」

「關於你自己。」阿游道。

# *10* 詠歎調

「妳很會處理疼痛。」茉莉道。

詠歎調從手中的繃帶抬起眼睛。「謝謝妳。奶油是個好病人。」

那匹母馬聽到自己的名字，懶洋洋地眨眨眼。前一晚的暴風雨激發了牠逃命的本能。奶油驚惶失措，亂踢馬廄，前腿刮出一道很深的傷口。茉莉的手不方便，詠歎調已幫忙清理好傷口，塗上有薄荷氣味的消毒軟膏。

詠歎調繼續用繃帶包紮奶油的腿。「我母親以前是個醫生。事實上她是做研究，不常為人治療。照顧馬……更沒有過。」

茉莉用扭曲得像樹根的手指，抓抓奶油額頭上的星形白色斑點。詠歎調不由得想起夢幻城，關節炎之類的病痛，藉由基因治療，早已在那兒絕跡。她但願自己幫得上忙。

「以前？」茉莉低頭看過來。

「是的……她五個月前去世了。」

茉莉若有所思地點頭，一雙跟全身栗色毛髮的奶油相同色澤的眼睛，發出感同身受的親切光芒。「現在妳又離鄉背井來到這兒。」

詠歎調看一眼四周，只見到處是泥漿稻草，空氣裡瀰漫馬糞的氣味。她的手好冷，還散發出馬和薄荷的怪味。奶油第十次用鼻子摩蹭她頭頂的頭髮。這地方跟夢幻城真有天壤之別。「我現在在這兒。但我已經不知道哪兒是自己的家了。」

「妳的父親呢？」

「他是個靈聽者。」詠歎調聳聳肩。「我只知道這麼多。」

她期待茉莉說些匪夷所思的話，好比，**我知道妳父親是誰，他就在那兒，藏在這間馬廄後面**。她搖頭甩落這個可笑的念頭。有什麼用呢？找到父親就能消除她內心那種輕飄飄、沒有著落的感覺嗎？

「今晚妳要舉行標記儀式，沒有家人出席真可惜。」茉莉道。

「今晚？」詠歎調仰頭望去。她很訝異阿游已經排定了時間，暴風雨才剛結束呢。

懷倫走進馬廄，奶油不耐煩地哼了一聲。

「看啊，這不是茉莉和地鼠嗎？」他往牆上一靠，說道。「妳昨晚表演得很好，定居者。」

「你要幹嘛，懷倫？」茉莉問道。

他不理她，專心盯著詠歎調。「妳到北方去只是浪費時間，定居者。永恆藍天不過是絕望的人散播的謠言。妳最好小心一點，黑貂是個壞心腸的混蛋，狐狸般狡猾，他不會跟任何人分享永恆藍天，更別說是地鼠。他恨透了地鼠。」

詠歎調站起來。「你怎麼知道——絕望的人散播的謠言？」

懷倫走上前。「老實告訴妳，沒錯。據說這件事要追溯到大融合時代。黑貂的祖先本來也被選中，可以遷入某座密閉城市，但他們受了騙，被遺棄在外面。」

詠歎調在學校裡學過大融合的歷史，就是太陽烈焰大規模爆發，破壞了保護地球的磁球層，流火瀰漫全球之後的一段時期。最初幾年的蹂躪釀成重大災害，地球的兩極一再倒轉，全世界陷入火海。洪水，暴動，癘疫。隨著流火風暴的威力不斷增強，接二連三來襲，各國政府倉促興建密閉城市。這種外來大氣層第一次出現時，科學家稱之為「異象」，因為整件事無法用科學解釋——那是一種未知的化學成分組成的電磁場，外觀與性質都像水，攻擊威力之強卻是前所未見。後來他們從古籍中找到一個描述類似現象的詞彙，將它正式命名為「流火」。

詠歎調看過一段紀錄片，有一家人滿面笑容走進跟夢幻城類似的密閉城市，欣賞他們的新家。她看過他們第一次戴上智慧眼罩，體驗虛擬世界時，欣喜若狂的表情。但她從未看過記錄外界災害的影片。直到幾個月前，流火對她而言也是一種異象——跟夢幻城安全的圍牆外面的世界一樣陌生。

「你說黑貂為了發生在三百年前的事恨定居者？」她說：「密閉城市容納不下所有的人，抽籤是公平處理這件事唯一的辦法。」

懷倫嗤之以鼻。「一點也不公平，地鼠。很多人被丟下來等死。妳想，世界末日迫在眼前，真的有公平存在嗎？」

詠歎調遲疑了。如今她對求生本能已有相當的理解，她也體驗到自己的求生本能。那是一種促使她殺戮——從前她根本不認為自己做得出那種事——的力量。她憶起黑斯為了保護自己的兒子索倫，把她丟到密閉城市外面去送死。她可以想像在大融合時代，公平算不了什麼。她終於明白，過去的事不見得公平，但她還是相信它。她相信公平是值得爭取的東西。

「你是來這兒招人厭嗎，懷倫？」茉莉問。

懷倫舔舔嘴唇。「我只想警告這隻地鼠——」

「謝了。」詠歎調打斷他：「我會記得不去問候黑貂的高高高曾祖父。」

他帶著油滑、詭詐的笑容離開。茉莉回頭去撫摸母馬額上的白星。「我喜歡這女孩，奶油。妳呢？」

那天傍晚，詠歎調回到阿游的房子，想趁標記儀式前獨處幾分鐘。維谷的房間——她第一天晚上睡在那兒——比屋裡其他地方稍微整齊一點。床尾鋪了一條紅毯子，還有一口箱子和一只五斗櫃，但也僅此而已。她沒見過阿游的哥哥，卻在房間裡意識到他的存在。想像的強度令她不安。

她從另一個房間的窗台上拿起阿游的龜形老鷹，放在床頭櫃上，這個簡單的解決方法讓她微笑。接著她換上細肩帶的白色內衣，坐在床沿，觀察自己的手臂。某種意義上，獲得標記有種接納她——正式地——成為外界人的感覺。而且是個靈聽者，她父親的女兒。他是否傷過她母親的心？或他們是因為其他原因被拆散？她有可能找到答案嗎？

屋外，大夥兒集中在廣場上。熱烈的交談聲從窗口飄進來，一面鼓敲出與脈搏相同的低沈節拍。她已在潮族村住了兩晚。第一晚，她是全族的八卦題材，昨晚她提供娛樂節目。今晚會帶來什麼？

詠歎調在皮袋裡找出智慧眼罩，捏在掌心。她希望能用它聯絡到她的朋友。迦勒對她做刺青會有什麼看法？

前門開了，又喀一聲關上。詠歎調連忙把智慧眼罩塞回皮袋，從床沿站起，聆聽來人的腳步聲走近。阿游出現在門口，綠眼睛專注而嚴肅。他們站著四目相對，他的表情變得柔和，她的脈搏加快了速度。

阿游的眼光挪到床頭櫃上的小雕像，把房間裡一切小變化都看在眼裡。「我等一下就把它放回去。」她說。

他走進來，拿起它。「不，留著。送給妳。」

「謝謝你。」詠歎調從他背後的門往外望。她覺得他們之間又出現那種陌生而令人不安的距離——有道玻璃牆隔開，以防萬一有人闖進屋裡。

他把鷹雛放下，朝她的皮袋示意：「我打算明天天一亮，我們就出發。」

「你確定你可以離開？我是說，發生了這些事以後？」

「是的，我確定。」他嚴厲地說。阿游皺了一下眉頭，慢慢吁口氣，然後用一隻手揉揉面孔。「對不起。李礁一直……算了。抱歉。」

他眼睛下面的黑眼圈似乎更深了，寬闊的肩膀也疲倦地塌下來。

「你可曾睡覺？」她問。

「沒有……不能睡。」

「太忙了？」

「不。」他的笑容很淡，一點都不愉快。「我根本睡不著。」

「多久了？」她問。

「我多久沒睡足一整夜？」他挺起肩膀：「從維谷開始。」

她無法相信。他已經連續幾個月沒有充足的睡眠嗎？

「詠歎調，這個房間——」阿游忽然打住。他轉身關上背後的門，然後靠在門上，大拇指鉤著腰帶，注視著她，等待，好像預期她會反對。

她應該反對。一整天下來，她聽過好多零星的閒話。暴風雨來襲，阿游差點發生意外，都令潮族不安。她不想再添加什麼。她在想像中已依稀聽見，懷倫或小溪指控她是勾引他們血主的婊子地鼠。但現在她不在乎那一切，只想跟他在一起。

「這個房間？」她提醒他。

他輕鬆地靠在門上，但眼神很專注，跟他脖子上的項鍊一樣發亮。外面夜幕已降，渾沌的藍光從拉開一半的百葉窗照進來。

「原本屬於我父親。」他重拾方才中斷的話題。「不過他待在這裡的時間很少。他黎明前離開，整天待在田裡或港口。如果可能，他會去打獵。他喜歡走來走去。我想這一點我像他。

「晚餐的時候，他會跟部落的居民聊天。他總是很謹慎，分配給每一個人的時間都很平均。我喜歡他處理這種事的方式……維谷始終做不到。飯後，他回家跟我們一起，就不再是血主喬丹了，而是屬於我們。他聽我們說話，念書給我們聽，我們還摔角，打來打去鬧著玩。」他牽起嘴角，扮出一個扭曲的笑容。「他塊頭好大。跟我一樣高，但壯得像頭牛。即使我們三個合力，也無法把他扳倒。」他的笑容消失了。「但也有別的時候……他拿著一瓶酒出現在這裡。」他頭一抬。「這部分有些妳已經知道了。」

詠歎調點點頭。她幾乎無法呼吸。阿游的父親怪他害母親難產而死。阿游只有一次跟她提起這事，目中淚光閃閃。現在她立足的這棟房子，就是他為了不能怪他的事而挨打的現場。

「那些個晚上，第一個小時內，他通常都大吼大叫，接下來的情況更加惡劣。維谷躲在閣樓裡，麗薇爬到桌子底下，我挨打。每次都這樣。每個人都知道，但沒有人採取行動。我被打得遍體鱗傷，滿身淤青，他們都接受，我也接受。我告訴自己，沒有更好的出路。我們需要他當血主，他是我們僅有的家長。沒有他，我們就一無所有。」

她太了解那種感覺。自從母親去世後，她每天都要跟自己一無所有的念頭搏鬥。

阿游搖頭。「或許這麼說沒有意義，但我覺得流火也是這樣。我們以為我們需要這些……這片土地。這棟房子。這個房間……但這樣生活是不對的。昨晚大火燒掉我們許多畝土地，還有一個我認識了一輩子的人差點死掉，我自己也差點死掉。」

她撲過去，拉近他們之間的距離，握住他的手，用全副力量緊握，緊得像是她前一天若在防波堤上就會那樣握似的。他非常緩慢地吐出一口氣，凝視她的眼睛，他也像她一樣緊緊握著她的手。

「我們一再失敗，但我們還在這裡。在原地發抖，害怕採取行動。我對這種因為不知道有沒有更好的選擇而接受的現狀，已感到厭倦。一定存在更好的選擇，否則生命還有什麼意義？現在我可以採取行動，而我即將行動。」

他眨眨眼，眼中的激情消失了，又回到當下。他自我解嘲道，「說得真不少。總之……」他挑起一道眉毛：「妳很沈默。」

她張開手臂，摟住他的腰，抱緊他：「因為沒有言語能形容你說得多完美。」

阿游把她拉近，用雙肩夾住她。他們緊緊依偎，他的胸膛堅實而溫暖地抵著她。過了一會兒，他低頭湊在她耳畔悄聲道：「棒不棒？」

這是她的世界的用語，不用看就知道他在微笑。

「很棒，棒透了。」她退後一步，盯著他的眼睛。他雖然特立獨行，卻深深關切其他人。他是一股力量，他是善。「你讓我驚訝。」

「這我就不懂了。妳要救回鷹爪，妳也幫助妳的族人，跟我做的沒有差別。」

「有差別。黑斯——」

他搖頭道：「即使他不勒索妳，妳也會做同樣的事。或許妳沒把握，但我毫不懷疑。」他的手拂過她臉頰，滑進她頭髮裡。「我們是同一類人，詠歎調。」

「這是我聽過最好的話。」

他微笑，低下頭來，柔情蜜意地吻她。她知道該退後。這麼做有風險，但她唯一在乎的只有此時此刻的他。她用手臂摟住他的脖子，用自己的嘴唇分開他的唇，偷嘗他的味道。管他溫不溫柔，下次再說吧。

阿游靜止了片刻，然後把她的腰抱得更緊，衝力讓他們撞上他背後的門。他用力頂著門，微蹲地迎合她的身高，以突如其來的迫切感吻她。她也用不亞於他的飢渴回應。他的嘴唇沿著她的脖子向上移動到耳朵，話語消失無蹤。她喘息著用手指緊扣他的肩膀，用力將他拉近——

他的肩膀。

她想起來了，鬆開雙手。「你哪邊肩膀受傷，阿游？」

他咧嘴一笑。「現在我也不知道了。」

他眼中滿貯慾念，但她還看到些別的。某種一閃即逝的光芒，令她起疑。

「什麼事？」她問。

他的手滑到她臀部。「妳真不可思議。」

「你想的不是這件事。」

「真的。我一直都這麼想。」他挨過來，撈起她一小撮頭髮，繞在手指上，親吻她的下唇。

「但我也很好奇，妳今天跟奶油攪和一整天，做了些什麼。」

詠歎調笑了起來。真有魅力，她聞起來像一匹馬。「你還有什麼聞不出來的？」

阿游微笑：「只要是妳的味道，我都喜歡。」

# 11 游隼

阿游用刀劃過手掌，割開皮膚。他握拳懸在桌上一個小銅碗上空，讓幾滴血滴進去。

「憑我潮族之主的鮮血，我承認妳是靈聽者，核准妳紋上標記。」

阿游不認得自己的聲音——威嚴而充滿自信——也不認得說出來的字句，那一向屬於維谷或他的父親。他抬起眼光，掃視擠滿人的大廳。他沒聽從李礁的建議，照舊下令準備舉行標記儀式的全套排場。每張桌上都點著香，散發代表靈嗅者的芬芳檀香。火把與蠟燭高照，整個炊事房一片光明，是為了向靈視者致敬。大廳另一頭節奏穩定的鼓聲，則是為靈聽者做的安排。現在大廳裡洋溢傳統的安適，昨晚的寒冷、潮濕與恐懼一掃而空。他這麼做是對的。潮族像他和詠歎調一樣，都需要這個儀式。

詠歎調站在他面前，只隔幾步遠。她把黑髮盤在頭頂，頸項顯得格外纖細秀緻。她臉頰泛著紅暈，阿游不確定是出於緊張，或大廳裡太熱。

她是否覺得這種儀式野蠻？她是否真的想做標記，或這只是取得永恆藍天位置的手段？之前他沒機會問她，現在已經太遲。他無法研判她的心情。檀香和煙霧繚繞，還有幾百個人在場，他聞不到她的味道。

阿游把刀交給羅吼，他炫耀地旋轉刀鋒，耍了個花招，然後宣讀自己的誓言，認知詠歎調是個靈聽者，與他是同一個族類。「願聲音帶領妳回家。」他做完結語，便把自己的血加到碗裡。

最後要加入刺青的墨汁。詠歎調刺青的時候，等於也接受了他和羅吼的一部分，他們的鮮血是允諾的擔保，只要她需要，他們就會提供避難所、保護她。儀式結束時，他和羅吼會對她做出這樣的承諾。阿游真是迫不及待。他早就在心裡許下這樣的諾言，他希望她知道。

「現在由阿熊刺上標記。」他說。許多年來，這一直是蜜拉的工作。他背上的老鷹以及兩個標記——靈嗅者與靈視者——都由他的大嫂完成。原本茉莉是接班人，但她兩隻手都不方便。唯一剩下有刺青經驗的人選就只有阿熊了。

阿游多佇立了一會兒，壓下親吻詠歎調臉頰的衝動。他雖然一心一意想當著部落的面，公開兩人的關係，但在這種時刻展現他的感情，並不恰當。他對她潔白無瑕的手臂看了最後一眼，便走向位於大廳最裡側的主桌。標記要花好幾個小時才能完成，他不想多做停留。刺青雖然不是特別疼痛，但他知道她所有的不適都會讓他難過。

他坐在大廳另一端平台上，那是維谷從前的位子。羅吼和炭渣坐在他兩旁，六人組填滿其餘的座位，這種坐法讓他覺得自己跟哥哥很類似，只是一個主持儀式、充場面的血主。但今晚就是為了儀式而存在。

桌子對面，有個頭髮黏成一束一束的男人在笑，滿口缺牙的黑洞比牙齒還多。「好哇，好哇……你真威風，游隼。」

這個貿易商今天下午才抵達，他每年春季都會來賣些雜七雜八的小玩意兒。他脖子和外套上掛滿成串的錢幣、湯匙、戒指、手鐲等，像海藻一樣紊亂。這些東西的重量加起來，恐怕跟他的體重相當。但販賣商品只是他真正行當——傳播八卦——的幌子。

阿游點頭致意。「薛影。」標記程序正在進行，他正愁時間太多，打發不完，這是他趁第二天一早跟詠歎調一起離開前，多打聽一些消息的好機會。

「你已長成一位光芒四射的年輕領袖了。」薛影道。他一字一句慢吞吞地說，像嘬吮骨髓似的把每個字的音吐出來。阿游從眼角瞥見一個微笑在羅吼臉上展開。阿游已開始期待他最要好的朋友的模仿秀了。

「你真像你哥哥和父親。」薛影繼續道：「喬丹是個了不起的人。」

阿游搖頭。他的父親，了不起的人？或許在某些人眼裡是吧。或許在某些方面是吧。

他向大火爐望去。阿熊跟詠歎調一起坐在桌前，先用一根柳枝燒成的炭棒在她的二頭肌上畫出代表靈聽者的弧線，準備將它刺進皮膚裡。詠歎調對火堆凝望，目光很遙遠。阿游從牙縫裡吐氣，不明白自己擔心些什麼。他看過十幾場標記儀式了。

「說吧，薛影。」他道：「講你的新聞給我們聽。」

「似乎你洋洋灑灑的優點之中，沒有耐心這一條啊。」薛影道。

「沒錯。」阿游道：「而且我也缺乏自制力。」

八卦販子臉上堆滿微笑。他有顆門牙歪向一旁，活像一扇敞開的門。「我明白了。你知道，我把你佩服得五體投地，而且不止我一個人如此。你挑戰的消息已傳遍四面八方。流你哥哥的血，想必非常不容易。很少人有這麼大的魄力，能做出這麼無情——啊對不起——無私的行為。我還聽說，這麼做是為了你的姪兒。鷹爪是個討人喜歡的孩子。可愛啊，可愛極了。據說你還幹掉了烏鴉族六十人的大軍。這麼年輕的血主，這麼不平凡的建樹，潮族的游隼啊。」

阿游很想打他一巴掌，但李礁先採取行動，他重重一腳踩在薛影身旁的板凳上，發出砰一聲。低頭對那獐頭鼠目的傢伙說：「我可以幫你把話講快一點。」

薛影嚇歪了臉，瞪著李礁臉上的疤。「不——沒必要。原諒我。我沒有冒犯的意思。你們的時間一定很寶貴，尤其昨晚又有暴風雨。但昨晚遭到流火攻擊的不僅是這兒，你們知道。南方各地都有災情。到處大火延燒，三不管地帶有好多離散者出沒，玫瑰族和黑夜族都被迫放棄他們的村子。聽說他們已決定聯手找尋新的根據地。」

阿游望向李礁，後者點點頭，他倆心意相通。玫瑰族和黑夜族都是傲視全境的大部落，族人多達數千，其中包括嬰兒、孩童與老年人。雖然阿游已令潮族做好準備，防範外來的襲擊，但若是實力這麼懸殊的敵人，他們根本沒有機會。

他不滿意地吸了口氣，空氣溫暖，充滿各種氣味。大廳最裡側有股臭味。「有跡象顯示他們要去哪兒嗎？」

「沒有。」薛影道：「毫無跡象。」

阿游望向人群，又找到詠歎調的身影。阿熊從裝標記工具的木箱裡取出一根細銅棍。他把它湊在蠟燭上，加熱銳利的尖端。等一下就會用它在詠歎調皮膚上刺出她的標記。若是使用不當，這工具也可以致命。阿游甩甩頭，把這意念拋在腦後。

「還有什麼？」他問，噁心的感覺不斷湧上喉嚨，一顆汗珠沿著他的脊椎滾落。「永恆藍天有什麼消息？」

「啊……外面有很多永恆藍天的傳聞，游隼。很多部落都千方百計在找它。有人往南橫過盾谷。有人往東翻過箭山。檻楟族選擇北方，越過角族領地，卻除了空空如也的肚皮，什麼也沒帶回來。你瞧，理論很多，卻沒有一種經得起考驗。」

「聽說黑貂知道它在哪兒。」阿游道。

薛影往後一縮，衣服叮噹作響。「他是這麼說，沒錯，但我不是像你一樣的靈嗅者，游隼。我沒法子知道他說的是不是真話。即使他真知道什麼，也沒告訴過任何人。聽說有個小男孩能控制流火——你可能會想知道這件事。這種時節，這麼一個孩子應該很有價值。」

阿游的脈搏狂跳，但他不動聲色。薛影究竟知道多少？他從眼角看見炭渣把帽子往下拉。

「不可能有這種事。」

「是啊，嗯……很難相信。」薛影對於這則消息沒能引起興趣，似乎很失望，因為他隨即轉移到另一則消息。「今年春季，北方的冰雪融得早，邊緣城的隘口已經暢通了。你可以去探望奧麗薇亞。」

麗薇。聽到姊姊的名字讓阿游忘了防備。「她不在角族，她沒過去。」

薛影挑起眉毛。「是嗎？」

阿游愣住了。「你知道什麼關於麗薇的事？」

「似乎知道得比你多。」薛影微笑道。他彷彿很得意，終於有一樁可以議價的情報了。但他忘了把羅吼列入考慮。

阿游回頭，只來得及看見他的朋友像一道黑影躍過桌面。突然一陣嘩啦聲，刀叉碗盤摔了一地。李礁和葛倫拔出刀，然後一切停頓下來。阿游爬到桌上，看見羅吼把薛影壓在地上。

「她在哪裡？」羅吼獰聲道，刀鋒抵著薛影喉嚨。

「她去角族了。我就知道這麼多！」薛影望著阿游，驚慌萬狀。「告訴他，靈嗅者。我不會在你面前撒謊。」

大廳安靜下來，所有目光全轉向這片混亂。阿游爬下來時，覺得搖搖欲墜。他拉起羅吼，感覺到好友的憤怒，灼熱猩紅的色彩。

「走一走。」他把羅吼往門口推。空氣——他們跟薛影進一步打交道前，都需要喘口氣。今晚他不要有人流血。

「黑貂找到她了。」羅吼眼神散亂，被阿游拖著穿過大廳。「她一定是被他找到了。那雜種追蹤到她，把她抓回去。我必須去那兒。我必須——」

「到外面去。羅吼。」

他們走過大廳，在身後留下一波波疑惑的眼神。阿游專心看著那扇門，一心想著門外清涼的夜風。

羅吼猛然停下腳步，轉過身，動作太突兀，害得阿游差點撞上他。「阿游……看。」

他順著羅吼向詠歎調望去。阿熊以輕快的手法將刺青棒點過她手臂，用墨汁為她刺上標記。詠歎調在流汗，頭髮黏在脖子上。她回頭張望，迎上他的眼神，有事情不對勁。他立刻衝到她面前。阿熊看到他，吃了一驚，刺青棒歪了一下，一條血痕沿著詠歎調的手臂流下來。太多血了，太多太多了。標記已完成了一部分，靈聽者刺青流動的線條已覆蓋了她一半的二頭肌。染了墨汁的皮膚紅腫了一大片。

「這是怎麼回事？」阿游質問。

「她皮膚薄。」阿熊辯解道。「我是照我知道的方式做。」

詠歎調的臉色蒼白如死，她幾乎快倒下了。「我承受得了。」她有氣無力地說道。她不肯看他，眼睛盯著火堆。

阿游看著裝墨汁的碗，他聞到了不該有的東西。他拿起小銅碗，湊到鼻子前，吸了一口氣。他在墨汁裡聞到一股臭腐的霉味。

毒芹汁。

一時之間，他的思路無法釐清訊息，之後他忽然明白了。

**毒藥**。

墨汁被下了毒。

銅碗噹一聲擊中火爐，這時他才意識到，是自己把它扔出去的。墨汁四濺，沾在爐台、牆壁、地板上。

「你做了什麼？」阿游吼道。鼓聲停了。一切都停了。

阿熊的眼光在刺青棒與詠歎調的手臂之間打轉。「你是什麼意思？」

詠歎調往前一栽。阿游連忙跪下，趁她從長凳上跌落前接住她。她的皮膚觸手滾燙，整個人沈重無力地倒在他懷裡。這是不該發生的事，他不知道該怎麼辦，拿不定主意。噁心與恐懼在他體內運轉，令他僵在當場。

他把她扶起，抱在懷裡。下一件他意識到的事，就是他已經回到自己的家。他快步走進維谷的房間，把她放在床上，然後扯下腰帶，刀哐噹一聲掉在地板上。阿游把皮帶綁在她的二頭肌上方，用力拉緊。他必須阻止毒性流進她心臟。

然後他用雙手捧住她的臉。「詠歎調？」她的瞳仁渙散到幾乎看不見灰色的虹膜。

「我看不見你，阿游。」她喃喃道。

「我就在這裡，在妳旁邊。」他跪在床邊，握住她的手，好像只要握得夠緊，她就不會有事。她一定不能有事。「妳會好的。」

羅吼出現了，把一盞燈放在床頭櫃上。「茉莉馬上來。她正在收拾必要的用品。」

阿游瞪著詠歎調的手臂。她的標記周圍的血管突起，呈深紫色。隨著每一秒鐘過去，她的臉色益發蒼白。他用顫抖的手撫摸她的額頭，想到馬龍城堡裡的醫療設備，而他這兒什麼也沒有。他這一生，在此之前從沒有自覺這麼原始過。

「阿游。」她氣若游絲。

他抓緊她的手。「就在這裡，詠歎調。我不會離開，我在這——」

她眼睛慢慢闔上，他好像又掉進深水裡，被冰冷的黑暗包圍，無法升到水面，沒有空氣讓肺呼吸。

「她還在呼吸，」羅吼在他背後說道。「我聽得見。她只是失去知覺。」

茉莉趕到了，拿著一罐用來醫治中毒起疹的白色糊膏。

「那個沒用。」阿游不屑道：「已經侵入皮膚裡面了。」

「我知道，」茉莉鎮定地說：「我還沒看到傷口呢。」

「我們該怎麼辦？要把皮膚切掉嗎？」話還沒說完，阿游的胃已開始抽搐。

羅吼把手放在刀上。「我來下手，阿游。」

他看著猛眨眼睛、臉色灰敗的羅吼，無法相信他們正在討論切割詠歎調手臂的話題。

「那樣不管用。」茉莉道：「已經進入血液了。」她把另一個玻璃罐放在床頭櫃上。螞蝗在水裡靈活地游來游去，亢奮而充滿期待。「這個可能管用，吸掉污染的血。」

他壓抑著另一波噁心的感覺。她手臂上綁著皮帶。**螞蝗**。他就只能為她做到這地步？「好吧。試試看。」

茉莉從罐裡抓起一隻扭動不已的螞蝗，放在詠歎調的標記上。牠吸緊她的皮膚時，羅吼大聲喘了一口氣，但阿游還是無法呼吸。茉莉從罐裡拿出另一隻螞蝗，接著又一隻，每一秒鐘都像永恆，直到有六隻螞蝗吸附在詠歎調的手臂上。那是幾小時前，他才愛撫過的完美皮膚。

阿游調整手勢握住她的手，將手指穿過她的手指。詠歎調的手緊了一下，但只是微弱的抽搐，馬上又鬆開。不論她昏迷中身在何處，她都要告訴他，她會戰鬥下去。

他看著那些螞蝗吸了飽飽的血，變成深紫色。牠們一定有用，牠們一定會把她體內的毒素吸出來。但後來他再也看不下去了。他把頭靠在床上，膝蓋跪得好痛，時間過得斷斷續續。外面房間裡傳來阿熊低沈的聲音，他發誓自己是無辜的。接著是炭渣，急切地哀求李礁讓他進來。沈默。之後茉莉在附近走來走去，把毯子蓋在詠歎調身上，摸一下她的額頭。再度沈默。

阿游終於抬起頭來。詠歎調雖然沒動彈，但他知道她救回來了。他站起身，有點不穩，兩腿僵硬。他鬆了一口氣，兩眼隨即一暗，但陰影很快又再度籠上心頭。

他看一眼用手抓著刀身的羅吼。

「去吧。」羅吼把刀遞給他。「我會陪她。」

阿游接過刀，大步走向炊事房。

## 12 詠歎調

詠歎調分身到一座圓頂館裡，只覺得全身無力，頭腦昏沈。她背後有長達幾百呎、消毒過的整齊行列。蔬菜和水果從行列上長出來——秩序井然，鮮豔的色彩配搭完美。

她的心狂跳。這兒是農業六區——隸屬夢幻城的農耕圓頂館。她當初為了打聽母親的消息，曾經來過這裡。索倫攻擊她的地點，就距她現在站的位置不遠。

佩絲莉死在這裡。

詠歎調眼光往上。高高的上方，黑煙從灌溉水管裡嘶嘶外洩，翻湧著撲下來，圍繞在她四周。她試圖跑回氣密室，兩條腿卻不肯動。

一個聲音打破了沈默。「妳出不去了，還記得嗎？」

索倫。她看不見他，卻認得他嘲弄的聲音。「你在哪？」濃煙追過來，刺痛她的眼睛，使她咳嗽，但她就是看不見圓頂館裡有其他人。

「妳又在哪裡呢，詠歎調？」

「你沒辦法在這裡傷害我，索倫。」

「妳是指虛擬世界嗎？妳以為這裡是虛擬世界嗎？妳錯了，我能傷害妳。」

一波暈眩讓她腳步踉蹌。雙膝一軟，她抱著頭倒了下去。為什麼她的頭這麼痛？她出了什麼事？

她的二頭肌上傳來灼熱的壓力，愈來愈強大。她低頭望去，黑煙從她的皮膚湧出，滲入空氣裡。她體內著火了，她的血液在燃燒。她奮力掙扎，撕扯自己的皮膚，卻被許多隻看不見的手抓住。

「夠了，茉莉！把牠們從她手臂上拿開！」

是羅吼的聲音，但他在哪裡？

肌肉發達的索倫出現在她上方。「這次妳逃不掉的。」

她掙扎著想讓手臂脫離箝制。她必須跟他搏鬥，卻無法掙脫。「我不怕你！」

「妳確定嗎？」他撲過來，攔腰抓住她。

「是我，詠歎調！沒事了。是我。」

羅吼的聲音。索倫的臉。索倫的手抱著她。

詠歎調奮力想脫離他的掌握。她不知道該害怕什麼。她無法分辨真假，也不知道血管裡的血為何燙得像沸騰的水。她倒在成排的農作物上，踢騰掙扎，視界卻逐漸轉為灰色，然後全黑。

# 13 游隼

阿游走進炊事房，發現懷倫站在一張桌子上，面前有一小群人。時間晚了——黝暗的大廳裡，只點了零星幾盞燈——部落裡大多數人都已回家休息了。

「他是個急性子；一直那樣。」懷倫道：「那個定居者是他的相好。這一點他始終不告訴我們。現在他說他要去北方找永恆藍天，這點你們也千萬別相信。如果他去了就此不回來，我一點都不意外！」

「我回來了。」阿游道。他覺得冰冷，心無旁騖，頭腦就像他手中的刀一樣犀利。

懷倫猛然轉身，差點從桌上摔下來。阿游周圍的人一陣驚呼，所有目光都落在他身側的刀子上。

阿熊舉起手。「我完全沒概念，阿游。真的沒有。我絕對不會——」

「我知道。」阿熊的情緒證明他的無辜，他跟先前的阿游一樣震驚。阿游深深吸一口氣，視野的邊緣出現一條條藍色的斜紋。「是誰幹的？」他搜索周遭的臉。

沒有人回答。

「你以為沈默可以保護你？」他從茬仔和老威前面走過，進到人群裡，用力把空氣吸進肺腔。吸氣。

篩選。

搜索。

「你知道罪惡感在我耳中有多麼響亮嗎？」

抓到了：恐懼的惡臭。他像抓住一根繩索般抓住那氣味，跟著它前進。整個部落居民都在瑟縮，全都嚇壞了，慌忙鑽到長凳和桌子底下。唯一的例外是高灰，他像棵樹一樣站著不動。阿游的目光凝聚成一線，集中在他身上。看著這農夫不斷搖頭，整張臉被驚恐扭曲。

「她是地鼠！她甚至不是我們的一分子！她無權做標記！」

阿游縱身撲向高灰。他們扭成一團，撞上旁邊的人，倒在地上。有人踢他的手，從他指縫裡把刀奪走。許多隻手扣住他的肩膀，卻制止不了他。他只有一個目標，所有力量全集中在這目標上——心裡所有的恐懼都經由拳頭宣泄出來。

一——

二——

三拳之後，李礁和阿熊才把他拉開。阿游掙扎著要回去，不斷咒罵踢打。他聽見骨頭斷裂，但那還不夠。不夠，因為高灰還活著。倒在地上還能動。

阿熊把他舉在空中，往後一甩。「住手！他有兒子。」

阿游撞在桌子上。李礁出現在他面前，用手臂勒住他脖子，讓他動彈不得。「看著我，游隼！」

他強迫自己面對李礁的眼睛。

「把他驅逐去做離散者。」李礁道：「放他走。」

阿游望向人群中的兩個男孩。昨天他們還在野外嘻嘻哈哈，跟小溪學射箭，如今卻抱在一起哭。

李礁退後一步，鬆開他。

高灰在幾呎外側身躺著，暗色的血從他的鼻子不斷流出，流到地板上。

「扶他起來。」阿游道。海德和阿迷把他從地上拉起來，扶他站直。高灰靠自己的力量根本無法站立。「為什麼？」阿游問：「你為什麼做這種事」

「她不配做標記！她不是我們的一分子。我才是。」

「已經不是了，」阿游道：「你喪失了那份權利。明天一早離開我的土地。」

海德和阿迷把高灰拖走時，阿游低下頭，吐出一口熱呼呼的血。不知什麼時候，他也挨了一拳。他從眼角瞥見薛影那件叮噹作響的骯髒外套一閃而過。這個販賣八卦的商人今晚可說是大豐收。

「你是騙子，游隼。」

阿游抬起頭，跟著那充滿怨毒的聲音，找到躲在人堆裡的懷倫。「想到這兒來再說一遍嗎，懷倫？」

了。

「如果我過去，你也要打我一頓嗎？」懷倫搖頭。「你比維谷還壞。」他低聲道，隨即離開

小枝在懷倫離開時推了他一把。這是很不入流的行徑——像小枝這種身分的人會做出這種舉動，令人很意外。阿游環顧整座大廳。海頓在不遠處戒備，葛倫把刀拿在手中。李礁打量著群眾，就像戰士在衡量敵人。

他們不是敵人，這是他的部落。阿游對大廳四下張望，嗅到憐憫、恐懼與憤怒。

最後，李礁發話了。他說：「回去吧，各位。事情結束了。」

但阿游知道，遠非如此。

# *14* 詠歎調

手臂痛得像火燒，弄醒了詠歎調。她在黑暗中眨眼睛，只覺口乾舌燥，頭也痛到令她不敢輕易挪動。她躺在維谷房間的床上。流火穿過百葉窗縫隙，射進清涼的藍光，就像滿月時的月光。

她慢慢轉動頭部，往下看去。只見一根布條緊緊綁在二頭肌上。她知道布上的黑色污漬是血。伸手去摸時，她的手抖得很厲害。她全身灼燙，不僅是皮膚，連血管深處都發燙。

她記起刺青的儀式。阿熊用刺青棒刺她的皮膚，強烈的痛楚深入肌肉裡。然後所有聲音遠去，話聲與鼓聲逐漸消失，剩下一個慢慢扭曲著倒下的大廳。

她被人下了毒。

她緊緊閉上眼睛。真難以置信，這是中世紀才會發生的事吧，如果笑得出來，她真的會哈哈大笑，但憤怒與恐懼隨即在心裡撞出火花。她終於意識到發生了什麼事的時候，雙手的顫抖蔓延到全身。她不明白血液沸騰、燒得血管作痛的時候，身體怎麼會覺得這麼冷。她翻到一側，整個人縮成一顆球，在寒冷來襲時，每條肌肉都收緊。

是誰幹的好事？小溪？懷倫？難道是茉莉？她在這兒剛開始信任的第一個人會做這種事？詠歡調憶起她跟羅吼在炊事房裡一起唱歌的那個晚上。當時那麼多人對她微笑。她中毒的時候，他們是否也在微笑？

她舔舔枯乾的嘴唇，嘗到一種苦味——是否也是毒？她看到床頭櫃上的鷹形雕刻，很小，粗糙的線條被流火映成藍色。她定睛看著它，直到被睡意席捲而去。

再次醒來，有人在床畔點了一根蠟燭。她瞇起眼睛，燭光照得她眼睛刺痛。阿游在隔壁房間裡說話，聲音沙啞、焦慮。她的脈搏立刻加速跳動。

「我知道出了問題。」他說：「我在那兒覺得非常不舒服，但我不知道那是因她而起。」

李礁的回應絲毫不帶意外的成分。「你被她收服了。」詠歡調聽見地板嘎吱作響，他低罵一聲。「我早該料到有這種可能。我還一直祈禱不是這麼回事。」

詠歡調看著地板，努力設法了解。阿游被她收服？

「你以為這是她的情緒最後一次影響你嗎？」李礁道：「絕對不是。你被一個大家連看都不想看到的女孩收服，我再也想不出更壞的狀況了。她蒙蔽了你的判斷力——」

「她沒有——」

「她有，阿游。她不能留下。你要明白這一點。尤其你剛才做了那種事，現在潮族更不可能接納她。你已在她和他們的一員之間做了抉擇。」

「我沒有做抉擇。我不允許當著我的面殺人，不管受害者是誰。」

「當然。」李礁道：「但族人只會用他們選擇的角度看待這件事。他們會再度對她下手，說不定更糟，他們會對你下手。別再說什麼你要到北方去，潮族需要你在這裡坐鎮。」

她等阿游提出異議，但他沒有。

過了一會兒，門開了，他走進來，手摀著眼睛。他抬起頭，發現她醒著時，愣了一下，隨即關上門，走到床邊。他握住她的手，綠眼睛裡溢滿淚水。

「詠歎調……對不起。我真抱歉。真的說不出我有多麼抱歉。」

她搖頭。「不怪你。不是你的錯。」她沒有力氣說話。他下巴的一側有紅色的淤傷，下唇也腫了。「你受傷了。」

「沒什麼。不要緊。」

不是這樣的。他為她受傷，這就很要緊了。

「什麼時候了？」她不知道過了幾小時、幾天或幾星期。每次醒來，房間裡總是黑的。她只知道，現在外面是黑夜。

「天快亮了。」

「你睡過嗎？」她問。

阿游挑起眉毛。「睡？」他搖頭：「沒有……試都沒試過。」

她好累，也沒有力氣說出她想要什麼。但她忽然發現，只要說一個字就夠了。她拍拍床。「你。」

他躺下來，抱住她。詠歡調靠在他懷裡，用耳朵貼著他胸膛，聽著他的心跳——健康扎實的聲音——讓他的體溫融化在她體內。先前她彷彿在霧裡，在層出不窮的幻覺裡找尋真實。而今她在他身上找到了。他是真實的。

「現在我們在一起。」他貼著她的額頭低聲道：「我們應該這樣。」

她閉上眼睛，讓呼吸鬆弛下來，尋求平靜。他被她收服了，所以或許他也能感受到。「睡吧，阿游。」

「會的。」他說：「有妳在，我會的。」

## *15* 游隼

「阿游，醒來！」

阿游的眼睛立刻睜開。他在維谷的房間裡。他一輩子都不曾在這裡過夜。詠歡調睡得很熟，緊貼在他胸前。他緊一緊摟住她的手臂，因為汗水和鮮血的氣味又把前一晚的衝突帶回眼前。

羅吼站在門口。「你最好到外面來。馬上。」

阿游小心翼翼地不吵醒她，溜下床，尾隨羅吼走出去。

他看到全體族人都在廣場上——有好幾百人。眾人高聲喊叫，互相辱罵。他看到海德和海登站在炊事房屋頂上，彎弓搭箭，準備發射。李礁出現在阿游身側，抽刀在手。幾秒鐘後，小枝也來了。

「怎麼回事？」炭渣問。

阿游也不知道。直到高灰從人群中走出來，他才明白。

高灰的臉腫到幾乎認不出來。他肩上搭著一個沈重的袋子。「你做了錯誤的選擇。」他簡單說了一句，就往村外走去。他的兩個兒子尾隨後面，一路哭著擦臉。

接著懷倫也背著自己的家當走上前來。「你因為維谷私通定居者而殺了他，你自己的行為跟他又有什麼不同。」

阿游搖頭。「鷹爪和克拉拉都因為維谷的行為而失蹤。他出賣部落，我永遠不會那麼做。」

「那昨晚又怎麼說？我發誓高灰的臉是你的拳頭打出來的。你是個傻瓜，游隼。但我們誤信你能領導我們，實在比你更傻。」

他朝阿游的方向啐一口口水，大步離開。懷倫的母親跟在他身後，筆直看著前方，她的步伐遲緩，一腳高一腳低。阿游很想把她攔下。她的腳跛了，在三不管地帶活不了多久。

接著懷倫的堂弟也從人群中走出來。他是個強壯的靈聽者，今年十四歲，阿游很喜歡他。懷倫的一個叔叔也跟過去，接著是他其餘的家人。

人群不斷出走，一個接一個。十個，二十個，更多。人數多到阿游幾乎以為廣場要空掉了。這念頭讓他心情輕鬆得有點頭暈，但很快就打消了。他應該要跟他們在一起，應該要領導他們才對。

離開的行列終於告一段落，廣場安靜下來，他張望四周，等了一下，確定剛才發生的事並非出於自己的想像。人群少了很多，好像剪過枝的樹木。

至少四分之一的族人走掉了。

他環顧效忠於他、留下的人的臉。他看到茉莉、阿熊、小溪、荏仔和老威。他在心中尋覓正確的字眼，希望有維谷的好口才，但什麼也沒找到。

他若是為他們的忠貞向他們致謝，就會顯得軟弱，雖然他真的很感謝他們。他也不會為自己的所作所為致歉。這是他的土地，他有責任保護這塊地上所有的人：定居者、外界人，或介於兩者之間的任何人。

部落居民——殘餘的部分——紛紛回去執行日常工作時，阿游跟李樵和阿熊進到炊事房開會。他們坐在最靠近門口的桌上，列出選擇成為離散者的人員名單，和他們在部落裡的職務。阿熊寫字很慢——他的大手握著筆在紙上移動，筆桿看起來活像一根稻草，而每個名字都彷彿是一次新的背叛。

阿游不知道自己是如何開始犯錯的。是在暴風雨中跟著老威跳下水？是昨晚跟高灰打架？是跟詠歎調一塊兒到北方去找永恆藍天的計畫？每件事都有堂堂正正的理由，都很正確。他不明白自己怎麼會讓大家失望。

名單整理好以後，他們默然對坐。阿熊一共登記了六十二個名字，但這數字不代表全盤的事實。阿游的懷疑沒錯，他們有很大一部分是標記者。這批決定離散的人，即使沒有標記，也是能力很強，受過訓練的鬥士。老弱婦孺幾乎都沒有選擇離開。

李礁嘆口氣，雙臂一叉。「我們把異議分子都剔除了。我他媽的很樂意擺脫他們之中的幾個。從長程考慮，這會使我們更強大。」

阿熊放下筆，摸摸鬍子道：「但我擔心短程的變故。」

阿游看著他。他能說什麼？這都是事實。「消息一傳開，我們受攻擊的可能性更高。薛影恐怕已經把這兒發生的事到處去張揚了。」

「我們夜間巡邏的人手要加倍。」李礁道。

阿游點頭。「就這麼做。」他望向大廳另一頭。兩天之內，潮族經歷了一場不按常理出現的流火風暴，詠歎調遭人謀害，差點喪生，以及一場叛變。接下來會是突襲嗎？他知道這件事會發生。不論夜間巡邏人手是否加倍，他們都太脆弱。懷倫若回來奪取村子，他一點都不意外。

阿游回家時，頓覺廣場太過安靜而空曠。他急著想探視詠歎調。她的體能是否適合去北方？李礁昨晚的話還在他心頭回響。*潮族需要你在這裡坐鎮*。他怎能在這個節骨眼上離開他們？但保障他們安全的終極答案在外面，他又怎能留下？

他走進屋子，發現葛倫和小枝在維谷臥室的門外互相叫罵。他們一看到他就靜默下來。

「阿游……」小枝面有愧色：「我們每個地方都找過了——」

阿游推開他們，衝進房裡。他看到床和揉成一團的毯子。他望向床頭櫃，沒看到老鷹雕刻，也沒看到詠歎調的皮袋，更沒看到她的人。

「羅吼也走了。」小枝道。他和葛倫站在門口，兩人都望著他。

炭渣從他們中間擠進來，帽子落在地上。「我看見他們離開。他們要我告訴你，他們會處理麗薇和永恆藍天的事。」

阿游站定，反芻這個事實，血液在他耳朵裡衝激，隆隆震響。

他們不等他就離開了，但他大可以追上他們。他們只領先幾小時。如果全力狂奔，一定追得到，但他卻動彈不得。

李礁挺起肩膀擠進來。他打量一下房間，罵了一聲。他道：「很抱歉，阿游。」

來得出乎意料，卻非常誠懇的一句話，讓阿游如夢初醒。

她走了。

痛苦從麻木底下滲透出來。阿游把它塞回去，用他體內所有的力量壓住它，把它整個兒掩埋，直到恢復麻木。

他走到門口，撿起炭渣的帽子。

「你掉了這個。」他說，把帽子遞出去。

然後他走到外面，走進廣場，無處可去。

# 16 詠歎調

「來，喝口水。」

詠歎調搖頭，把水袋推開。她咬緊嘴唇，一口氣換過一口氣，直到嘔吐的感覺過去。眼前的草叢掀起陣陣波浪。她不停眨眼，直到波動停止。幾小時前，她以為自己難受的程度已到達頂點，但現在她卻覺得更難受。毒素還在她的血管裡運行，每走一步她的身體都在造反。

「很快就會好的，」羅吼道：「它遲早會排出妳的身體。」

「他會恨我。」

「不會的。」

詠歎調挺起上身，手臂緊貼在身側。他們站在俯瞰潮族山谷的一座小山上。她最渴望看見的就是阿游大步向她走來。

那天早晨，她在廣場上的叫囂聲中醒來。潮族已分崩離析。有人出走，他們大聲詈罵阿游，也用不堪的字眼罵她。她心慌意亂地走出維谷的房間，想趁阿游落得一無所有之前盡快離開，正好看到羅吼已經打好了包。麗薇在角族手中，他也要離開。趁著幾十個人蜂擁出村之際走人，不會引起注意，她跟羅吼悄悄選了相反的方向。

她但願能在走前見阿游一面，但她知道他的個性。他一定會跟她一起離開，這決定會讓他付出失去潮族的代價。她不能讓這種事發生。

「我們該繼續前進，羅吼。」如果不繼續行動，她怕自己會改變主意。

她恍恍惚惚走了整個下午，兩腿顫抖，手臂在繃帶底下痛得火燒火燎。這麼做最好，她一遍又一遍告訴自己。阿游會諒解的。

晚上他們在一棵橡樹下棲身，不斷墜落的雨，用輕柔的雜音在他們四周圍上一重帷幕。羅吼給她食物，但她吃不下；她注意到他也沒胃口。

他挨過來。「我檢查看看。」

他替她拆下臂上的繃帶時，詠歎調咬緊嘴唇。二頭肌上的皮膚又紅又腫，結了乾血塊，墨汁糊成一片。這是她見過最醜陋的標記。

「誰下的手？」她問，聲音因憤怒而發抖。

「一個叫高灰的人。他不是標記者，但一直妒忌我們。」

詠歎調腦海裡出現一張臉。高灰是她在流火風暴中找到小河時，在樹林裡遇見的那個矮壯漢子。她道：「地鼠要做標記，令他無法忍受。他不容許這種事發生。」

羅吼揉揉後頸，點頭道：「是啊。我猜大概就是這麼回事。」

詠歎調摸摸手臂上結痂的皮膚。「半個外界人身上紋了半個標記。」她本想輕鬆帶過，卻差點泣不成聲。

羅吼默默注視她一會兒。「會好的，詠歎調。到時候我們再完成它。」

她拉下衣袖。「不用了……我甚至不確定我要不要做標記。」

她不知道自己的歸屬。這兒？還是夢幻城？去年秋季，黑斯放逐她，現在又利用她。昨天潮族想殺她。她到哪裡都格格不入。

她挪到火旁躺下，拿毯子裹住肩膀。一整天她都覺得冷，寒氣令她非常不適。時間會擺平一切，她告訴自己。毒素會從她的血液裡慢慢排出，皮膚也會痊癒。目前她必須全力以赴，達成目標。她必須去北方，找到永恆藍天。為了阿游和鷹爪，也為她自己。

雖然這麼疲倦，她卻無法不去回想當天早晨跟阿游依偎在一起的感覺，既溫暖又安全。今晚他會睡在屋頂上嗎？他在想她嗎？過了一小時，她坐起身，放棄睡眠。雖然羅吼閉著眼睛，她看得出來他也沒睡著。他的表情太緊張了。

「羅吼，怎麼了？」

他望過來，疲倦地對她眨眨眼。「他就像我的兄弟……我知道他現在的感覺。」

詠歎調忽然想通了，不禁低呼一聲：就這樣跑掉，沒有一句交代，她對阿游的所作所為，就跟麗薇對待羅吼的方式一模一樣。「不一樣的……是嗎？阿游知道我離開是為了保護他——不是嗎？你也看到潮族那麼多人因為我而離開。如果一開始我沒到那兒去，就不會發生這些事。我非走不可。」

羅吼點頭。「但還是會痛苦。」

詠歎調用手掌摀住眼睛，壓住淚水不讓它流出來。羅吼說得對。痛苦來襲時，講道理是沒有用的。她把手拿開。「我的選擇是正確的。」她希望能說服自己。

「是啊。」羅吼同意道：「阿游必須留在那兒，這種時刻他不能離開，潮族會撐不下去。」

他嘆口氣，把頭靠在手臂上。「妳跟我到這裡來，也比較安全。我不想再看到妳那麼接近死亡。」

羅吼在破曉時分叫醒她，雨已經停了，又有一整天的路要趕。上次暴風雨過後，流火暫且給了他們一個喘息的機會，但現在她又看見烏雲背後出現大股集結奔騰的流火。天空篩下一層藍光，即使是白晝，也彷彿置身水下。

「我們得注意它的動靜。」羅吼站在她身旁往上看。他們目前行經的都是空曠地帶，如果有新的風暴形成，他們必須在短時間內找到庇護。

除了手臂還會灼痛，詠歎調算是已經康復了。他們很快就會走出阿游的轄地，她必須對危險提高警覺。每一步都讓她更接近邊緣城，接近她需要的東西。

那天的黃昏，她站在谷口，眺望南方連綿不盡、連接到地平線的山巒。去年秋季，她曾經跟阿游在那兒的某處紮營，穿著用書本封面做的鞋子。她失去了最要好的朋友，而她當時還不知道，自己也失去了母親。

詠歎調伸手到皮袋裡，取出木雕的老鷹。她離開阿游的房子時順手拿了它，因為需要一件真實的東西提醒他的存在。

「他刻這個的時候我就在旁邊。」羅吼說。他背靠一棵樹而坐，用充血的眼睛看著她的一舉一動。

「是嗎？」

羅吼點點頭。「鷹爪和麗薇也在。我們打算為鷹爪做一套收藏品，說好每個人要幫他刻一隻老鷹。麗薇不到五分鐘就割傷了手。」他露出淡淡的笑容，沈浸在回憶裡。「她拿刀真是粗魯，一點也不細巧。她和我刻了幾分鐘就宣告放棄，但阿游為了鷹爪還是完成了它。」

詠歎調用大拇指輕撫光滑的表面。這群人都曾經在過去的某個時刻，把玩過她手中這隻鷹雕。大家還能團聚——一個也不少嗎？

她花了一小時才適應森林裡的聲音，注視著手裡的鷹雕，在羅吼沈入夢鄉時負責第一班的守夜。遠處有狼、成群結隊的流浪者和食人族。她專心分辨風聲和動物發出的細瑣聲響，一直聽到她敢確定他們很安全為止。然後她收起鷹雕，拿出智慧眼罩。

距她上次在海灘上跟黑斯聯絡，已經過了三天。她看一眼羅吼，對方睡得很熟，隨即戴上眼罩。生化機制啟動後，眼罩附著在她臉上，專屬於她的智慧螢幕跳了出來。

她點選代表黑斯的圖像，立刻出現開始分身時那種被拉扯的感覺，她的思維調整為同時置身兩個不同的場所。她來到威尼斯的虛擬世界，幾步外就有平底船在運河裡划行，冒著氣泡的清水中漂浮著玫瑰花。這是個陽光普照的美麗日子，燦爛而溫暖。不知何處傳來弦樂四重奏的演奏，樂聲微弱，時斷時續。

黑斯坐在小桌子對面。這次他的服飾很考究，穿一套有淺藍色細條紋的象牙白西裝，繫紅領帶。他讓皮膚呈現日曬過的色澤，但效果很怪異。他不知何故變老了——或者該說比較接近他實際上遠高於一百歲的年紀——皮膚呈橙紅色。跟阿游的古銅色皮膚相去甚遠。

黑斯看到她的衣服，皺起眉頭。她還沒來得及開口，便覺得全身一震，好像從頭到腳眨了一下眼。她低頭看去，一件寶藍色洋裝像第二層皮膚似的貼在她身上。

黑斯微笑道：「這樣比較好。」

她的心臟因氣憤而加速跳動。「好過頭了。」她道。

一名侍者用盤子端上咖啡。是個黑眼睛帥哥，像是羅吼的兄弟。他把飲料放在桌上時，對她微笑。一陣暖風吹過，送來刺鼻的古龍水味，拂動了披散在詠歎調裸露後背上的頭髮。一切都那麼正常、安穩、迷人。換作一年前，佩絲莉會因為侍者那個笑容在桌子底下踢她。迦勒會從素描簿上抬起頭來，翻個白眼。她忽然對現在的生活如此艱難感到勃然大怒。

黑斯啜飲一口咖啡。「妳還好吧，詠歎調？」

他可知道她曾被人下毒？他能從眼睛裡看得出來嗎？或是從她身體的化學結構推測得知？

「我好極了。」她說：「你呢？」

「我也好極了。」他用同樣諷刺的口吻回應。「妳上路了。一個人旅行嗎？」

「關你什麼事？」

他瞇起眼睛看著她。「我們偵測到妳附近有風暴。」

詠歎調冷笑一聲。「我也偵測到了。」

「意想得到。」

「不對，其實你想不到。我要知道夢幻城發生了什麼事，黑斯。你們有沒有遭到風暴襲擊？有沒有損害？」

他對她眨眨眼。「妳是個聰明的女孩。妳認為呢？」

「我怎麼認為不重要。我要的是知道。我需要證據證明鷹爪安然無恙。我要看到我所有的朋友。我還要知道，如果我告訴你永恆藍天的位置，你打算怎麼辦。你會把整個密閉城市遷過去嗎？你要怎麼做到這一點？」詠歎調往桌子對面湊過去。「我知道我在做什麼，然而你呢？所有其他的事呢？」

黑斯用手指敲敲大理石桌面。「妳真是不可思議，看來跟野蠻人一起生活很適合妳。」虛擬世界忽然變得寂靜無聲。詠歎調往運河上看去，平底船停在一如鏡子一般靜止不動的水面上。一群鴿子飛到中途，停頓在半空中。每個人都東張西望，露出驚慌的表情；接著虛擬世界忽然又開始運作，聲音和動作恢復如常。

「這是怎麼回事？」她質問：「回答我，否則我們拆夥。」

他又啜了一口咖啡，若無其事地看著運河裡的船隻來往。「妳以為如果我不讓妳分身，妳走得了嗎？」他回望她。「我說結束才算數。」

詠歎調拿起咖啡，向他潑去。黑色的液體灑在他臉上和淺色的衣服上。黑斯猛然退後，喘著氣，儘管他並沒有受傷。虛擬世界裡任何東西都不會造成真正的痛苦。他充其量只會覺得一點熱度而已，但她的攻擊出其不意，贏得了他的注意。

「還要我留下嗎？」她問道。

話還沒說完，他就消失了，留下她瞪著一張空椅子。雖然明知不會有用，她還是嘗試關掉眼罩。她準備好了——全心全意——回到真實世界去。

**指令未經授權**，智慧螢幕閃過這行字。

現在怎麼辦？侍者從咖啡廳的窗戶向外窺視，眼中充滿感興趣的神采。詠歎調轉過身，望向運河。一對情侶在裝飾華麗的水泥橋上相擁，觀賞下面水上的交通。她試著想像是自己緊貼著橋欄杆。把她的頭髮拂到一旁、湊在她耳畔輕聲細語的是阿游。阿游討厭虛擬世界。她無法在心裡構築這樣的畫面。

一個計時器出現在她智慧螢幕上方的角落，它從三十分鐘開始倒數。詠歎調打起精神。黑斯又在搞什麼花樣。

下一刻，她分身到另一個虛擬世界，出現在一座木造碼頭上。大海輕柔地在腳下拍擊，海鷗在上空長唳，那叫聲模擬真實版本，做作得很可笑。一個男孩坐在碼頭盡頭，面對大海，但詠歎調完全確知他是誰。

鷹爪。

她覺得緊張欲嘔。她渴望知道阿游的姪兒平安無事，卻沒把握自己是否想認識他。她不想比現有的程度更在意這孩子。況且見到他，她要說些什麼呢？鷹爪甚至不認識她。她低頭看看自己，至少她已恢復了原先一身黑衣的打扮。

計時器只剩下二十八分鐘了。她光站在那兒，就耗掉了兩分鐘。她對自己搖頭，向他走去。

「鷹爪？」

他跳起身來，面對她，驚訝地瞪大眼睛。她沒跟鷹爪正式打過照面，但曾經見過他一次。幾個月前，阿游進入虛擬世界探望鷹爪時，她從電視牆上看到整個過程。他是個漂亮的孩子，有褐色的捲髮和認真的綠眼睛，色澤比阿游深，眼神更深邃。

「妳是誰？」他問。

「你叔叔的朋友。」

他懷疑地瞪著她。「那為什麼我不認識妳？」

「你被帶到極樂城之後，我才認識他。我叫詠歎調。去年秋季他到虛擬世界來看你的時候，我正跟他在一起……我在外面幫助他。」

鷹爪把釣竿插在木造碼頭的縫隙裡。「所以妳是個定居者？」

「是的……也是外界人。我是一半一半。」

「哦……妳在哪？在外界還是在夢幻城裡？」

「我在外界。其實我……我坐在羅吼旁邊。」

鷹爪眼睛一亮。「羅吼也在。」

「他睡著了，但他醒來時，我會告訴他你跟他問好。」碼頭上還有另一根釣竿。鷹爪同時用兩根釣竿。她想起來了，他自幼生長在潮族，恐怕這八年來他一直在釣魚。「可以跟你一起釣魚嗎？」

鷹爪看起來並不很樂意，但他說：「當然。」

詠歎調拿起多出來的那根釣竿，在他身旁坐下。她難以相信，自己在一個真實的小漁村裡住了幾天後，竟然還會到虛擬世界裡來釣魚。她端詳手中的木竿，發現自己根本不會拋竿。她曾經在另一個虛擬世界裡釣過魚。那是太空釣魚場，玩家在宇宙中飛行，對魚群發射魚鉤。現在卻要用古人的方式釣魚。

「嗯……我來。」鷹爪從她手中接過釣竿，慢慢拋竿，讓她看清楚每一個步驟，然後把釣竿交回給她。

「謝謝你。」她道。

他聳聳肩膀，沒看她，開始晃動懸在碼頭邊緣的雙腿。左踢右踢，左右，左右。靜止不動會令我疲倦，阿游曾經告訴她。顯然這是家族遺傳。

「在家的時候我們較常用網。」過了一會兒，鷹爪道。

「哦，真的？」她慌忙提出下一個問題。計時器上只剩二十三分鐘了。「你比較喜歡釣魚還是打獵？」

他看她的表情好像以為她瘋了。「我兩樣都喜歡。」

「我早該猜到才對。看來你兩方面都很厲害。」他長得壯了一點，比她秋季看到時顯得更健康。

鷹爪摸摸鼻子。「我釣到好多好多的魚，但這個虛擬世界不讓你煮魚。我試過好幾次。我收集一些木柴，然後設法生火，卻沒有用。虛擬世界裡沒有火。我的意思是，火是有的，但只是一種假裝的火。」

詠歎調咬住嘴唇，點點頭。這一點她太清楚了。

「你必須到烹飪的虛擬世界去煮魚，但那也是一場空。即使把魚吃到肚子裡，但一離開虛擬世界，飽足感就沒有了。抓到魚如果沒有用，就變得不好玩了。」

詠歎調微笑。他說話的時候，腿晃個不停，雙眉之間出現一條皺紋。「我想你可以去參加比賽。」她建議道。

「為什麼？」

「得一個，嗯，你知道，名次啊。你說不定會得到冠軍。」

「冠軍是說我可以把釣到的魚煮了吃嗎？」

詠歎調笑了起來。「恐怕不行。」

「或許我還是會試試看。」他望著海面，把腿搖晃了好一會兒，才又說：「我想回家。我想見我的叔叔。」

她覺得喉頭一緊。他沒提到他父親。她不知道他是否已猜到維谷與阿游之間的事，但她沒有立場問。她這才想到他已經失去父母，跟她一樣是個孤兒了。

「你在夢幻城不快樂嗎？」她問。

他搖頭。「不是。我只是想回家。我現在好多了，這兒的醫生治好我的病。」

「那很好呀，鷹爪。」她想起阿游告訴過她，鷹爪在外界生了病。「我會設法帶你離開，回到潮族的家。我保證。」

他抓抓膝蓋，一言不發。

「你有沒有跟朋友一起釣過魚？」

「本來克拉拉會來陪我。他是小溪的妹妹，妳認識小溪嗎？」

詠歎調吞下笑聲。「是啊，我認識小溪。克拉拉為什麼不來陪你釣魚了呢？」

「她覺得無聊。她嫌這個虛擬世界步調太慢了，沒有人喜歡用這種方式釣魚。」

「我喜歡。說不定我們可以找個時間再一起來釣魚。」

鷹爪用眼角餘光瞥她一下，露出笑容。「好啊。」

接下來共處的時間，鷹爪告訴她，他在這兒抓到的各種魚的名稱和特性。他用了哪些種類的餌，在什麼時候抓什麼魚，當時的天氣狀況又是如何。

他把頭歪向一側，聲音變得柔和。懸在碼頭邊緣的兩條腿，自始至終沒停止過擺盪。好幾次他微笑時，詠歎調必須把目光轉往海面，才能鬆一口氣；他跟他叔叔實在長得太像了。計時器顯示為零的時候，她擁抱他，承諾會再回來看他。

詠歎調分身到另一個虛擬世界——一間辦公室。黑斯坐在一張線條俐落的灰色辦公桌前，背後有面玻璃牆。透過玻璃，她看見夢幻城的中樞圓頂——她一輩子的家——圓形的樓層都捲曲起來。這景象讓她屏住呼吸，不禁走上前去。她被放逐後，雖然在虛擬世界裡跟黑斯見過幾十次面，卻不曾再見過密閉城市——她實質的家，直到現在。

她才邁開腳步，黑斯就說話了。「愉快的訪問。」他道：「他沒吃苦，妳看到了。我希望我們能維持這樣。」

# *17* 游隼

「承諾效忠於我，維谷。」阿游道，用刀抵住哥哥的咽喉。他的聲音殘酷無情，很像他父親的聲音，他的手抖得好厲害，連刀都拿不穩。他在一片空曠的田野中，把維谷壓制在草地上。

「效忠於你?你在開玩笑吧。你根本不知道自己在做什麼，阿游。承認吧。」

「我知道我在做什麼。」

維谷縱聲大笑。「那你為什麼讓他們離你而去?她又怎麼會離你而去?」

「閉嘴！」阿游把刀鋒抵緊哥哥的咽喉，但維谷卻笑得更大聲。

接著他不再是維谷，變成了詠歎調，美麗絕倫。就在他身下，躺在維谷的床上。他用刀抵著她喉嚨，她卻在笑。他把刀鋒壓在她柔細滑嫩的脖子上，刀在他手中顫抖，他控制不住自己，她卻不在乎，只是不斷地笑著。

阿游從噩夢中掙脫出來，跳起身，頂天立地地站在閣樓上。他大聲咒罵，沒辦法保持靜定。汗水從背上滾下，他幾乎無法呼吸。

「放鬆，放鬆，阿游。」李礁道。他靠在梯子上，擔心得眉頭皺在一起。

屋子裡很黑，一片死寂。阿游沒聽見六人組的鼾聲，他把所有人都吵醒了。

「你還好嗎？」李礁問道。

阿游把頭轉向陰影，藏起自己的臉。兩天。她已經離開兩天了。他拿起上衣，套在身上。

「我很好。」他道。

他走到屋外，阿熊正等著他。「阿游，我知道我們的人手空前缺乏，但我必須讓我的手下休息。負荷太重了，既要求他們整天下田工作，又要巡夜。人總要睡覺的。」

阿游緊繃起來。這幾天他睡得比以前還少。「我們禁不起被偷襲。我需要人守夜。」

「我清理水溝需要幫手，阿游。耕地和播種也需要人。我不希望他們在工作的時候睡著，還打鼾。」

「盡量湊合吧，阿熊。大家都一樣啊。」

「我是在湊合啊，但這樣我們該完成的工作頂多只能做一半。」

「那就做一半吧！我不會減少巡邏的人手。」

阿熊愣住了，廣場周圍的幾個人也呆著不動。阿游不明白他們為什麼不懂。部落將近四分之一的人出走，當然不可能完成所有的工作。他原本希望能為部落前往永恆藍天儲備旅途需要的口糧，但流火風暴帶來損害，加上人力減少，目前他只做得到大家每天有飯吃而已。他們工作過勞，食物不足，他得解決這問題。

一整天下來，他幫阿熊清理排水溝、檢查潮族的防禦工事，並思考自己有哪些選擇。李礁在他身旁幹活，貼身得像他的影子。李礁不在時，六人組的一員也會取代他的位置。他們不讓他獨處。就連炭渣也好像成了他們的一分子，每當阿游想一個人清靜片刻時，炭渣就會跟上來。

他不知道他們對他有什麼期待。最初的震撼逐漸緩和，現在他以平常心看待這件事。羅吼和詠歎調離開了，他們到角族去尋找麗薇和永恆藍天，很快就會回來，就這麼簡單。必然是如此。他不讓自己再多想。

那天晚餐遲了——懷倫那群人帶走了三個廚子——炊事房出奇空曠且安靜。阿游食不知味，但他照吃不誤，因為全部落都在看著他。他必須證明給他們看，情勢雖有變化，明天依然會來臨。

他走出炊事房，向東面的瞭望塔走去時，李礁亦步亦趨地跟上來。一路上，阿游聞出李礁鼓起勇氣要說些什麼。他把手握成拳頭，等著聽勸戒他多睡點覺、多點耐心，或兩者兼而有之的話。

「晚餐難吃死了。」李礁終於道。

阿游吐出一口氣，慢慢洩出凝聚在指尖上的張力。「是該弄得好吃點。」

李礁仰頭望天。「你感覺到了嗎？」

阿游點頭。來自鼻腔深處的刺痛感警告他，另一場暴風雨即將來臨。「幾乎無時無刻都有感覺。」

流火上下擾動，糾結而憤怒，把夜空照映得像一塊藍紋大理石。上次風暴結束後，平靜的天空只維持了一天。現在日夜幾乎沒有差別。在雲層和流火的藍光籠罩下，白晝顯得陰暗，夜晚卻變得比較明亮。晝夜並行運轉，分野不復存在，瀰漫成一片永無天日的渾沌。

他看著李礁。「你幫我送個信。」

李礁挑起眉毛：「給誰？」

「馬龍。」阿游其實很不願意再向他求助——只不過幾個月前，他才跟詠歎調和羅吼一塊兒去尋求庇護——但潮族目前的處境岌岌可危。他需要食物，也需要人手。與其看著全部落的人挨餓，或被掠奪者奪走村子，他寧可求助。

李礁同意。「好主意，我明天一早就派葛倫出發。」

雖然他和李礁來換班，小枝和葛倫仍守在位於岩石邊緣的瞭望崗哨上。薄霧輕輕降下，他們四人圍在一片祥和的沈默中。

不久海德與海登也來了，阿迷跟在後面。他們三個今晚不用值班。阿游晚餐時，就看見海德打了十幾個呵欠。他們在崗哨四周坐定，看著薄霧逐漸轉濃，變成雨絲。仍然沒有人開口，也沒有人離開。

「安靜的夜晚。」最後小枝道：「我是說，我們很安靜。跟下雨無關。」經過長時間的沈默，他的聲音變得沙啞，有點刺耳。

「你吃了一隻青蛙嗎，小枝？」海登問。

「說不定今晚那道湯裡有青蛙。」葛倫道。

海德哼了一聲：「青蛙比那種內臟好吃多了。」

小枝清一下喉嚨。「你們知道，我有一次差點生吞一隻青蛙。」他道。

「小枝，你長得就像一隻青蛙。你有一雙蛙眼。」

「表演一下，你可以跳多高，小枝。」

「別吵，讓他把故事呱呱完。」

不是什麼了不起的故事。小枝小時候跟兄弟打賭，差點要親吻一隻青蛙，但青蛙從他手中掙脫，跳進他嘴裡。這故事並不適合小枝，他已經二十三歲，還沒有親過女孩子，六人組都知道這一點，正如他們知道彼此之間幾乎所有的事。接下來是一場唇槍舌劍，大家輪流對小枝發動攻擊，說他大概擔心親過青蛙以後，再親女孩子會覺得很無趣，他們也支持他去追求一個王子。

阿游在旁聆聽，對最精彩的調侃露出微笑，覺得這是過去兩天來他最像自己的時刻。最後大家又沈默下來，只剩此起彼落的鼾聲。他看看四周，雨已經停了。有人睡著了，有人呼吸平穩，專心監視黑夜。沒有人說話，但阿游清楚地聽見他們。他知道他們為什麼形影不離地跟著他，為什麼現在會陪他坐在這裡，即使沒有必要，還是留下來。

就算還有其他選擇，他們也不會離開。他們全都支持他。

# *18* 詠歎調

「我們今天走得比較快。」詠歎調擰乾頭髮，向火堆挪近一點。連續下了好幾天雨，春光已全面啟動。離開潮族三天以來，她的精力終於恢復了。「你不覺得我們趕上些進度了嗎？」

羅吼靠著背包席地而坐，兩腿在腳踝處交叉，腳尖打著她聽不見的拍子。「是啊。」

「火也生得好。找到乾木頭真是我們的運氣。」

羅吼看過來，挑起一道眉毛。她這才發現自己一直瞪著他，但眼裡其實沒有他，只是透過他望著遠方。

「妳知道什麼比不說話的詠歎調更糟嗎？那就是滿口廢話的詠歎調。」

她撿起一根樹枝，撥弄火堆。「我只是想讓你省省心。」

那天的大部分時間，他們都在沈默中行進——雖然羅吼一再嘗試交談。他要討論抵達角族之後的計畫。他們要如何取得永恆藍天的情報？要如何談判換回麗薇？但詠歎調不想討論任何事。她必須全神貫注在前進這件事情上。不斷鞭策自己時，她心裡油然湧起一種想掉頭回去的衝動。一旦開口說話，她可能會把這念頭說出來。

她擔心鷹爪。她想念阿游。兩方面她都使不上力，唯一做得到的就是盡快趕到角族。現在她對自己的沈默有點不好意思，她試圖彌補——理由雖不夠充分，卻是事實。

羅吼皺起眉頭：「省省心？」

「是啊，體諒你啊。我現在心慌意亂，滿腦子胡思亂想。我累壞了，卻又坐不住。我覺得我們好像該繼續往前走。」

「我們可以趕夜路。」他說。

「不，我們得休息。懂了吧？現在的我只會語無倫次。」

羅吼盯著她看了一會兒，然後抬頭望著上方的樹枝，表情陷入深思。「我有沒有告訴過妳，阿游第一次喝樂斯酒的故事？」

「沒有。」她道。整個冬季，她聽了很多阿游、羅吼和麗薇的故事，卻沒聽過這一個。

「我們三個在沙灘上。妳知道樂斯酒是怎麼回事，它會把你變成不一樣的人。反正呢，阿游喝得興致大好。他決定脫光光去游泳。順便告訴妳，當時是中午，光天化日之下。」

詠歎調微笑。「不會吧。」

「他做了。他在水裡玩耍的時候，麗薇拿走了他的衣服，而且決定這是把全村女孩都叫來沙灘上的好時辰。」

詠歎調大笑。「羅吼，她比你更壞！」

「妳是說更好吧。」

「真不敢想像你們兩個在一起。那阿游怎麼辦呢？」

「他沿著海岸一直游，我們直到第二天早晨才見到他。」羅吼捋著下巴微笑。「他告訴我們，他三更半夜披著海帶潛回村子。」

「你是說，他穿著……海帶做的草裙？」詠歎調笑個不停：「只要能看到那一幕，我願意付出任何代價。」

羅吼大驚失色：「我很慶幸我沒看到。」

「真不敢相信，為什麼你以前不講這個故事給我聽？」

「我要把它留到最好的時機。」

她笑道：「謝了，羅吼。」這故事讓她暫且擺脫憂慮，但它也未免回來得太快了。

她小心翼翼拉起衣袖，標記周圍的皮膚仍然泛紅結痂，但已經消腫了。墨汁似乎已滲進某些皮膚，真是一團糟。

她伸出手，放在羅吼的前臂上。不知什麼緣故，這麼做好像比較容易。或許僅僅想著自己的煩惱，不必大聲說出來，消耗的勇氣少一些。

會不會這是個預兆？或許我不能成為外界人？

他握住她的手，將兩人的手指交纏在一起，這動作讓她吃了一驚。「妳已經是個外界人，妳到哪兒都適應得很好，只是妳還不了解。」

她看著他們的手，他從沒做過這種動作。

羅吼扮個搞笑的表情。「每次都是妳把手放在我手臂上，感覺有點奇怪。」他回應她的想法。

*沒錯，但這樣感覺很親密。你不覺得嗎？我不是嫌我們太親密。呃，我想我就是這個意思。羅吼，有時候真的很難適應這種事。*

羅吼輕輕一笑。「詠歎調，這不叫親密。如果我跟妳親密，相信我，妳一定會知道。」

她翻個白眼。*下次你說這種話，請記得扔下一枝紅玫瑰，然後甩一下披風離開。*

他望向遠處，似乎在想像那場面。「我可以照辦。」

他們又陷入沈默，她發現以這種方式跟他溝通感到很安心。

「很好。」羅吼說：「就是要這樣。」

他的笑容有鼓勵作用。*我最後一次見到我母親，感覺很糟糕。*頓了一下，她承認道。*我跟她吵架。我對她說了很多不該說的話，從那時起，我一直在後悔。我想我會後悔一輩子。總之，我不願意再用那種方式對待阿游。我覺得直接離開比較容易。*

「我猜，妳發現這想法是錯的。」

她點點頭。*離開永遠都不容易。*

羅吼盯著她，看了很長一段時間，眼光裡有隱約的笑意。「妳沒有心慌意亂得胡說八道，詠歎調。妳談的都是正在發生的事，都是事實。」他緊握一下她的手，然後鬆開。「拜託妳以後不用替我省省心。」

羅吼熟睡後，她從皮袋裡取出智慧眼罩。又到了該跟黑斯報到的時間。幾天來，鷹爪把腿懸在碼頭外搖晃的景象，一直在她心頭盤桓。現在想起黑斯的威脅，她覺得胃開始收縮。她在智慧螢幕上選了黑斯的圖像，分身進去。發現自己置身何處時，她全身每條肌肉都緊繃起來。

巴黎歌劇院。

她站在舞台正中央，驚訝得一言不發，只用眼睛仔細打量音樂廳裡她早已熟悉的奢華裝潢。一層層金碧輝煌的包廂圍繞著紅色海洋似的絲絨座椅。往高處望去，只見圓拱形天花板上的彩色壁畫，被華麗的大水晶燈照耀得光明燦爛。她還是個小女孩的時候，就常來這裡。這個虛擬世界比任何地方都更像她的家。

她的目光越過樂隊席，投向正前方的座位。

空的。

詠歎調閉上眼睛。這是她跟魯明娜共同擁有的地方。她可以想像母親坐在那兒，穿著簡單的黑色洋裝，黑髮往後綰成一個緊緊的小髮髻，唇上掛著溫和的微笑。詠歎調不曾見過更令人信賴的笑容。那笑容彷彿在說，一切都沒問題，我對妳有信心。她現在就有這種感覺。平靜，把握。每件事都會成功。她要抓住這種感覺，把它鎖在心裡。接著她慢慢張開眼睛，那感覺逐漸流失，留下一大堆在她喉嚨深處燒灼作痛的問題。

*媽，妳怎麼可以離開我？誰是我父親？他對妳有意義嗎？*

她永遠找不到答案。她永遠擺脫不了那個向前、向後延伸，不斷擴大，縱目所及一直看得見的痛。

舞台燈光關閉，接著觀眾席的燈也熄了。忽然她站在全然的黑暗中，如此漆黑，她連平衡感都拿捏不住。唯有把聽力運用到極致，準備捕捉一切微小的聲音。

「怎麼回事，黑斯？」她不悅地說：「我看不見。」

一盞聚光燈劈開黑暗，照花了她的眼睛。詠歎調舉手遮光，護住眼睛，等視力適應。她只看得見台下樂隊席的空洞和前幾排座位。還有高高在上的大水晶燈數千顆水晶的閃光。

「太戲劇化了吧，黑斯，不是嗎？你要唱《歌劇魅影》給我聽嗎？」一時心血來潮，她唱了幾句〈對你別無所求〉（All I Ask of You）。本來只打算開個玩笑，但歌詞深深打動了她。接下來她只知道，自己一心一意思念阿游而唱著歌。

這座表演廳能擴大她的控制與力量，真令她懷念。舞台不僅是供人站立的幾塊木板而已，它有生命——是一對支撐她、將她往高處托起的肩膀。唱完以後，她不得不用微笑掩飾自己的心情。「不拍手嗎？討好你還真難。」

他的沈默持續太久了。她正想著那張小小的大理石面桌子，斟滿咖啡的精巧杯子——第一次沒看到它們——就聽見一個倨傲的聲音打破了沈默。

「再次見到妳真好，詠歎調。好久不見。」

索倫。

正前方，大約第四排，她看到黑暗中有個黑色人影。詠歎調站穩腳跟，調勻呼吸，但眼前仍浮起無數影像。索倫在大火中追逐她。索倫跨坐在她身上，雙手緊緊掐住她喉嚨。

這是虛擬世界，她提醒自己。比真實更好，沒有痛苦，沒有危險。在這裡，他傷害不了她。

「你父親在哪？」她問道。

「忙。」索倫答道。

「所以是他派你來的？」

「不是。」

「你自己『駭』進來的？」

「『駭』是相對於機器而言。我做的事比較像是用手術刀割出一條小縫。妳母親一定不喜歡這種比喻。妳從前常跟她來這個地方，對吧？我認為妳會喜歡再來一次。」

他的聲音充滿自鳴得意，讓她怒火中燒。「你想幹什麼，索倫？」

「很多事。但目前我就想見妳。」

見她？她很懷疑。復仇還比較可能。他大概會把那天晚上農業六區發生的事都怪到她頭上。她不想等著知道結果。詠歎調嘗試分身離開這個虛擬世界。

「沒用的。」索倫說，出現在她螢幕上的訊息也這麼說。「不過是很好的嘗試。我很喜歡那首歌，順便告訴妳，很動人。妳一直都出人意表，詠歎調。真的。再唱幾首吧。我喜歡那個故事，它有一個恐怖電影的虛擬世界。」

「我不要唱歌給你聽。」她說：「把燈打開。」

「他毀容了，不是嗎？那個魅影？」索倫不理她，繼續說道：「他戴面具不是為了隱藏自己醜陋的面貌嗎？」

要離開虛擬世界，還有一個辦法。詠歎調把注意力轉移到現實世界，伸手抓住智慧眼罩的邊緣。她知道硬把眼罩剝下來會很痛，眼睛深處會傳來電擊般的劇痛，像火一樣沿著脊椎骨向下延燒。她要離開那兒，卻無法勉強自己扯下眼罩。

索倫的聲音把她拉回虛擬世界。「順便告訴妳，威尼斯那件藍色洋裝真要命，性感極了。咖啡更是高招，妳差點把我老爸嚇死了。」

「你偷窺？真噁心。」

他滿不在乎。「妳知道就好。」

只要她容許，他會一直玩弄她。詠歎調往旁邊挪動幾步，躲到聚光燈照不到的地方。她被黑暗籠罩——這次是種解脫。好了，現在他們勢均力敵。

「妳做什麼？妳要去哪？」索倫提高聲音，變得驚惶失措，這激勵了她的勇氣。

「待在原地，索倫，我下去找你。」她不會真的那麼做。這兒黑得伸手不見五指，但讓他以為她埋伏在黑暗裡等待出擊也不錯

「什麼？停步。妳給我留在原地！」

她聽見砰砰砰的回響，好像有人跌倒。燈光重新亮起——所有的燈——華麗的演奏廳一片通明。

索倫倉皇地走到中間走道。他站在那裡，背對著她。他的呼吸急促，寬闊的肩膀在黑襯衫裡繃得很緊。他一直都是肌肉發達的類型。

「索倫？」過了一秒鐘。兩秒鐘。「你為什麼不面對我？」

他緊握旁邊的椅背，好像需要支撐。「我知道我父親告訴過妳，不要裝作好像不知道我下巴發生了什麼事。」

她回想一下，終於明白了。「他跟我說，你的下巴需要重建。」

「重建。」他道，仍然不肯面對她。「這麼形容我臉上五處骨折，外加燒燙傷的治療，倒是簡單明瞭。」

詠歎調看著他，努力壓抑走到他身旁的衝動。但她終究一邊詛咒自己的好奇心，一邊走下梯階。她穿過樂隊席，來到走道上，一路上心兒狂跳。她強迫自己向前走，直到站在他面前。

索倫低頭看她，褐色眼睛裡充滿了憤怒，他的嘴唇拉成一根陰沈而緊繃的線條。他屏住呼吸，跟她一樣。

他看起來沒變。曬黑的皮膚。大骨架。帶著殘酷的英俊，臉部的線條稍嫌尖銳。他挺起下巴，做出輕蔑的表情。她情不自禁地拿他跟阿游比較，阿游雖然個子更高一點，卻似乎不曾用這種居高臨下的姿態對待過任何人。

索倫沒什麼改變，只有一個明顯的差別。他下巴稍微有點變形，古銅色的皮膚上多了一條疤，從左邊嘴角延伸到下顎骨。

那條疤是阿游留給他的。那天晚上在農六，他阻止索倫勒死她。如果索倫沒有這條疤，她早就送命了。但她知道索倫當時心智失常，他受到大腦邊緣系統退化症候群——一種會削弱求生本能的腦部疾病——的影響。那也正是她母親原先在研究的疾病。

「看起來沒那麼嚴重。」她道。但她知道這種情形在夢幻城是何等重大。所有人都沒有疤，甚至連擦傷都沒有。她無法相信自己會說這種話。她真的在安慰索倫嗎？

他的喉結在吞口水時上下移動。「沒那麼嚴重？妳什麼時候變得這麼會搞笑了，詠歎調？」

「最近吧，我猜。你知道，外界人身上都有疤。你該看看一個叫李礁的人，他臉上有一條好深的疤，像皮膚裡面長了一根拉鍊。你那個……我是說，幾乎看不見啦。」

索倫瞇起眼睛。「他怎麼得到那條疤？」

「李礁嗎？他是個靈嗅者。他在外界人當中……算了。我不確定，但我猜，有人想割掉他的鼻子吧。」

她提高句子的尾音，使整句話聽起來像個疑問。她想要裝作不在乎，但周圍布置的精緻典雅，與外界的野蠻殘酷呈現強烈的反差。詠歎調仔細打量他的疤。「難道不能拜託你父親幫你在虛擬世界裡把它隱藏起來嗎？不是修改一下程式就好了嗎？」

「我自己就做得到，詠歎調。在這裡，不需要我父親出馬。」他提高嗓門，幾乎是在大吼。然後他聳聳肩膀。「算了，何必費事呢？我又不能在真實世界裡隱藏它，大家都已知道我變成這種模樣。他們一旦知道，就永遠無法改變。」

她發現索倫變得不一樣了。他那種自命不凡的姿態顯得牽強，好像他為了維持它耗費太多力氣。她想起禍頭子和應聲蟲——他最要好的朋友——也在那天晚上跟佩絲莉一起死在農六。

「我不能提那天晚上發生的事，在任何人面前都不可以。」他說：「我父親說那會危害密閉城市的安全。」他搖搖頭，臉上閃現痛苦的表情。「他把發生的事都怪到我頭上。他不了解。」

索倫低頭看著自己仍緊緊抓住椅背的手。「但妳能了解。妳知道我對妳做的任何事都不是蓄意的……對吧？」

詠歎調交叉起手臂。她很想把他對她做的每件事都怪到他頭上，但卻不能那麼做。她在母親的研究檔案裡得知這種病。在虛擬世界和密閉城市的安全環境裡生活了數百年，有些人，例如索倫，就此喪失應付真正的痛苦與壓力的能力。因為大腦邊緣系統退化症候群，他才會在農六做出那種行為。她了解——但也不願意輕易放過他。

「我覺得這好像蒙著一層偽裝的道歉。」她說。

索倫點頭。「也許。」他說，吸了一下鼻子。「事實上，就是如此。」

「我可以接受道歉，但你再也不要碰我，索倫。」

他抬起眼睛，眼神明顯鬆了一口氣，顯得非常脆弱。「不會的。」他挺直上身，摸摸自己的頭。她方才看到的柔弱消失了，取而代之的是一抹冷笑。「妳可知道，並非每個人都會罹患大腦邊緣系統退化症候群？我屬於瘋狂的一群。妳說是不是運氣好？無所謂啦。我會吃藥。再過幾個星期，我就準備好了。」

「什麼藥？準備做什麼？」

「讓我不會再發瘋的實驗療法，還有對抗外界疾病的防疫針。負責修理外部損害的警衛都要打那種針，以防萬一他們的防護衣破裂。打了那種針，我就可以到外界去。我受夠了這個地方。」

詠歎調張口結舌地看著他。「到外界來？索倫，你不知道這兒有多危險。這跟去薩伐旅虛擬世界狩獵完全不一樣。」

「夢幻城即將瓦解，詠歎調。」他立刻道。「我們早晚要到外面去的。」

「你在說什麼？夢幻城發生了什麼事？」

「妳答應在外界幫我忙，我就告訴妳。」

詠歎調搖頭。「我不會幫——」

「我可以帶妳去見迦勒和盧恩，還有妳每次問起的那個野蠻人小男孩。」他忽然挺起背脊。「時間到。我要抱頭鼠竄了。」

「等等，夢幻城出了什麼事？」

他咧嘴一笑，翹起下巴。「想知道，就回來。」話畢，他就分身離開。

詠歎調對他留下的空間，也對整間空蕩無人的歌劇院眨眨眼睛。她的智慧螢幕上突然跳出一個新圖像，佔用了黑斯圖像旁邊的位置。

是《歌劇魅影》裡的白色面具。

## 19　游隼

「已經一個星期了。」李礁說：「你到底要不要談？」

阿游把手肘靠在桌上。部落裡其他人幾小時前吃罷晚餐，已陸續離開炊事房，只剩他們倆。

耳邊傳來夜裡蟋蟀的鳴聲，幾道帶著涼意的流火光柱，斜斜射進陰暗的屋子裡。

阿游的手指從他們中間燭火的上方拂過。動作太慢就會痛，要訣是加快動作，絕不能停。

「不。我不要談。」阿游答道，目光凝注在燭焰上。

過去幾天來，他不斷洗魚、清理魚內臟，直到海的氣味滲透到指縫裡。他整晚待在外面守望，直到兩眼昏花。他修理了一道圍牆，之後是一把梯子、一座屋頂。他如果不以身作則，就不能要求潮族夜以繼日工作。

李礁交叉手臂。「如果你跟她一起離開，部落會背棄你。如果她留下，他們一樣會叛變。她很聰明，知道會是那種結局。這不是個容易的決定，但她做得很正確。」

阿游抬起頭。李礁的目光很直接。燭光下，他臉上的疤看起來更深，使他顯得異常殘酷。

「你在幹什麼，李礁？」

「試著釐清立場。你身體裡面有毒素，就跟那天晚上的她一樣。你不能一直把這件事放在心裡，阿游。」

「我能。我可以。」他頂回去。「我不在乎她做了什麼，為什麼緣故，也無所謂正確不正確，懂嗎？」

李礁點頭。「我懂。」

「沒什麼好說的了。」坐下來談有什麼用？任何事都不會因而改變。

「好吧。」李礁道。

阿游往後一靠。他喝一口水，苦歪了嘴。井水的品質從流火風暴以來一直沒有改善，仍然帶有灰燼的味道。流火有種侵入每一樣東西的能力。它銷毀了食物，柴薪還未送進火爐就被燒得一乾二淨，甚至也破壞了水源。

他已送信給馬龍，能做的他都做了，現在無計可施。不可能從夢幻城裡救出鷹爪。除了等詠歎調和羅吼回來，並且盡量不讓族人挨餓以外，再無他事可做。這處境實在不合他的胃口。

阿游伸手摸摸後腦杓，嘆口氣。「想知道一件事嗎？」

李礁點頭。「當然。」

「我覺得像個老頭子，我能體會你的感受。」

李礁微笑。「不容易，是吧，老爹？」

「應該可以再簡單一點。」阿游的目光轉移到他靠在牆邊的弓上。他上次使用它是什麼時候?他的肩膀已痊癒，現在也有空閒。他可以用一貫的方式去找點食物。

「要去打獵嗎？」他問，突然一股活力湧遍他全身，好像沒有更好的事可做了。

「現在嗎？」李礁吃了一驚。時間已晚，將近午夜了。「我還以為你累了。」

「現在不累了。」阿游把血主項鍊從脖子上取下，放進皮袋裡。他等著李礁反對，而且也準備好要如何回應。如果要追蹤獵物，項鍊會發出太大聲音；如果要隱匿行蹤，它也太亮。但李礁只站在那兒，一個笑容在他臉上擴散開來。

「那我們就去打獵。」

他們裝滿箭囊，慢步跑出村子。跟負責看守東側崗哨的海登、海德和小枝打過招呼後，他們放慢速度，改為步行，離開小徑，進入無人通行的茂密樹林。兩人相隔一百步的距離，開始找尋獵物。

阿游一離開村子，四肢就輕鬆下來。他深深吸氣，嗅到刺鼻的流火氣息。仰頭望去，看到一週來一直停留在上空，蓄勢以待的發光氣流。森林沐浴在它投下的清光裡。夜風吹向大海，正好為他帶來獵物的氣味，同時隱藏他自己的味道。他放輕腳步，邊嗅邊往樹木中掃視，感覺比幾星期來更精力充沛。

風停了，他意識到夜晚有多麼安靜，自己的腳步聲又多麼響亮。他仰頭望去，以為風暴即將來臨，但氣流並沒有改變。他找到李礁，對方搖著頭走過來。

「什麼也沒找到。松鼠。有隻狐狸，但那是舊足跡。沒什麼值得——阿游，怎麼回事？」

「我不知道。」又起風了，帶著輕柔的嘶嘶聲穿過樹林。他在涼風中嗅到人的氣味，恐懼在他心裡迸發，在他血管裡擦出火花。「李礁——」

李礁在他身旁低罵一聲。「我也聞到了。」

他們跑回東側崗哨。岩石上的崗位給了他們居高臨下的優勢。人還沒跑到，小枝就迎上前來，眼神驚慌。「我正要去找你們。海德已經去警告村人了。」

「你聽見他們了嗎？」阿游問道。

小枝點頭。「他們有馬，而且全速衝過來，比打雷還響。」

阿游取下肩上的弓。「我們在這裡設防，先擋他們一陣。」深夜裡快速接近，只有一種可能：攻擊。他必須為部落爭取時間。「你們防禦近處。」他吩咐海登和李礁。「遠處的我負責。」以箭術而言，他在眾人中最強，因為他有暗中視物的眼力。

他們分散開來，在瞭望台四周的樹木和岩石間各找掩蔽。他的心跳得活像有個拳頭在胸膛裡搥打。下方的草原就像月光照耀下的湖面一樣平靜而光滑。

是懷倫帶來大軍，準備奪取村落嗎？是玫瑰族與夜族率領他們多達數千人的部落來襲嗎？忽然間他想到詠歎調躺在維谷房裡的床上，又想到鷹爪被拖上浮力船綁走。他沒能保護他們任何一人免於傷害。這次他不能再讓潮族失望。

大地在他腳下震動，所有雜念一掃而空。阿游彎弓搭箭，拉開弓弦時，一切都交給直覺。幾秒鐘後，第一批騎士便從樹叢裡衝出。他瞄準衝鋒隊正中央那個人，放開弓弦。這一箭命中那人胸口。他身軀一側，跌下馬時，阿游已裝好第二支箭。瞄準發射，又一名騎士墜馬。

攻擊者的吶喊聲打破了寂靜，使他們手臂上的寒毛直豎。他看到下方大約有三十名騎士，也聽見箭簇呼嘯著從身旁掠過。他不予理會，專心一意找最近的人瞄準。一個接一個，直到把自己的和李礁的箭囊裡的箭都用光，只有一支箭偏左，沒有射中目標，一定是箭羽受損，他很有把握。

他放下弓，望向海登，見他正搭著箭尋找目標，掃視下方的原野，找尋入侵者。沒再看到人，只有失去騎士的馬匹四散跑開。

不過還沒結束。幾秒鐘後，又有一群人從林子裡衝出來，這次是徒步衝鋒。

「盡量把他們擋久一點。」阿游對海登和小枝下令，然後他急忙跟李礁一起趕回村子。他們疾步狂奔，用力蹬著土地，催促自己跑快一點兒。村子出現在前方——已見人影幢幢，有人爬上屋頂，也有人把房屋之間的柵門關上。

阿游衝進廣場，看見小溪站在炊事房屋頂上，手裡拿著弓。

「弓箭手上來！」她喊道：「弓箭手立刻上來！」

眾人用水桶從井裡打水，防範火警。他們把牲畜牽到牆裡保護。所有的人都克盡本分，按照演習行動。

阿游躍上炊事房的屋頂。面對地平線上的第一道曙光，他看到密密麻麻的侵略者從山坡下衝上來。他估計他們大約在半哩外，人數約兩百人。潮族雖加強防禦，但看著湧向村子的敵人，他不知道族人是否擋得住他們。

第一波弓箭飛向他們，此起彼落的啪答聲擊碎了他周圍的屋瓦。小枝出現在他身旁，拿來滿滿的箭囊和一面盾牌，為他掩護。阿游拿起弓，開始捍衛他的家園。這件事他做過很多次，但都不是擔任領袖的角色。想到這一點，像一陣安靜的瘋狂發作，使時間變慢，他的每個動作也更完整、有效率而穩健。

火光在逐漸升起的曙光中成為耀眼的亮點。一支火箭劃過他身旁，落在炊事房旁邊的木箱上。阿游調整目標，瞄準企圖在村中縱火的射手。他的箭——以及小溪和潮族其他弓箭手發出的箭——飛向進攻的入侵者。一部分敵人跌入他事先掘好並做好掩飾的壕溝，但他們還是不斷湧上來。人數太多了。他看著他們分散成小股，從四面八方包圍整個村落。

敵人試圖爬到柵門上，用斧頭把門劈開。阿游發出最後一箭，將他們其中一個射穿。還不夠。太遲了。他聽見嘩啦一聲，只見一道門裂開。圍牆被突破了——木門在燃燒。煙霧從馬廄裡冒出來，炊事房旁邊的木箱也著火了。

阿游從屋頂上爬下來，跳下梯子時，順手把刀拔出來。他橫衝直撞，將刀刺進一個人的身體。熟悉的聲音在四周叫喊，但他沒在聽，心裡唯一的念頭就是找到下一個入侵者，找出些許遲疑、漏洞，把握機會。

有些畫面偶爾閃過，他看到李礁在不遠處戰鬥，辮子甩動成一片影子。他看見葛倫和阿熊，不肯學習用武器的茬仔，花了一輩子治病療傷的茉莉。

阿游也瞥見一頂黑帽子穿過廣場。是炭渣。有個綁著跟李礁類似辮子的男人，抓住他肩膀，把他拎在半空。阿游看著他瑟縮、無力，雖然他實際上絕非如此。在場沒有一個人的力量比他大，但炭渣縮成一團，沒有還手。柳兒忽然衝過來，拿一把匕首插進那男人的腿。她抓住炭渣的手，拉著他跑進最近的一棟房子裡。

一個眼睛周圍貼滿金屬飾片的入侵者看見阿游，高舉著斧頭撲過來。阿游有刀，但不足以對抗斧頭。他們中間只差一步時，一支箭飛過來，正中敵人頭部，衝擊力讓他整個人離地飛起。他中箭時發出一種類似瓦片碎裂的聲音，連人帶斧頭砰然倒在地上。阿游抬頭望去，見海德站在屋頂上，手裡的弓弦還在顫抖。

他轉過身，再次投入戰鬥，不知經過多久，忽聽見有人喊道：「撤退！」廣場上不斷有人呼應。他看到敵人少了許多，不再有呼嘯而來、狂追猛打的氣勢。

他愣在那兒，看著敵人在原野上，沿著頂多一小時前展開入侵的路徑退卻。有些還帶著麻袋——食物或其他補給品。海德和海登從屋頂上向他們發箭，迫使他們丟下搶來的貨物，落荒而逃。

敵人走光後，阿游掃視村裡的狀況。首先要滅火。他最擔心炊事房旁邊那些著火的木箱。他把這件工作交給李礁，然後派小枝去跟蹤入侵者，確定他們不會捲土重來。接著他查看廣場，到處躺著屍體。

阿游清點了一遍，把所有傷患挑出來，找來茉莉先治療傷勢最嚴重的人。他統計有二十九名死者，全是入侵者，他這邊無人死亡。受傷的有十六人，其中十個是潮族。阿熊手臂劃了一道口子，但他會活下去。荏仔頭部割傷，需要縫幾針。受傷的人還很多——斷腿、手指砸爛、紅腫、燒傷——但都不致命。

確知大家都活著以後，他跨出損壞的大門，走到村外，直到滿懷如釋重負的感覺強迫他跪倒在地。他把手插進泥土裡，感覺大地的脈動進入身體，使他慢慢平靜下來。

他站起來時，東方一道強光吸引了他的視線，接著北方又出現一道。那是從天而降的漏斗形流火發出的閃光。他盯著遠處的風暴看了好一會兒，接受他的土地在燃燒這一事實。他剛才保護村子抵擋來自人類的攻擊，但流火卻是個趕不走的大敵。他不要讓這件事壓垮自己。今天他打了勝仗，這是誰都偷不走的。

他回到廣場，安排入侵者屍體的處理事宜。首先他們要剝下屍體身上的值錢物品。部落可回收利用的武器、腰帶、鞋子。然後他們把屍體裝上馬車，往返沙灘搬運了好幾趟。在沙灘上搭建火葬用的柴堆。一切準備好之後，他用火把點燃木柴，念誦釋放死者靈魂、交託給流火的禱文。執行這些工作的時候，他自己都覺得很訝異。他處理戰爭的後續事件，就跟作戰時一樣，聲音或動作都沒有一絲猶豫。

沿著沙丘間的小路走回村子時，已經過完大半個下午了，他兩條腿累得發抖。阿游放慢腳步，李礁也配合他。他們讓其他人走在前面。

阿游的襯衫上沾滿血跡，手指關節抽痛，他也很確定自己又被打斷了鼻梁，但李礁經歷整個入侵沒受半點傷。阿游真不知道他是怎麼辦到的。他親眼看到李礁打鬥時跟他一樣使出全力，甚至可能更奮不顧身。

「你今天早晨做了什麼？」他問。

李礁輕笑一聲。「睡懶覺吧，你呢？」

「讀了一本書。」

李礁搖頭。「我不信。你讀了書反而變得更醜。」他沈默了一會兒，收拾起玩笑的表情。「我們今天是運氣好，那些人大都不知道如何作戰。」

他說得對。這批入侵者走投無路，又缺乏組織。下次潮族不會再有這種好運氣。「可知道他們從哪裡來？」阿游問道。

「南方。他們幾星期前失去了村子。阿迷在把傷患趕出潮族的地盤時，從其中一個人口中問出來的。他們要的是棲身的地方。我猜他們不知從哪兒打聽到我們人數居於弱勢，決定來試試運氣。他們不會是最後一批做這種嘗試的人。」李礁對阿游抬一抬下巴。「你可知道，如果你戴著那條項鍊，說不定就不會站在這裡了。他們會拿你當目標，擒賊先擒王。」

阿游停下腳步，他先抬手摸摸沒有項鍊壓著的脖子，然後才注意到李礁幫他提著皮袋。

「在這兒。」他把袋子交給阿游，說道：「你真奇怪，游隼。有時候好像你會未卜先知似的。」

「我不會。」阿游接過袋子說。「如果能未卜先知，我就可以避免很多事。」他從袋裡取出項鍊，拿在手裡沈吟了一會兒，覺得自己藉著它，跟維谷和父親產生了一種聯繫。

「人家為此說你是個英雄。」李礁說。「我已經聽過好幾遍了。」

是嗎？阿游把項鍊套在脖子上。「每件事都有第一次吧，我想。」他開玩笑道，但這件事對他毫無意義。在他看來，今天做的事跟在風暴中搶救老威，並沒有不同。

走到村裡，他發現部落的人都等在廣場上。他們在他周圍形成一個圓圈。廣場已經用好多桶水清洗過，但他腳下的泥土裡，仍殘留灰燼和血跡。李礁在他身旁按捺住一聲低哼，因為午後的空氣裡有股異味。純粹的恐懼總讓鼻子覺得很不舒服。

阿游知道他們需要撫慰——希望有人告訴他們現在很安全，最壞的情況已經過去了——但他不能這麼說。還會有別的部落發動攻擊，還會有另一場流火風暴來襲。他不能撒謊，跟他們說一切都好。更何況，他拙於言詞。如果有重要的事實要說，他也要正視對方的眼睛，才能把話說出來。

他清一下喉嚨：「我們還有大半天可以幹活。」

潮族面面相覷，不知所措，但過了一會兒，他們就分頭去修理保護村落的圍牆和屋頂，以及所有其他需要修繕之處。

李礁在旁，壓低聲音道：「做得很好。」

阿游點頭。工作有助於放鬆情緒，修理村子比他做任何演講都更能讓大家平靜下來。

然後輪到他做自己的工作。他從領地的西側開始往東走。他找到每一個潮族，無論在馬廄、田地、港口，注視著他們的眼睛，告訴他們，他以他們今天的表現為榮。

那天深夜，村子安靜下來，阿游爬上他的屋頂。他把脖子上沉重的項鍊捏在手中，直到冰冷的金屬被手摀暖。這是他第一次覺得像他們的血主。

# *20* 詠歎調

「準備好了嗎？」詠歎調問羅吼。

他們在蛇河邊紮營，接下來就由這條河帶領他們前往角族。鋪滿碎石的粗獷河岸上樹枝交錯，寬闊的河面平滑如鏡，映出流火盤旋的天空。一整個下午，他們都走得很快，保持在流火風暴的前方。遠處傳來流火漏斗墜地的刺耳怪嘯，讓她頸背上的皮膚冒出雞皮疙瘩。

羅吼靠在背包上，交叉手臂。「自從醒來見不到麗薇那天起，我就準備好了。妳呢？」

過去一星期，他們都在攀登流浪者山隘，這是個寒冷的山口，四周都是直入雲霄的峭壁，外觀像切碎的鐵皮。靠著她和羅吼的好耳力，他們避開了其他人類和狼群，卻躲不掉隘口長年吹襲的寒風，冷得像永遠不會結束的寒冬。詠歎調的嘴唇乾裂，腳上起了水泡，手掌麻木，但明天，離開潮族兩週後，他們終於要抵達邊緣城了。

「是的。準備好了。」她答道，企圖表現得比實際上更有自信。此行的重責大任壓在她心頭。她要怎麼從黑貂——一個蔑視定居者的靈嗅者——那兒取得嚴密保護的情報呢？尤其他又是個以守口如瓶著稱的血主。

她想到鷹爪的腿懸在碼頭上搖晃。萬一失敗，要怎麼救他出來？夢幻城是否就此終結？詠歎調搖頭，推開所有的煩惱。她不能陷入這種思考。

「你想黑貂願意討價還價嗎？」她問。他們計畫告訴他，他們是阿游派出的代表，他以潮族新血主的身分，希望取消維谷前一年安排的婚約。他們也會嘗試購買永恆藍天所在位置的情報。

羅吼搖頭說：「我不知道。潮族已經收了一半的聘禮。阿游只能用土地賠償，但因為流火風暴惡化，土地可能還不夠。誰願意接收一片只能眼睜睜看它燒掉的新領地呢？」他聳聳肩膀。「機會不大，但也許行得通。據我所知，黑貂很貪婪。我們先試這一招。」

他們的第二條計策是私下打聽，推算永恆藍天的位置，找到麗薇，然後逃跑。

沈默下來時，詠歎調從袋子裡取出木雕的老鷹。她用手指輕撫那塊黑色木頭，憶起阿游的微笑，他的話依稀在耳，*我雕的是看起來像烏龜的那隻*。

「如果他傷害她，或用任何方式強迫她——」

她抬起頭。羅吼盯著營火，黑眼睛瞥了她一眼，隨即又回到火焰上。他縮進外套裡，火光在他英俊的臉上舞動。「忘掉我剛才的話。」

「羅吼……不會有事的。」她道，雖然明知這種話不能給他任何安慰。他正陷於無法知道真相的痛苦。她想起自己在找尋母親時，也有同樣的感覺——一個從希望、對希望感到恐懼，最後只剩下恐懼的循環。除非得知真相，否則永遠走不出去。起碼他明天就知道結果了。

再次沈默了很久，羅吼才又開口道：「詠歎調，跟黑貂接觸要小心。如果他聞出妳的緊張，就會一直追究，直到查明原因為止。」

「我可以表面上裝作不緊張，但我不可能完全不緊張，那又不是可以隨便開關的東西。」

「所以妳要盡可能跟他保持距離。我們可以另外設法，悄悄找尋永恆藍天。」

她把雙腳挪到離火更近的地方，感覺熱力滲入腳趾。「所以我該跟我企圖接近的人保持距離？」

「跟所有的靈嗅者。」羅吼道，好像這足以解釋一切。

某方面而言，的確如此。

不安穩地睡了幾小時，她在黎明時分醒來，從皮袋裡取出智慧眼罩。這星期她跟黑斯見過兩次面，但每次見面時間都很短。黑斯要的是情報，日夜兼程趕路，凍得手腳冰冷，顯然不算數。他不肯讓她再跟鷹爪見面，不肯告訴她夢幻城目前的狀況。每次她發問，他就分身離開，突兀地拋下她一個人。現在她打定主意，她已經受夠了被關在黑箱子裡。

羅吼在不遠處熟睡，她戴上智慧眼罩，叫出魅影。

點選白色面具後幾秒鐘，詠歎調分身進入。她認得這個虛擬世界，不由得心情大好。這是她最喜歡的場景，背景依照一幅描寫塞納河畔聚會的古畫設計。四周都是身穿十九世紀服裝的人，或在散步，或閒坐一旁享受陽光，遊船在平靜的河面上划行。小鳥快樂歡唱，微風吹動樹枝沙沙作響。

「我就知道妳不可能一直躲著我。」

「索倫？」詠歎調打量周圍的男人，問道。他們都戴高帽，穿燕尾服，婦女都穿有裙骨的長裙，手拿色彩繽紛的陽傘。她尋找最寬厚的肩膀，以及充滿侵略性、高高翹起的下巴。

「我在這兒。」他道。「妳看不見我，我們是隱形的。大家都以為妳已經死了，如果妳被人看見，我就不可能再瞞著我父親。即使是我也有局限。」

詠歎調低頭看自己的手。她什麼也看不見——身體的任何部分。她驚惶失措，覺得自己只剩一雙飄浮的眼睛。她在現實世界裡扭動手指，設法擺脫這種感覺。

然後她聽見一個她認識了一輩子的聲音。

「小仙，妳擋住我的光線了。」

她望向聲音的來源，心在胸腔裡狂跳。迦勒坐在幾步外一張紅毯子上，拿著素描簿在畫畫。他的舌頭舔著嘴角——這是他專心創作時的習慣。詠歎調趁他用鉛筆在紙上塗抹時，端詳他修長的四肢和淡紅色的頭髮。他長得真像佩絲莉，以前她從未注意到他們的外貌多麼相似。

「他聽得見我們說話嗎？」她悄聲問，聲音變得尖細。

「聽不見。」索倫道。「他完全不知道我們在這兒。妳一直說妳想見他。」

她要的不只是如此。詠歎調希望跟迦勒共處幾小時、幾天。有足夠的時間告訴他，她對佩絲莉多麼抱歉，她多麼懷念每天跟他相聚的日子。現在迦勒跟其他人在一起廝混了。小仙默默坐在他身旁，看他作畫，她一頭烏黑的頭髮剪得比詠歎調記憶中的還短。詠歎調不知道索倫在此看到她會有什麼感想。不到一年前，他們還是一對。盧恩也在場，還有歪倒綠瓶子樂團的鼓手裘比得，兩人正熱烈地相擁親吻，渾然不覺旁邊還有別人。

他們——每個人——都有點奇怪，顯得疏離而奮不顧身地想抓住些什麼。

「恭喜妳。」索倫道：「妳正式變成『無』了。」

她掃視四周一無所有的空間。聽得見他的聲音，卻看不見人，感覺很奇怪。「索倫，這好詭異。」

「嘗試五個月，然後再告訴我妳的感想。」

「這……你真的用這種方式打發時間？」

「妳以為我喜歡偷偷摸摸？我父親禁止我公開露面，詠歎調。妳以為那天晚上出事以後，他只出賣了妳一個嗎？」他悶哼一聲，好像後悔說了這句話。「總而言之……又能如何。」他嘆口氣。「看吧。裘比得和盧恩，真是打得火熱。我早就預料到會這樣。老裘是個好人，也是不錯的飛行員。從前我們常比賽D-Wing，玩得很開心……妳知道。在那之前。小仙，她和我……我不知道。我不知道我們從前算什麼。但迦勒，詠歎調，妳到底看中他哪一點？」

她看中一千個優點，一千個回憶。迦勒會用膽大妄為和昏昏欲睡之類的形容詞描述顏色。他喜歡壽司，理由是漂亮。他笑的時候會摀嘴巴，打呵欠的時候卻不會。他是她吻過的第一個男孩，那是場災難——跟吻阿游那種讓人喘不過氣的刺激感截然不同。當時他們在嘉年華虛擬世界裡坐摩天輪。迦勒睜著眼睛，她不喜歡那樣。她吻他的下唇，他也覺得很奇怪。但他們一致覺得，最大的問題在於那個吻沒意義，或者照迦勒的說法是不夠認真。

現在她看著他，每件事都有意義。她覺得悲傷。為了他，也為了從前的他們。如今所有的一切都不一樣了。

詠歎調的注意力轉移到他的畫上，她想看看什麼東西讓他那麼聚精會神。他畫的是一個骨瘦如柴的人形，縮成一團蹲在地上，膝蓋和手肘彎曲，頭垂得很低。這人形畫滿了整張紙，感覺像被關在箱子裡。這是一幅陰森可怕的畫，跟他從前畫的題材完全不同。

忽然間，整個虛擬世界沈默下來。詠歎調抬頭望去。樹木動也不動。湖面上再也沒有聲音傳來。這世界變得就像它模擬的那幅畫一樣靜止，只有其中的人焦慮地稍微挪動。迦勒從素描簿上抬起頭來。小仙瞇起眼睛看看天空，又看看湖面，好像無法相信自己的眼睛。盧恩和裘比得分開，困惑地面面相覷。

「索倫——」詠歎調正要說話。

「通常很快就會恢復。」

他說得對。幾秒鐘後，鳥兒的歌聲又回來了，微風開始吹拂她頭頂上方的樹葉，湖面上的遊艇也繼續前進。

虛擬世界又啟動了，但並沒有恢復正常。迦勒帕一聲闔上素描簿，把鉛筆夾在耳朵上。附近一個男人清一下喉嚨，調整領帶，繼續沿著小路往前走。慢慢地，四周的人又開始交談，但顯得勉強，顯得過分熱烈。

詠歎調被丟出夢幻城之前，沒有做過夢，現在她發現虛擬世界跟夢境多麼類似。妳會流連在美夢中依依難捨，直到醒來為止。迦勒就在流連。他們都一樣。這個地方樣樣美好，他們不願面對它即將結束的任何徵兆。

「索倫，我們可以離開這裡嗎？我不想再看了——」

話還沒說完，他們就回到歌劇院。詠歎調低頭一看，看到自己的身體，不禁鬆了口氣。

索倫跟她一起站在舞台上。他抱起手臂，挑起一道眉毛。「妳對自己的舊人生有什麼想法？不一樣了，是嗎？」

「那麼說太簡單了。剛才的故障——常發生嗎？」

「每天好幾次吧。我調查過，問題出在電力不穩。今年冬季，發電機所在的圓頂屋受損，所以有些東西會……故障。」

詠歎調全身一震。極樂城也發生過同樣的狀況，她母親就死在那兒。「修得好嗎？」

「他們正在努力。他們一直都在這麼做，但流火風暴造成的破壞愈來愈嚴重，修理的速度遠遠趕不上。」

「所以你父親逼我去找永恆藍天。」

「他沒得選擇了——這麼做也是對的。我們必須離開這裡，只是時間早晚而已。」他苦笑一聲。「這就要靠妳了。妳要見他們，我也告訴了妳夢幻城目前的狀況。我到外界去的時候，妳也要幫我忙。」

她打量他。「你真的準備放棄一切？」

「什麼一切，詠歎調？」他怒目看著觀眾席。「妳要知道我放棄了什麼？一個對我不理不睬的父親，他甚至不信任我。一群我不能見的朋友，一個再經歷一次流火風暴就會變成廢墟的密閉城市。妳以為我捨不得這些？我決定壓寶在外界。」他深深吸一口氣，閉上眼睛，慢慢把氣吐出來。他在鎮定心神。「我們的交易成不成？」

他跟她記憶中那個傲慢自大、喜歡操縱別人的索倫判若兩人。農六那個晚上使他們倆都改變了。「外面的生活一點也不會比較輕鬆。」

「這代表妳同意了？」

她點頭。「但你離開前，必須幫我照顧一個人。」

他愣住了。「迦勒嗎？行。雖然他是個沒價值的——」

「我說的不是迦勒。」

索倫眨眨眼。「妳是說那個野蠻人的姪兒？那個打爛我下巴的外界人？」

「他那麼做是因為你攻擊我，」她反駁道：「別忘了那部分。你如果要到外界去復仇，最好再考慮一下。阿游會消滅你的。」

索倫雙手高舉。「別緊張，母老虎，我只是問一聲。所以妳要我怎麼辦——當那小鬼的保母嗎？」

她搖搖頭。「確保鷹爪安全——不論發生什麼事。而且我要見他。」

「什麼時候？」

「現在。」

索倫左右扭動下巴，低頭看她。「好吧，」他說：「我也很好奇。我們一起去看那個小野人吧。」

十分鐘後，詠歎調坐在碼頭上，看鷹爪教索倫如何拋竿。喜歡運動又好勝的索倫，學得很積極，鷹爪也很滿意。她看著他們聊魚餌，心情變得出乎意料的樂觀。這兩個被放逐的人似乎處得很好。

她離開他們，逐步關閉智慧眼罩時，索倫已經釣上來一條魚。詠歎調把眼罩放回袋子，叫醒羅吼。

該去見黑貂了。

# 21 游隼

突襲後又過了一星期，阿游在黑暗中醒來，屋子裡很安靜，他的手下東一堆西一堆地睡在地板上，當天的第一線曙光從百葉窗的縫隙裡透進來。

他夢見詠歎調。夢見好幾個月前，她說服他唱歌給她聽那次。他的聲音難聽又斷斷續續。他唱著〈獵人之歌〉的歌詞，她躺在他懷裡聆聽。

阿游用手指壓著眼睛，直到滿眼金星，看不見她的臉為止。他真是個大傻瓜。

他站起身，繞過六人組，往閣樓走去。葛倫送信給馬龍，還沒回來，而正如阿游擔心的，潮族要挨餓了。他從柳兒臉上新出現的稜角看出這一點，也從六人組說話時語氣的尖銳聽出這一點。他經常肚子痛，昨天他不得不在腰帶上多打幾個洞。目前還沒感覺，但他擔心自己接下來會變得衰弱。

阿游不能再把力氣耗在到頭來說不定會燒掉的田地裡。獵殺過度加上流火風暴，幾乎不可能打到獵物。所以他們比以前更依賴漁獲，多半的日子，忙了一天下來，也還能把鍋子裝滿。再也沒人抱怨食物的滋味，飢餓解決了這個問題。

他們的村子位於海濱，擁有其他部落求之不得的地理優勢。他派出的巡邏隊，每天都傳回不明隊伍在他的領地邊緣探頭探腦的消息。阿游知道不能再坐等馬龍援助，不能等下次風暴或下次入侵。他必須爭取先機。

他爬了幾級樓梯，探望閣樓裡的情形。炭渣伸展四肢，躺在床墊上，輕輕打著鼾。入侵那晚，他逃上來藏身，嚇得眼淚汪汪，後來這地方就歸他了。他的眼皮在睡夢中抽動，一條口涎沿著嘴角流下來，黑色毛帽捏在手心裡。

阿游忽然聯想到鷹爪，可是他不知道原因何在。他猜炭渣大約比鷹爪大五歲，他們的個性一點也不像。鷹爪被綁架之前，這輩子的每一天都跟阿游一塊兒度過。阿游會把他抱在懷裡，看著他昏然入睡，看著他一天天長大，長成一個稟性溫和、聰明睿智的孩子。

他對炭渣幾乎一無所知；這孩子沒有吐露過一丁點自己的過去，絕口不談他的力量。他說出來的話不是頂嘴就是傷人。他防禦心很強，動不動就發脾氣，但阿游對他有種責任感。或許他不是那麼了解炭渣，卻對他有份相惜之情。

阿游輕輕搖他。「醒醒，我要你跟我來。」

炭渣的眼睛立刻睜開，接著便笨拙地爬下樓，發出乒乒乓乓的噪音。

李礁和小枝醒了，海德與海登也醒了，就連阿迷都醒了。他們互相瞪著眼看，最後李礁說：「我去。」他起身跟在阿游後面。

這樣最好，阿游本來就想邀李礁一起來。

上次突襲後，六人組對他的保護比以前更嚴密。阿游隨他們去。他拿了放在門口的弓，瞥見炭渣在他身上造成的疤痕。阿游就像所有人一樣是血肉之軀，會燒傷會流血。他撐過突襲和流火風暴，但他能逃過死亡多少次？有時候可以冒險，但有時候也該謹慎。兩者之間的取捨總是讓他非常掙扎，但他總算學會要這麼做。

流火像波濤般一捲一捲掃過天空，發出藍色光芒。這是他看過最濃密的流火層，甚至連為害最烈的寒冬裡的流火都比不上。太陽升起後，白晝會亮一點，但還是一整天都籠罩在這種帶大理石紋的藍色光線下。

炭渣和李礁都趕到他身旁，阿游挑了村子北方的小徑，經過一片樹木都枯死的田野，微小的灰燼令他鼻子發癢，李礁開始打噴嚏。兩人都沒有問阿游為什麼帶他們來——他很感激這一點。一步一步前進，他的脈搏也愈跳愈快。

他看一眼炭渣，這孩子滿懷焦慮，顫動的情緒變成綠色。他們還沒談過突襲時發生的事。阿游每天會抽幾分鐘把他帶到一旁，教他如何用弓箭。炭渣是個很糟的學生——輕舉妄動，沒有耐性——但他努力學習。他也似乎樂意親近柳兒，因為柳兒可算是救了他一命。他們在炊事房裡坐在一起，幾天前，阿游還在往港口的小路上撞見他們，那時柳兒戴著炭渣的帽子。

離村子愈遠，泥土路就愈窄。地面崎嶇，石頭也多，不適合耕種，卻是打獵的好所在——那是從前，他整天都花在打獵上。走了一小時，小徑轉向西，來到一座面臨大海的懸崖上，下方的峭壁環繞一個小海灣。沙灘和水面上散布著大小各異的黑色礁岩。

阿游回過頭，對李礁和炭渣說：「下面有個山洞，我要你們去看看。」

李礁把辮子往背後一撥，用一種他無法理解的表情看著他。阿游本來可以探索他的情緒，但決定不這麼做。他沿著崎嶇的斜坡往下爬，越過岩石、硬化的沙丘和叢生的野草。他曾經跟羅吼、麗薇、小溪來這兒爬過幾百次。當時爬下山坡代表自由。逃脫村中永無止境的工作，卻又貼近部落的生活。現在他絲毫沒有接近避難處的熱切心情，卻覺得像是走進一個牢籠。

他緊張得有點心浮氣躁，發現自己走得太快，不得不放慢速度，等候炭渣和李礁，他們在他背後掀起了一場小山崩。

下到沙灘上時，他喘息得很厲害，卻不是因為趕路。四周的陡峭山壁呈馬蹄鐵的形狀，他彷彿已感覺洞裡的岩石沈重地壓在身上。拍擊海岸的浪花，好像正敲打著他的胸膛。他無法相信自己正在做的事，即將要說的話——以及準備帶他們去看的東西。

「這邊來。」他率領他們走向岩石上的一條狹窄裂縫——岩洞的入口——趁著還沒改變心意，迅速鑽了進去。他必須把身體彎成某種角度，才能沿著縫隙往前走，直到眼前豁然開朗，來到巨大的主洞穴。他停下腳步，強迫自己呼吸，吸氣吐氣，吸氣吐氣，同時告訴自己，洞壁不會倒下來壓在他身上，不會用無數噸的重量把他壓成粉末。

黝暗的洞裡又冷又潮濕，但冷汗卻沿著他的背脊和肋骨大滴大滴的往下流。鹹水的味道湧進他的鼻子，空洞的寂靜在他耳中咆哮。他胸口好緊——緊得就像流火風暴來襲那天，被壓在洶湧的波浪底下一樣。不論他來過多少次，每次一開頭都是這樣。

好容易他回過氣來，開始四下張望。

白晝的光線從他背後湧進來，足夠他看見這塊空間有多大——一片開闊、寬敞的腹地。他的目光轉往遠處石筍林：形狀像一隻觸手向四面八方垂墜、融化的大水母。從他站的位置看去，它顯得很小，距離約在五十碼外。但事實上，它是他身高的好幾倍，距離也超過一百碼。他知道，因為他曾經從現在的位置發箭射它。他和小溪都這麼做過。一年前，他曾跟她站在同一個地點，羅吼大聲怪嘯，被回音逗得哈哈笑，麗薇則跑進去探索洞穴的深處。

李礁和炭渣默默站在他身旁，瞪大眼睛東張西望，卻又因光線黯淡而不斷眨眼。他不知道他們是否看得見他看到的景象。

阿游清一下喉嚨。他該給個說明，為一件他痛恨卻不願意承認的事辯護。

「如果失去村子，我們需要有個地方去。我不會帶著部落去三不管地帶流浪，找尋食物，找地方躲避流火。這地方大得足夠容納所有的人……還有隧道通往其他岩洞。它的防禦性不錯，也不怕失火。我們可以在海灣裡捕魚，裡面還有淡水的水源。」

每個字從他口中說出都很費力，所有的話都是他不想說的。他不想把族人帶到地下，帶到這麼陰暗的地方，過著像深海中鬼魅一般生物的生活。

李礁盯著他看了很長一段時間。「你認為會落到那種地步。」

阿游點頭。「你比我更了解三不管地帶。你認為我會喜歡帶小河和柳兒到這種地方來嗎？」

他想像那場面。三百個人處在變幻莫測、毫無遮蔽的天空下，四周還有烈火和流離的盜匪。

他想像烏鴉族——披黑斗篷、戴烏鴉面具的食人族——把他們當羊群般圍起來，一個一個抓出去殺掉。他絕不容許這種事發生。

炭渣挪動身體的重心，默默看著他們。

「我們必須做最壞的打算。」阿游繼續說，他的聲音在洞裡隆隆回響。他不禁好奇幾百個聲音同時響起會是什麼效果。

李礁搖頭道：「我不知道你要怎麼辦。這是個……山洞啊。」

「我會想辦法。」

「這樣不能解決問題，阿游。」

「我知道。」這是不得已的手段。到這種地方來，無異就等於站在船頭上看船沈沒，這麼做解決不了問題，一勞永逸的出路唯有等羅吼和詠歎調回來才有希望。但這麼做可以趁水位上升之前，多爭取一點時間。

「從前我也戴過項鍊。」李礁停頓了很久才說。「跟你那條很像。」

阿游驚訝得全身一震。李礁做過血主？他從來沒提過這件事，但阿游早就該看出。李礁一心一意教導他，不讓他被推翻。

「那是很多年前的事了，跟現在完全不同的時代。但我對你面臨的情況有一點了解。我會支持你，游隼。我會的，即使沒有發誓效忠於你也一樣。但部落會抗拒這件事。」

阿游也知道這一點。為這個緣故，他才特地找炭渣同來。「讓我們獨處幾分鐘。」他告訴李礁。

李礁點頭。「我就在外面。」

「我做錯了什麼嗎？」李礁離開後，炭渣問道。

「沒有，你沒做錯什麼。」

炭渣收起愁眉苦臉，開朗起來。「哦。」

「我知道你不願意談你自己，」阿游道：「我了解。事實上，了解得很透徹。除非確實有必要，我不會問你。但現在我真的非問不可。」現在輪到他調整身體的重心，他真的不願意逼迫別人。「炭渣，我必須知道你能利用流火做什麼。你可不可以告訴我可以期待什麼？你能讓流火不要來嗎？我必須知道有沒有別種可能——任何避免落到這種結果的方法。」

炭渣好一會兒沒有動靜。接著他脫下帽子，把它塞進腰帶。他向洞穴深處走了幾步，回過身來，面對阿游。他脖子上的靜脈發出流火一樣的藍光，慢慢滲到他臉上，就像水蜿蜒流進乾涸的河床。他的手活了起來，他的眼睛在黑暗中變成兩個明亮的藍點。

流火灼痛了阿游的鼻腔，他的心跳得飛快。這時，炭渣靜脈發出的光，像來時一樣慢慢淡去，刺痛感消失，他又恢復成一個普通的男孩，站在那兒。

炭渣戴回帽子，把它拉拉緊，撣掉眼睛上幾根焦黃的毛髮，然後站著動也不動，盯著阿游看了好一會兒，眼神直接而坦率，最後他開口說道：

「在這裡跟它聯繫比較困難。」他說：「我在裡面召喚它，不像在外面、站在它下面時那麼容易。」

阿游上前幾步，熱切想了解他猜測了好幾個月的事。「那是什麼感覺？」

「大多數時候，好比現在，我覺得空虛而疲倦。但召喚它的時候，我覺得強大、輕盈，像是火一般，好像我是宇宙的一部分。」他抓抓下巴。「我只能抓住它很短一段時間，然後就必須把它推開。我所做的就只是把它引到我身上，然後推出去。不過我的技巧不是很好。我出身的地方——狂想城——有很多小孩都做得比我好。」

阿游的心一沈。狂想城是好幾百哩外的一座密閉城市，比極樂城更遠。「你是定居者。」

炭渣搖搖頭。「我不知道。我只記得逃出那兒，之前的事我幾乎都不記得。但我猜……我猜……我可能是。還記得我在森林裡遇見你們時，你跟詠歎調在一起嗎？你好像並不討厭她，所以我才跟著你。我覺得你可能也會好好對待我。」

「你的想法很正確。」阿游道。

「是啊。」炭渣微笑道，像黑暗中一閃即逝的光芒。

成千上百個疑問在阿游心頭此起彼落。炭渣是如何逃出狂想城？其他那些跟他一樣的小孩是怎麼回事？但他知道不可操之過急，該讓炭渣主動說出來。

「如果能幫你解決流火，我一定會幫。」炭渣說，他的話突兀而直接。「但我不能……我真的做不到。」

「因為你事後會變得很虛弱嗎？」阿游問道，他憶起上次與烏鴉族發生衝突後，炭渣承受多大的痛苦。他召喚來流火，消滅了一整支烏鴉族部隊。他救了阿游、羅吼和詠歎調，自己卻全身冰冷，氣力用罄，陷入昏迷狀態。

炭渣的目光穿過他，好像擔心被李礁聽見。

「沒關係的。」阿游道。他相信李礁不會洩漏祕密——炭渣的氣味可能早已令李礁懷疑——但阿游知道，炭渣只在他面前覺得放心。「李礁在外面，他會待在那兒。這裡只有我們倆。」

炭渣獲得再次保證，點點頭，答道：「每次，我在事後都覺得更不舒服，好像流火帶走了我的一部分。我幾乎無法呼吸，全身痛得不得了。總有一天它會把一切都帶走，我知道一定會那樣。」他恨恨地抹一把臉，擦掉臉頰上的一滴眼淚。「我就只有這個。」他說：「這是我唯一會做的事，可是它讓我好害怕。」

阿游緩緩吁一口氣，把這情報記在心裡。每次炭渣使用他的力量，都要用生命當賭注。阿游不能再要求他什麼。用他自己的生命冒險是一回事，但他不能要求一個無辜的孩子做同樣的事，永遠不能。

「如果不使用這股力量，你就沒事嗎？」他問道。

炭渣點頭，眼皮低垂。

「那就不要用，不要召喚流火，不要為任何原因做這種事。」

炭渣偷偷抬起眼睛。「所以你不生我的氣？」

「因為你不能幫我解救潮族？」阿游搖頭。「不，完全不會，炭渣。但有件事你錯了。流火不是你唯一擁有的東西，現在你是部落的一分子，跟所有人沒有差別。而且你還有我，好嗎？」

「好。」炭渣說，按捺下一個笑容。「謝謝你。」

阿游拍拍他的肩膀。「既然可以把帽子借給柳兒，說不定哪天你也可以借給我。」

炭渣眼珠子亂轉。「那是……那不是……」

阿游哈哈大笑，他完全了解那是怎麼回事。

他們回村的路上，遇見小枝沿著小徑跑來。「葛倫回來了。」他喘著氣說：「還帶了馬龍。」

馬龍來這兒？沒道理啊。阿游派葛倫去借糧，並不預期他的朋友會親自送補給過來。

他走進廣場，只見一群滿身骯髒、歷盡風霜的人，總共大約三十人。茉莉和柳兒正在分水給他們喝，葛倫跟他們站在一塊兒，擔心地繃著臉。

阿游握住他的手。「真高興你回來了。」

「我半路上遇見他們，」葛倫道：「只好帶他們一起回來，我知道你會希望我這麼做。」

阿游打量那群人，差點認不出馬龍。他完全變了一個人。精工縫製的西裝沾滿灰塵，裡面那件象牙白的襯衫皺成一團，滿是汗漬。他的一頭金髮——通常都梳理得很整齊——糾結成塊，色澤也因油垢而變得深暗。他的臉被風吹得皴裂發紅，不再圓潤，整個人小了好幾圈。

「我們寡不敵眾。」馬龍道。「對方有幾千人。」他吸了一大口氣，壓下激動的情緒。「我擋不住他們，人數太多了。」

阿游心一震。「是烏鴉族？」

馬龍搖頭。「不是。是玫瑰族和黑夜族，他們佔領了台爾菲。」

阿游端詳著跟他一起來的那群人。有男有女，瑟縮在一起。其中一半是孩童，疲倦得站在那兒搖搖欲墜。「其他人呢？」馬龍手下原本有好幾百人。

「一部分被強迫留下，還有人是出於自願。我不怪他們。我出發時，人數有現在的兩倍，但很多人半途又折回去了。我們沒吃沒喝——」馬龍的藍眼睛淚光盈盈。他從口袋裡掏出一條手帕，摺得方方正正，但也跟他的衣服一樣又髒又皺。他看著手帕，皺起眉頭，好像很意外它已弄髒似的，又把它放回口袋裡去。

那群襤褸的流浪者默默旁觀。他們面無表情，毫無情緒，也沒有生命力。阿游知道，萬一潮族失去村子，被迫在三不管地帶討生活，也會落得相同處境。他對遷往洞穴的猶豫開始消散。

「我們無處可去。」馬龍道。

「你們不需要到別的地方去，你們可以留在這兒。」

「我們要收留他們？」小枝問道：「我們要怎麼餵飽他們？」

「我們會餵飽他們。」阿游道，雖然他不知道怎麼做到。潮族目前的糧食也只勉強夠吃而已，但他能怎麼辦？他絕不可能拒絕馬龍。

「把他們安頓好。」他吩咐李礁。

他把馬龍帶回自己的房子。到了那兒，馬龍的情緒愈來愈激動，終於一發不可收拾，流下淚來。阿游陪他一塊兒坐在桌前，心情也很震撼。在台爾菲的時候，馬龍有好多張柔軟的床，隨時可以享用最上等的食物。他有一堵牆保護，日夜有弓箭手在崗位上防禦。如今他失去了一切。

那天晚上用餐——清淡如水的魚湯——時，阿游跟馬龍一塊兒坐在主桌，打量食堂裡的情形。潮族不願意跟馬龍的部下打交道。他們劃清界線，坐在不同的桌子，怒瞪新來的人。阿游幾乎不認得他的部落了。有人加入，也有人離開。兩者都令潮族不安。

「謝謝你。」馬龍低聲道。他知道自己給阿游帶來多大的壓力。

「沒必要這麼說，明天我會安排你們工作。」

馬龍頷首，藍眼睛閃閃發光，裝滿阿游記憶中敏銳的好奇。「當然，悉聽尊命。」

# 22 詠歎調

詠歎調對角族不論有多少種預期，都與眼前看到的景象不符。她與羅吼沿著一條農業道路走來，一路看到的聚落，都令她肅然起敬。想像中，她原本以為，所謂邊緣城，無非就是一個跟潮族相差無幾的村落，但這兒的規模宏大得多。

這條路帶他們穿過一個比潮族大很多倍的山谷。農田沿著山坡排列成梯形，一直延伸到白雪覆蓋的山峰。她到處看見流火損害留下的銀色創痕。黑貂在種植食物方面，遭受跟阿游相同的挑戰。這念頭給她一種邪惡的快感。

她也看到位於遠方的城市：許多棟高矮不一的樓房，簇擁在陡峭的山壁下方。高樓之間有陽台與空橋連接，交織成複雜的網絡，使邊緣城的外觀予人一種盤根錯節、不斷衍生的印象，讓她聯想到珊瑚礁。有一座獨特的建築，矗立在其他房屋之上，高聳的尖頂像矛頭。蛇河流經城市前方，形成天然的護城河，較小的房屋與住家就分布在河岸上。

近午的天空裡，明亮的流火流動得非常快速，使邊緣城顯得更陰沈。他們一路逃避的風暴追上來了。

詠歎調挑起一道眉毛。「跟潮族村很不像，是嗎？」

羅吼搖搖頭，目光鎖定在城市上。「不像，確實不像。」

逐漸接近邊緣城，路上來往的人也變多了，不是馱著背包，就是推著車子。她注意到標記者都穿露出手臂的特製衣服，讓大家知道他們優異的感官能力——男人穿背心，女人穿袖子開衩的連身裙。詠歎調伸手摸摸自己的襯衫，想像衣服下面刺壞了的標記，腎上腺素即刻加速分泌。

來到一座路面鋪著卵石的大橋，羅吼亦步亦趨地緊跟著她，他們融入人潮。零星的對話飄進詠歎調耳內。

「……幾天前才有一場風暴……」

「……去找你哥哥，叫他馬上回家……」

「……生長季比去年糟……」

過了橋有幾條窄街，兩旁都是好幾層樓高的石砌房子。詠歎調一馬當先，沿著主街前進。路很難走，像隧道般陰暗，擠滿行人，交談聲在大片大片的石頭之間迴盪，水溝裡堆滿了髒東西，奇臭撲鼻。邊緣城很大，但她已經看出，它遠不及馬龍的城堡現代化。

街道向上攀升，左彎右拐，突然在高塔前中斷。巨大的木門敞開，裡面是間石頭大廳，搖曳著火把的光芒。多名身穿筆挺黑制服、胸前繡紅色鹿角的衛兵，監視著進入大廳的人。

她和羅吼走上前，一個體型粗壯、留濃密黑鬚的衛兵攔下他們。「有何貴幹？」他問道。

「我們代表潮族來求見黑貂。」詠歎調說。

「在這兒等。」他走進裡面不見了。

感覺像過了一個小時，另一名衛兵才出現，他粗略地瞄一眼羅吼。「你是標記者嗎？」他問。他的黑髮剃得很短，眼神顯得很不耐煩。他胸前的鹿角是用銀線繡的。

羅吼點頭。「靈聽者。」

衛兵的目光轉到她身上，不耐煩消失了。「妳呢？」

「非標記者。」她答道。這有一部分是事實。她母親那邊確實是非標記者。

衛兵的眉毛微微一挑，他的目光沿著她的身體往下看，停在腰帶上。「好漂亮的一對刀。」他的語氣帶著挑逗與嘲弄。

「謝謝你。」詠歎調答道：「我一直保持刀鋒銳利。」

他頗覺有趣地勾起嘴角。「跟我來。」

詠歎調跟羅吼走進去時，交換了一個眼色。就這樣了，已經回不了頭了。

裡面的走廊很寬敞，散發淡淡的霉味和餿酒的氣味。這兒陰冷潮濕。雖然木製的遮窗板敞著，也點了燈，但石砌的走道仍顯得陰森，黑影幢幢。隱約的話聲傳入她耳中，聲音愈來愈響亮。

羅吼躡足走在她身旁，搜索他們經過的每個人和每個房間，眼中充滿飢渴。詠歎調無法想像他是什麼感覺，經過這麼多個月的搜尋，他終於要見到麗薇了。

他們穿過一扇很大的門，進入一個跟潮族的炊事房一樣巨大的房間，但這兒有很高的拱型天花板，令她聯想到哥德式大教堂。有人正在用餐。幾十個衛兵圍在桌前，她面前展開一片紅、黑二色的人海。黑貂身邊有一支軍隊。

運氣不錯，她想道。她一直擔心黑貂能讀出她的情緒。或許在這麼一大群人當中，他不至於聞出盤旋在她心頭的恐懼。

「哪一位是黑貂？」

她看到大廳另一端有座平台，幾名男女高坐在其他人之上，但那些男人都沒有戴血主的項鍊。

「我看不見他。」那個衛兵說。「不過妳有可能看得見。他頭髮很短，藍眼睛，身高跟我差不多。事實上，他的身高跟我完全一樣。」

他語氣裡的幽默讓她從頭到腳一涼。她看著站在身旁的那名衛兵——黑貂。

他年紀比她預期的大很多。她猜他約莫三十來歲，身高體型都屬中等，相貌端正，比例也好，但非常不引人注目。若非那雙鋼藍色眼睛裡的神情，她可能會認為這人很無趣。那種神情——自信、狡猾、興趣——將他從過目即忘提升到魅力十足。

黑貂微笑，顯然對戲弄她感到滿意。「我知道你們來自潮族，但我沒聽清楚你們的名字。」

她清一下喉嚨：「詠歎調和羅吼。」

黑貂轉往羅吼，認出他似的瞇起眼睛。「奧麗薇亞提起過你。」

「她在哪？」羅吼問道。

幾秒鐘過去了。大廳裡各式各樣的雜音環繞著他們。詠歎調的脈搏快得出奇。她注視著黑貂的胸膛隨著呼吸擴張收縮，知道他在嗅聞羅吼的憤怒，他的妒忌，為麗薇長達一年的擔心。

「她在附近。」最後黑貂道。「來吧。我帶你們去見她，久別重逢多好啊。」

他們走出大廳，又回到陰暗的走廊。詠歎調嘗試記住路徑，但這些走廊繞來繞去，轉了好幾個彎，又爬上狹窄的樓梯，再次轉彎。牆上有許多門和燈，卻沒有窗戶或明顯的記號可幫助她記憶。一種走入陷阱的感覺爬上心頭，令她想起從前在虛擬世界去過的一個迷宮。地牢的場景在她眼前閃過，令她頸後的寒毛豎立。黑貂究竟安排麗薇住在什麼地方？

「潮族的年輕血主做得怎麼樣？」黑貂微側著頭問道。她看不見他的表情，但他的口氣輕鬆自若。詠歎調覺得他似乎知道阿游失去了一部分族人。這問題比較像是一種測試，而非刺探敵情。

「還好。」羅吼緊繃地說。

黑暗中，黑貂笑了，笑聲悅耳而討人喜歡。「說得很謹慎。」他在一扇沈重的木門前停下腳步。「我們到了。」

他們走進一個鋪石板的大廣場，一大群人的歡呼正好響起。四周是高達數百呎的城堡——她心目中，這是描述黑貂連綿不盡的大本營最貼切的字眼——以她從遠處看到的那種漫無章法的方式，藉著陽台和走道連接在一起。後方是一大片高聳峙入雲的灰色山壁，跟交織如網的洶湧流火瓜分天空。

她尾隨黑貂向集結在中央的人群走去，脈搏不斷加快，特別警覺到羅吼走在身旁。歡呼聲之上，她聽見金屬交擊的聲音。圍觀的人看到黑貂便自動分開，讓出一條路給他們通過。詠歎調看到前方有金髮閃動。

然後她就看到她了。

麗薇對一個體格與她相當——近六呎高——的軍人揮舞著半截劍。她的頭髮色澤略深，夾雜著幾縷淺金色，長度約及後背的一半。她眼睛分得很開，下巴線條分明，顴骨很高。穿著皮靴，貼身窄褲和一件無袖上衣，露出瘦削而結實的肌肉。

她很強壯。她的臉，她的身體，她的一切。

她格鬥的手法充滿力量，毫不遲疑。她打鬥的每個動作都像要跳進大海。*他們非常像*，羅吼有次跟她談到阿游與麗薇時這麼說。詠歎調終於懂了。

麗薇顯得很自在，一切都在她控制之下，並非羅吼想像中的階下囚。詠歎調瞥他一眼，發現他臉色灰敗。她從來沒看過他這麼震驚，心中油然生起想保護他的情緒。

麗薇彎腰躲過從上盤掃來的一招平擊，但對手突出奇招，橫臂一拳命中她的臉，打得她的頭向旁邊一歪。但她立刻回過神來，在其他人都可能選擇後退時，反其道上前一步，出其不意地擊中那人腹部。趁他吃痛彎腰時，她的手肘又毫不留情地撞上他的頭，打得他跪倒在地，爬不起來，只能拼命咳嗽，被她連番出擊的力道打得搖搖欲墜。

麗薇微笑著用腳尖推一下他的肩膀。「來啊，洛倫。站起來。你不可能只有這點功力。」

「不行啦，妳打斷了一根肋骨，我很確定。」那名軍人抬起頭，向他們望過來。「你勸勸她，黑貂。她下手毫不留情，訓練不是這麼個搞法。」

黑貂大笑——就是詠歎調在走廊裡聽到的同一種悅耳而充滿誘惑的笑聲。「錯了，洛倫，只有這樣才叫訓練。」

麗薇轉過身，看到黑貂，笑容在一瞬間展開。但她隨即又看見了羅吼，有那麼幾秒鐘，她一動也不動，既沒有挪開眼光，也沒有眨動一下，抬起手，把劍插回背後的劍鞘。

她走過來時，詠歎調無法克制地瞪著這個過去幾個月來她一直聽人談論的女孩，這個掌握了她至交的心的女孩，這個血管裡流動著跟阿游相同血液的女孩。

「你來這裡做什麼？」她問道。剛挨的那一拳在她臉上留下一道紅印，但她臉上其餘部分卻毫無血色，看起來跟羅吼一樣蒼白。

「我可以問妳同樣的問題。」羅吼說出來的字句很冷漠，但他的聲音卻因情感洋溢而沙啞，他脖子上的青筋根根突起，幾乎無法自制。

黑貂在兩人之間看來看去，微笑道：「妳的朋友來參加婚禮，麗薇。」

詠歎調的血液頓時冰冷。

黑貂看到她意外的表情。「你們不知道嗎？」他挑起眉毛問：「我通知潮族了呀。你們剛好趕上，麗薇和我三天後就要成親了。」

成親。麗薇要結婚。詠歎調不知道自己有什麼好震驚的，這是維谷與黑貂老早就做下的交易——嫁出麗薇，換回糧食——但某方面卻覺得是嚴重的錯誤。

然後她看到麗薇與黑貂站立的方式，他們竟然站在一起。

黑貂伸手用大拇指輕撫麗薇臉頰上的紅腫。他的撫摸流連不去，手指沿著她的脖子向下滑，整個手勢緩慢而帶著情慾的意味。「到時候這兒會變成完美的紫色。」他伸手攬住麗薇的腰。

「我本來應該處罰洛倫，不過妳已經替我處理了。」

麗薇的目光仍凝聚在羅吼身上。她說：「你沒必要來的。」話裡的意思非常清楚，她不要他在場。麗薇要跟黑貂結婚。

憤怒穿透詠歎調全身。她咬緊嘴唇內側，嘗到血的味道。羅吼在她身旁變成了一塊石頭，她必須帶他離開這兒。「我們有地方可以休息嗎？這趟旅途很長。」

麗薇眨眨眼，第一次注意到她。她從詠歎調看到羅吼，呼吸變得集中。「妳是什麼人？」

「原諒我失禮。」黑貂道：「我還以為妳們認識，麗薇，這是詠歎調。」他招來一名手下。「帶他們去我住處的客房。」他道，然後露出一個大大的笑容。「我會安排我們四個人稍後共進晚餐。今晚我們要慶祝一下。」

詠歎調的房間很冷，布置簡樸：一張簡單的小床，外加一把椅子，彎曲的椅背是鹿角做的，唯一的光線來自深嵌在牆壁裡的一扇昏暗的水晶玻璃窗。

羅吼分配到她隔壁的房間，但他尾隨著她走進來。詠歎調把門關上，張開手臂抱住他。他的肌肉緊繃，全身顫抖。

「我不懂，麗薇竟然讓他碰她。」

他聲音裡的痛苦讓她皺起眉頭。「我知道，我很難受。」

她沒有更好的話對他說。她憶起離開潮族這些天來兩人的對話。那時她體內餘毒未消，對於離開阿游又有重重心結。羅吼跟她聊到那份真心，今天他卻失去了一個真心，就像幾個月前，她剛得知自己有一半外界人的血統時一樣。她把人生建立在一根柱子上，但這根支柱忽然消失無蹤，直到如今，她還未找到平衡。現在她隨便怎麼說都幫不了他，所以只能跟他站在一起，抱著他，直到他重新準備好，靠自己的力量站立為止。

他往後一縮，棕色眼睛裡的憤怒令她的心一冷。她抓住他的手。**羅吼，不要對黑貂採取任何行動。他料得到你會那麼做。不要給他傷害你的理由。**

他沒有回答。就這麼一次，她但願自己能聽見他的思想。

他搖搖頭。「不，妳不會想知道。」他離她遠一點，靠著門坐在地上。

她坐在床上，打量這個小房間。她不知道該怎麼辦。過去兩個星期，她為了來這兒拼命趕路。現在到了目的地，她卻有落入陷阱的感覺。

羅吼縮起膝蓋，雙手托住頭，屈著手臂，握起拳頭。再過幾小時，他們就要跟麗薇和黑貂一起吃飯。如果桌子對面坐的是阿游和另一個女孩，跟他們用餐會是什麼感覺？看他摸她的臉，像黑貂摸麗薇那樣？羅吼怎麼受得了？他們原先的計畫當中，她跟羅吼從來沒有談到不帶麗薇離開邊緣城的可能，他們完全沒考慮到她會想要留下。

詠歎調把袋子拿到腿上，觸摸藏在內襯裡的一塊小硬物。稍早，她用一塊布把智慧眼罩包好，還添了一把松針，掩飾這人工合成裝置的氣味，防備黑貂檢查他們攜帶的物品。她聽見走廊上傳來沈重的腳步聲，有警衛巡邏，門也沒有裝鎖。在這種地方跟黑斯——或索倫——聯絡太危險了。

據說黑貂仇視定居者，她可不想印證這件事。

她翻了一陣子，找到木雕老鷹。將它取出時，一陣強烈的思念襲上心頭。她想起她舉行標記儀式那天晚上，阿游靠在維谷房間門口，手指勾著腰帶的模樣。她想像他狹窄的臀部、寬闊的肩膀，還有微微偏著腦袋的神情。他的心完全放在她身上。每當他眼光落在她身上，她就覺得全部的自己都被看到了。

她把這意象留在心中，假裝她能透過那個小雕像跟他說話，就像跟羅吼交談一樣。

我們到了，但這裡的情況一團糟，阿游。你姊姊……我其實很願意喜歡她，但我做不到。很抱歉，真的不行。也許我不等你就離開是個錯誤。如果你在這兒，或許能說服麗薇不要跟黑貂結婚，而且幫助我們找到永恆藍天。但我保證我會想出一個辦法。

我想你。

我想你。我想你。我想你。

你要有心理準備哦，再見到你的時候，我可能永遠不會放開你了。

# 23

# 游隼

「我的天，游隼。」馬龍道。他伸長脖子，滿懷驚奇地看著岩洞。「好一個地方。」

阿游一早起來第一件事，就是帶他到那兒去，在路上說明潮族的處境，沿著山坡爬下去時，一路牽著他的手臂。現在他跟著馬龍走向洞的深處，一路專心調勻呼吸。

「不算很理想。」阿游把手裡的火把舉高一些，說道。

「理想是只有聰明人才理解的世界裡的東西。」馬龍平靜地說。

「就是你這種人啊。」

馬龍迎上他的視線，親切地笑道。「是蘇格拉底。但你也很聰明，阿游。我沒有對失去台爾菲早做規劃，如今非常後悔。」

他們沈默下來。阿游知道馬龍想起了他失去的家與人民。幾個月前，阿游在台爾菲的屋頂上，旁觀羅吼訓練詠歎調用刀，他也在那兒初次吻她。

阿游清一下喉嚨。他的思緒跌進一個他不願去想的角落。「我要趁我們被迫離開前，把部落遷到這兒來。我們應該按照我們想要的方式離開村子。」

「嗯，沒錯。」馬龍同意道。「我們要立刻開始準備。我們需要飲水、光線、通風，還要保暖和儲存食物。路不好走，但我們可以設法改善。我可以設計一套滑輪，把比較重的物資運下來。」

他隨口列出清單，阿游聆聽，終於又認出他熟識的那個人：溫和、一絲不苟、聰明絕頂。他真想不通馬龍怎麼會自認為是個負擔。

回到村中，阿游召集大家到炊事房開會，告訴全族，他要把他們遷到山洞裡去。不出他所料，大家聽到這消息都大驚失色。

「我不認為我們在那種地方活得下去。」阿熊說。他滿臉通紅，額頭冒出汗珠。阿游從沒看他這麼憤怒過。「我們熬過了冬季的流火，」他繼續道：「而你好像預期更可怕的災禍還會來臨，為此而宣告放棄。」

「我並沒有預期更可怕的災禍。」阿游道：「而是更可怕的災禍已來到眼前。你如果要證據，到外面去看一眼天空，也可以看看過去一個月來燒毀的田地。這跟冬季不一樣。我們克服不了目前的困境。早晚會有另一個部落，或另一場風暴，來把我們夷平。我們必須先採取行動——趁著最壞的下場發生之前。我們必須趁我們還有能力時，立刻行動。」

「你本來說要帶我們去永恆藍天的。」茬仔道。

「等我知道它在哪兒，就會帶你們去。」阿游道。

茬仔沮喪地搖頭。「萬一我們又被迫離開山洞怎麼辦？」

「那我會再想別的辦法。」

聽了一小時相同的抱怨，阿游把會議結束。他下令抽出阿熊一部分的人手，幫助馬龍整理山洞。看著阿熊氣沖沖離開，炊事房也空了，他頭昏腦脹地穿過廣場，回到自己家中，希望獨處一會兒，反省自己的決策。

他走到擺有鷹爪雕刻的窗前，扶著窗沿。那兒一共擺了七個小雕像，七個都面朝同一個方向。他把中間那尊雕像轉換不同方向，讓它面對窗外。身為血主，他的職責是服從多數？或帶領他們去做他知道——也相信——對他們最好的事？他選擇了後者。他祈禱自己是對的。

下午剩餘的時間，他都在洞裡幫忙。馬龍做事條理井然，效率很高，他善於管理大型計畫。阿熊沒出現，但阿游挑來的人手很快就喜歡上馬龍。長達一小時跋涉回村的途中，他告訴馬龍這一點。

「他們之所以會靠近我，是因為你先這麼做，是你把方向指給他們看。」

是啊，阿游想道。到山洞去。

他們的話題轉到台爾菲為馬龍工作的其他人身上。石雷特和玫瑰都淪為俘虜。如果阿游和馬龍有辦法把他們和任何其他人弄到潮族來，他們一定會願意。他們聊著，直到阿游看見李礁沿著村旁的小路匆匆跑來。

「怎麼了？」阿游問道。

李礁抓抓下巴，一副開心無比卻不想笑出來的模樣。「等你看到剛冒出來的東西再說吧。」他與他們齊步前行，說道。

一走進村子，阿游立刻瞪著廣場另一頭。一個赤銅色頭髮的女孩，站在村子東端的入口。藉著最後一道天光，他看到她背後有好長一大排篷車。阿游估計約有四十個人騎馬或徒步，他們看起來都像戰士——強壯且配備了武器。

「這是黑貂給麗薇的第二筆聘金。」站在他身旁的李礁道。

小枝小跑步過來，說話聲音尖細得像在咯咯笑。「阿游，全都是食物耶！」

阿游走上前去，目光又回到車隊上。在震驚中，他數出有八輛馬拉的貨車、十頭牛，還聽見羊叫。一陣風吹過，他聞到藥草、雞、穀物的味道。他嘴裡生出津液，忽然覺得他已習慣壓抑的飢餓正全力反擊。

「我叫奇拉。」紅髮女孩道。「打賭你很高興看到我。黑貂送信來。他很樂意履行跟維谷所訂迎娶奧麗薇亞的協議，雖然他大可不必這麼做。最後這句不是他說的，但他應該會這樣說才對。」

阿游幾乎沒在聽她說話。他發現眼前看到的所有東西都是要給潮族的，心開始狂跳。

馬龍出現在他身旁，臉頰興奮得通紅。「哦，我的天。游隼，這很有幫助。」

阿熊和茉莉帶著柳兒和老威走上前來，其他人也紛紛從炊事房走出來，圍成一圈。空氣裡充滿他們亢奮的心情，生動的色彩在他視野的邊緣閃閃發光。鬆了一口氣的感受——他自己和整個部落——是如此強烈。阿游的喉嚨被情緒繃得好緊。

那女孩挑起一道眉毛。她的紅髮在風中飄拂，被夕陽餘暉映得像火一樣。「如果我們立刻卸貨，還來得及一起吃頓飯。」

阿游的眼光落到她手臂的標記上。他眨眨眼，看清楚後，再眨眨眼。靈嗅者。她跟他一樣。他看看她，這次多了幾分好奇。除了他姊姊，他不認識任何女性的靈嗅者。這是最罕見的感官靈力。因此之故，麗薇的婚姻才需要特別安排。

「妳叫什麼名字？」他問。

「奇拉。我告訴過你了。」

「對了……方才我沒聽清楚。」

她長著一張滾圓的臉，乍看之下，特別予人一種天真無邪的感覺，但她身體的曲線卻抵銷了這印象，她眼睛裡嘲弄的光芒也是如此。從外表猜測，她比他大個幾歲，她的氣味成熟而略帶涼意，令他聯想到秋天的樹葉。

「妳說我姊姊跟黑貂結婚了？」他問道。

「我相信現在婚禮已舉行過了。」

阿游轉向篷車隊。麗薇一直是他的。維谷年紀最長，自幼被他們的父親選為血主，接受培植。他和麗薇就聽任自由發展。阿游覺得難以置信，現在她屬於別人了。笑得快、脾氣來得快去得也快的麗薇，從來做事不肯半途而廢、一定貫徹到底的麗薇，竟然結婚了。

雖然他相信她會盡她對潮族的義務，嫁給黑貂，但他從來不期待她真的那麼做。他的姊姊一向難以預測，但這是她給的最大意外。她逃跑了，失蹤了，到頭來卻又做了人家一直要求她做的事。

阿游想到羅吼，心頭一緊。他發現這事時會怎麼反應？

「怎麼樣？」奇拉問，把他從沈思中拉回來。「時候不早了。要不要卸貨？」

阿游伸手捋著下巴，點點頭。

木已成舟。麗薇結婚了。他已無力改變這一切。

# 24 詠歎調

那天晚上，詠歎調和羅吼被帶到一間大餐廳。長桌上的燭光與銀器熠熠生輝，中央擺飾是在一個巨大無比的花瓶裡插了扭曲的柳枝，映得整個天花板上都是細長的影子。房間一側有扇門通往陽台，鏽紅色的帷幔在風中搖曳，不時瞥見流火擾動的天空。

羅吼掃視房間一眼，剛踏進室內，他就問：「麗薇在哪？」

黑貂從桌上站起身來。他現在戴著血主的項鍊，一條極其華美、閃閃發光的短鍊，鑲了許多藍寶石，被他的深灰色襯衫烘托得很出色。這條項鍊使他眼睛顯得更藍，笑容更有自信，好像換了一個人。詠歎調想不通自己一開頭怎麼會以為他是個普通士兵。他戴著項鍊時神情自若，大權在握對他是件輕鬆的事。她想到自己對阿游從沒有這樣的感覺。

「麗薇遲到了。」黑貂道。「她好像喜歡讓我等。」

「或許她在逃避你。」羅吼說。

黑貂挑起嘴角微笑。「我很高興你在這裡，麗薇的童年好友能參加我們的婚禮是件好事。」

「她跟你說我們是朋友？」羅吼冷笑一聲，好像快要克制不住自己。

黑貂的回答很溫和，但眼神非常冷酷。「我知道你們從前是什麼，但她說你們現在就這樣。」

一陣風吹進房間，掀起桌布的一角，打翻了一個白鑞高腳杯，它掉到石頭地面上哐噹作響。黑貂和羅吼都沒有動。

詠歎調站到他們中間。「暴風雨好像要來了。」她道，大步走向陽台。雖然這種轉移話題的企圖非常露骨，卻發揮了作用。黑貂跟在她背後。

穿過帷幔時，風吹起她肩上的頭髮。她走到陽台邊緣的矮牆前，抱住身體抵擋寒意。城堡粗糙不平的外牆向下直落好幾層樓，插進下方的蛇河。流火的光芒在灰暗的牆面上閃爍。

黑貂來到她身旁。「從遠處看很美，不是嗎？」他凝視著流火說。流動的火光正轉變為蜿蜒盤旋的姿態，不久就會有漏斗形的烈焰從天而降。「但妳若剛好站在它正下方，情況就大不相同了。」他看著她。「妳曾經置身暴風雨中？」

「是的。」

「我想也是。我嗅出妳的恐懼，但我也可能錯了，也許妳怕的是別的東西。妳怕高嗎，詠歎調？這兒離地很遠呢。」

她一陣顫抖，但她回答時聲音很平穩。「我不怕高。」

黑貂笑了。「我毫不意外。妳說妳來自潮族？」

他用這些問題刺探她，嗅聞她的情緒，尋找她的弱點。「我是從那兒來，沒錯。」

「但今天之前，妳不認識麗薇。」

「是的。」

他再次盯著她看，靜止不動，非常專注。她可以看見他的意念轉動，他的好奇心繞著她打轉。就在她覺得自己再也無法忍受時，麗薇的聲音將他的注意力又吸引到室內。黑貂調整了一下姿勢，卻沒有進去找她。

「黑貂在哪？」麗薇問羅吼。

詠歎調隔著帷幔看見她，麗薇的模樣跟她稍早看到的那個女孩有天壤之別。她穿一件有光澤的橘紅色希臘式長袍，把古銅色的皮膚襯托得格外好看。她腰間繫一條綠繩索腰帶，滿頭濃密的金髮高高綰起，露出肩膀。

「妳是怎麼回事？」羅吼問她。

「我不知道這腰帶要怎麼繫。」麗薇輕快地回答。

「我說的不是衣服。」

「我知道。」

「那妳為什麼——」

「羅吼，停止。」麗薇厲聲道。她走到桌前，坐下來。

羅吼跟過去，蹲在她身旁。「妳就這樣不把我放在眼裡嗎？妳要表現得好像我們之間什麼也沒有嗎？」他壓低聲音，但詠歎調每個字都聽得清清楚楚。這個石砌的房間就像一個舞台，把所有的聲音放大，向外擴張，送到她和黑貂站著的地方，而他們就在黑暗中觀看。她很想知道黑貂是否也聽得見羅吼的話。

「奧麗薇亞。」羅吼急切而熱烈地說。「妳在這裡做什麼？」

「我等上菜。」她道，眼睛筆直看著前方。「還有黑貂。」

羅吼咒罵一聲，猛然後退，好像有人推了他一下。

黑貂在詠歎調身旁輕笑一聲。「進去吧？」他說完便回到屋內。他走到麗薇面前，親吻她的嘴唇。

「妳好美。」他站直前悄聲低語。

一陣紅暈湧上麗薇的臉頰。「你讓我不好意思。」

「為什麼？」黑貂在她身旁坐下道。他看著羅吼，眼神流露出興味。「我想這兒沒有人會反對。」

詠歎調的胃又開始抽搐。羅吼一副隨時要跳上前去，把黑貂撕成碎片的架式。她心跳加速，偷窺一眼站在門口的警衛。兩名警衛的視線都跟她相交，他們把一切都看在眼裡。

羅吼在她身旁坐下時，她用手臂輕觸他一下，快速發出警告。羅吼，好好坐在我旁邊。保持冷靜——拜託。

桌子對面的黑貂與麗薇都看到了這個舉動。這個房間裡沒有祕密，每句悄悄話都有人聽見，每個情緒的變化都有人聞到。

麗薇的綠眼睛一暗。是妒忌嗎？她怎敢有這種感覺？她就要跟黑貂結婚了，有什麼權利獨佔羅吼。

僕人送上燒烤的火腿和蔬菜。詠歎調不知怎麼回事，覺得既飢餓又想吐。她拿起一片麵包。很長一段時間，他們在不安的沈默中進食。詠歎調的目光不斷回到身旁羅吼握著刀的那隻手。羅吼和麗薇都不肯探看彼此，黑貂則把一切看在眼裡。

「阿游對我們送去的食物滿意嗎？」最後麗薇問道。

「剩下那一半的價金嗎？」羅吼訝異地問。

「那叫作聘金。」麗薇提高聲音說。「你送出去了，是嗎，黑貂？」

「我承諾的當天就送走了。」黑貂道。「潮族一定已經收到了，我確定。想必是在妳的朋友離開後才送到的。我還派出我手下四十名最優秀的戰士護送。他們會留下來，提供妳弟弟任何他需要的幫助。」

麗薇看著他。「你真的這麼做？」

黑貂微笑道：「我知道妳擔心他。」

詠歎調覺得她為羅吼抱的最後一線希望都破滅了。交易完成，麗薇已屬黑貂所有。現在只差一個結婚儀式，一切都已定案了。

「阿游有沒有送消息給我？」麗薇問道。

羅吼搖頭。「我們必須盡快離開，所以他來不及。即使來得及，我也不確定他會不會送消息。」

「為什麼？」麗薇說：「他舌頭割掉了嗎？」

「他把維谷的事都怪到自己頭上，麗薇。」

她不悅道：「我知道維谷幹的好事，我知道我哥是什麼樣的人。送個消息會有多困難呢？」

「這是個好問題。」羅吼道。「送個消息會有多困難呢？阿游一整年沒有妳的消息，也許他害怕他已失去了妳，也許他以為妳已經不在乎他了。妳說呢，麗薇？」

麗薇與羅吼四目相對，瞪著對方，眼睛都不眨一下。很顯然，這件事已經跟阿游無關。詠歎調覺得自己和黑貂都好像不在這個房間裡了。

「我當然愛他。」麗薇道：「他是我弟弟。為了他，我什麼事都願意做。」

「真感人，麗薇。」羅吼把椅子往後一推。「我相信阿游聽到了一定很高興。」他悄無聲息走出了餐廳。

獨自跟麗薇和黑貂共處一室，詠歎調忽然覺得像個闖入者。他們那頭的蠟燭被風吹熄了。變得微弱的光線下，麗薇那身衣服看起來好冷，像紅色的黏土。所有的一切都顯得灰暗冰冷。

「我派人去把妳弟弟請來。」黑貂伸手去握麗薇的手，對她說。「我們可以等到那時再舉行婚禮。告訴我妳要什麼，我都會替妳辦到。」

麗薇對他微笑，笑容很勉強，一閃即逝。「對不起……我不餓。」她道，隨即走出這個房間。

詠歎調等著黑貂追出去，但他卻沒有。他從盤子裡拿起一顆無花果吃了起來，邊吃邊看她。

「我知道羅吼為什麼來。」他道：「但妳又是為了什麼？」

他的話很平常，但他的眼神卻能穿透人心。詠歎調看著門，估算中間的距離，直覺告訴她，得馬上離開。

黑貂飛快出手，抓住她的手腕。詠歎調用自由的那隻手從桌上抓起一把刀。她手持刀鋒向下，準備攻擊他的頸部，使出致命的一擊。對付他這種人，機會只有一次。但那麼做對她毫無幫助，她要的是他吐露消息。

黑貂微微一笑，輕輕搖頭。他眼珠的中心像玻璃般透明，周圍是一圈深藍色。「妳不需要那麼做，我不會傷害妳，除非妳給我那麼做的理由。」

他的手沿著她手臂往上移動，把衣袖推上去。他的大拇指在她皮膚上移動，動作緩慢而堅定，研究那個紋了一半就遭到破壞的刺青。他的觸摸冰冷，寒意沿著她的脊椎往下竄。

黑貂深深看進她的眼睛。「妳是個謎，不是嗎？」

詠歎調一口氣梗在喉嚨。所有的聲音都變得響亮了。帷幔拍動，蛇河裡的流水衝激，走廊裡腳步聲接近。他是否看得見她的聽力？她在夢幻城和虛擬世界裡的生活，還有她做過的所有其他事？

一名金髮黏結成繩索狀的衛兵走進來。「暴風雨封鎖了通往流浪者山隘的小路。」

黑貂沒理他。「妳想從我這兒得到什麼？」他問，聲音低沈而充滿威脅。

她不能撒謊。她做不到。「永恆藍天。」

黑貂鬆開手，慢慢吁出一口氣，往椅背上一靠。「我還以為妳有多特別。」他簡單地說，隨即起身離開。

接下來很長一段時間，詠歎調都無法動彈。自從第一次被丟出夢幻城，好幾個月來，她都不曾因為被人碰觸而產生這麼強烈的厭惡感。她手臂很痛，他抓她用的力道遠比她先前以為的大。她終於放下刀，把它擺回空盤子旁邊，手指因握它而痠痛。

現在怎麼辦？黑貂懷疑她。他會一直刺探，直到查出她的真實身分。她的生命有危險，她的任務也有危險。她吸口氣，站起來。她不能讓自己失敗。

詠歎調從門口的警衛面前走過，覓路回到房間。她注意到站崗和在走廊裡巡邏的警衛。想要行動而不被看見很困難，但並非不可能。她聽見黑貂的聲音時愣在當場。他聽起來就在附近，但她無法確定。曲折的走廊裡，聲音會以奇怪的方式往復傳送。她心兒怦怦跳，聽著他下令疏散邊緣城外圍的人員。或許這場風暴能促使他在今晚討論永恆藍天。

待會兒，她告訴自己。她會偷偷溜出去，盡可能收集一些情報。

踏進房間時，發現有人等在裡面，她並不意外。

她以為是羅吼，沒想到卻是麗薇。

# 25 游隼

那天晚上，阿游高踞主桌，對送到面前的食物驚嘆不已。火腿搭配日出般金黃的葡萄乾，胡桃麵包配溫熱的羊奶乳酪，用蜂蜜和奶油烹煮的胡蘿蔔。草莓，櫻桃。裝了六種不同口味乳酪的拼盤。想喝酒的人有葡萄酒和樂斯酒。炊事房裡香氣四溢。明天部落又要恢復口糧配給的生活，但今晚可以開懷暢飲。

他不停地吃，直到飢餓引起的痙攣被肚皮脹得發痛取代，每一口食物都讓他想起麗薇為潮族做的犧牲。吃完以後，他靠在椅背上，看著四周的族人。馬龍用他做每件事的精準態度，把奶油抹在一片麵包上。阿熊猛力進攻面前堆得像小山似的食物，茉莉抱著小河在自己腿上顛動。海德與葛倫爭著討好小溪，小枝夾在他倆中間想插嘴都沒有機會。

不過幾小時前，就在這同一個地方，他還在聽他們憤怒地指責他。

桌子對面，老威推一把炭渣。「瞧，到處都看不到一片魚肉。」

「謝天謝地。」炭渣道。「再吃魚我就要長鰭了。」

柳兒笑了起來。阿游看到炭渣的耳朵在帽子底下變得通紅，不禁也笑了。

大廳另一頭，奇拉跟她帶來的那群人一起用餐。他們活潑喧嘩，手勢誇張，每個人的笑聲都特別響亮。阿游的目光一再回到奇拉身上。他約她稍後見面，打聽其他領地的消息。她來自角族，可能也知道一些永恆藍天的事。

吃完以後，奇拉那群人搬開幾張桌子，清出一片空間，然後開始奏樂，吉他和鼓奏出活潑的曲調。愉快的情緒像野火般蔓延開來。潮族熱烈地加入，不久大廳裡就洋溢著歌聲與舞蹈。

「炭渣有沒有告訴你，關於他過生日的事？」柳兒問道。

炭渣搖頭。「柳兒，不要，我是開玩笑的。」

「我可沒有開玩笑。」柳兒道。「炭渣不知道他的生日是哪一天，所以隨便哪一天都有可能。既然哪天都可以，何不就選今天？反正我們已經在慶祝了。」

阿游抱起手臂，盡量克制笑意。「我覺得今天是個好日子。」

「也許你可以說幾句話，你知道，做個正式宣布。」

「就這麼做吧。」他看著炭渣：「你希望今年幾歲？」

炭渣瞪大眼睛。「我不知道。」

「十三歲怎麼樣？」阿游建議道。

「好啊。」炭渣聳聳肩膀，但他的情緒卻因激動而升溫。這對他的意義遠比他承認要來得大。怎麼不會呢？他應該要知道自己的年齡，應該可以用一個日子來計算自己的人生。阿游對於自己沒有及早考慮到該這麼做而滿懷歉意。

「我以血主的身分，宣布今天是你的生日。恭喜你。」

一個笑容在炭渣臉上綻開。「謝謝。」

「現在你得跳舞。」柳兒道。她拉他起身，不理他半推半就的抗議，把他拖進人群。

阿游坐回椅上，抓兩下跳蚤的下巴，把一切看在眼裡，享受心情一輕的感覺。奇拉帶來的不僅是食物，她也帶來美好生活的回憶。這個大廳就像它以前該有的樣子，現在的潮族才是他一直希望看到的模樣。

族人解散各自回家時，已經很晚了。大家都希望這一晚不要結束。暗下來的廣場上，李礁把阿游拉到一旁。他們四周點著燈，在清涼的海風中輕輕晃動。

「二十七個男人，十一個女人。」他說。「其中有十個靈視者，五個靈聽者，還有奇拉，你已經知道了。據我觀察，他們每個人都擅長一種武器。」

阿游已猜到情況是這樣。「你擔心嗎？」

李礁搖頭。「不。但還是一樣，今晚我留守。」

阿游點頭，他信任李礁會監視這批新來者。他轉身要離開時，撞見茉莉。她說馬龍不舒服。充其量就是不消化，但他今晚得休息。少了李礁和馬龍，他只好單獨去見奇拉。阿游穿過廣場回家，不明白自己為什麼會覺得緊張。

過沒多久，她來敲門，隨即走進來。阿游從火爐旁站起來。奇拉站定不動，打量空蕩蕩的房間，她似乎很驚訝屋裡沒有別人。「今晚我讓我的部下放假，這段旅程很長。」

阿游走到桌前，倒了兩杯樂斯酒，把一杯遞給她。「休息是他們賺到的，我相信。」

奇拉接過酒，在桌子對面坐下，她看他時眼中帶著笑意。她穿一件小麥色的緊身襯衫，領口解開的鈕釦比晚餐時多。「我們來得正是時候。」她道：「你的族人在挨餓。」

「是的。」阿游承認。他無法否認他們的狀況危殆，但也不喜歡被陌生人指出這一點。

「你們什麼時候回邊緣城？」他問。他要送個信給姊姊。麗薇近況如何？他一定要知道她好不好。

奇拉笑了起來。「你已經在希望我離開啦？我真是傷心哪。」她微微嘟起嘴。「黑貂要我留下來。只要你需要，我們會一直留下幫忙。」

這讓他猝不及防。他喝了一口酒，在樂斯酒溫熱咽喉時，給自己一點恢復的時間。傳聞都說黑貂是個無情的人，這年頭也不適合雪中送炭。麗薇逼他提供更多援助嗎？他相信他姊姊會做這種事，麗薇有時也挺狠的。

阿游放下杯子。「或許黑貂要妳留下，但這兒不是他作主。」

「當然不是，」奇拉道：「但我看不出這有什麼問題。我們自備糧食，你也有足夠的空間給我們住。黑貂做了你的姊夫，等於是你的兄弟，就把我們的幫助當作是他送的禮物好了。」

禮物？幫助？阿游握緊酒杯。「黑貂不是我兄弟。」

奇拉喝了一口酒，眼中發出感興趣的光芒。「我可以想像你為什麼不認同，因為你沒見過他。儘管如此，你也該看得出來其中的好處。我有你能找到最強壯的戰士，我的馬匹受過訓練，即使遇到暴風雨和突襲也很牢靠。我們可以幫你保護村子，你不需要撤退到山洞裡去。」

她聽見了。雖然那是他的決定，對潮族也好，滿心的羞愧卻讓他臉孔發燙。奇拉湊過來，深深呼吸，目光固定在他身上。她的眼睛是琥珀色——跟他嗅到的她心情那種火熱的顏色一樣。她在解讀他，正如同他也在解讀她。

「我聽說過你。」她道：「人家說你曾闖入定居者的密閉城市，你打敗了烏鴉族的整個部落。人家說你有雙重標記——還是靈視者，不過你是在黑暗中視物。」

「不論說的人是誰，都很多嘴。妳聽見的那些閒話當中，有人提到過永恆藍天嗎？我的兄弟黑貂有沒有告訴過妳它在哪兒？」

「那個充滿陽光和蝴蝶的地方嗎？」她道，又往後靠去。「可別告訴我，你也在找它。那是傻瓜的希望。」

「妳說我是傻瓜，奇拉？」

她微笑。這是他第一次用名字稱呼她。因為她注意到這事，他也察覺了。「滿懷希望的傻瓜。」

阿游冷笑一聲。「最糟糕的一種傻瓜。」他開始好奇，是否她說的每句話都會讓他冒火。

「妳認為永恆藍天不存在？妳沒有求生的慾望？」

「我生存得很好。」她道：「我不會讓天空趕著跑。」

他們沈默下來，面面相覷。她的氣味極為亢奮。她沒有移開目光，他發現自己也沒有。

「你的處境很脆弱。」最後她道。「接受一點幫助沒什麼不對。」

幫助。又來了。他受夠了。他無法忍受再聽見那個字眼。「我會考慮妳的建議。」他站起身道。「還有別的事嗎？」

奇拉對他眨眨眼。「你想要有嗎？」她的意思不可能更清楚了。

阿游走到門口，把門打開，讓夜風吹進來。「晚安，奇拉。」

她站起身走過來，在他面前不到一呎的距離停步，注視著他的眼睛，開始吸氣。

阿游的胃緊縮，她擾亂了他的脈搏，他已好幾個星期沒這種感覺了。她會知道，但他無力隱藏。

「祝你好睡，潮族的游隼。」她道，隨即走進暗夜。

# 26 詠歎調

「妳在這裡做什麼，麗薇？」詠歎調一踏進房間就問，她藏不住聲音裡的怒火。

麗薇離床站起。「我來找羅吼，他不在他房裡。」那件希臘式長袍起了皺褶，一側肩膀滑落下來，她也把頭髮放了下來，卻顯得比晚餐時更強壯，也更自在。

詠歎調交叉手臂。床邊有盞燈閃爍，照亮了這個寒冷、窄小的房間。「他不在這兒，妳該看得出來。」

「那妳傳個口信給他——」

「我不會替妳傳話給他。」

麗薇冷笑道：「妳究竟是什麼人？」

「羅吼和阿游的朋友。」話才脫口，詠歎調就咬緊嘴唇。用朋友形容她自己，似乎太軟弱了。她的地位遠不止那樣——對他們兩人都是。

一個微笑在麗薇臉上綻開。「啊……妳是阿游的朋友。我早該猜到。妳看起來就像是會跟我弟弟交上朋友。」

「妳該離開了。」

麗薇輕笑一聲，毫無離開的打算。「妳意外嗎？妳不至於以為妳是唯一對他著迷的女孩吧。」

詠歎調覺得臉上燒起怒火。「我知道我是唯一收服他的女孩。」

麗薇靜止不動，然後她走上前來，狠狠盯著詠歎調。稍早留下的紅腫因她臉頰脹紅而消失不見了。「如果妳敢傷害他，我就殺了妳。」她道，聲音鎮定而不帶感情。這不是威脅，只是告知一個訊息，後果。

「稍早我也有同樣的想法。」

「妳什麼也不懂。」麗薇道。「告訴羅吼，他得離開，在婚禮之前立刻走。他不能留在這兒。」

「妳怎麼能表現得好像他會給妳帶來不便似的？」詠歎調抗議道，想到她陪羅吼聊麗薇的那麼多個夜晚，聽他說麗薇有多麼好。這個女孩太可怕了，自私，粗魯。「是妳跑掉！是妳離開他！他找妳找了一整年。」

麗薇揮揮手，比一下整個房間。「妳以為這是我的選擇？妳以為我想來這裡？我哥哥把我賣掉！維谷奪走了我想要的一切。」她看一眼房門，那神態好像在做決定，然後她走上前。「妳要知道過去一年我做了什麼？我每天都在努力忘記羅吼。我把每個微笑、每個吻、他講來逗我發笑的每一句愚蠢而完美的話，通通關起來，通通埋葬掉。我花了一整年才讓自己停止想他，花了一整年才不再思念他，然後我才能到這裡來面對黑貂。

「羅吼來到這裡，把一切都毀了。」麗薇繼續道。「我沒那麼堅強。他就在我面前，我怎麼忘得了他？如果我滿腦子都想著羅吼，要怎麼跟黑貂結婚？」

麗薇滿眶淚水，聲音沙啞。詠歎調不想在她對羅吼造成那麼大的傷害之後，回過頭去同情她。「他來帶妳回去，麗薇，一定有辦法可以讓妳回潮族去的。」

「回去？」麗薇無力地一笑。「阿游還不出聘禮，我也不能再逃避這件事。我知道外面是什麼情形。我知道潮族需要幫助，黑貂幫得上忙。如果我們結婚，他會繼續提供協助。我怎麼能置之不理，如果我的親人會因此挨餓——或死亡，我怎麼能離開？」

詠歎調搖頭。她不知道。她嘆口氣，坐在床上，一陣突如其來的疲憊感席捲她全身。小窗裡射進來流火的閃光，讓房間裡閃爍柔和的藍光。

麗薇的難題有種令人不安的熟悉感。詠歎調一直專心一意的替黑斯尋找永恆藍天，救回鷹爪，不讓自己思考下一步該怎麼走。她到底有沒有可能跟阿游廝守？潮族排斥她，夢幻城甚至不能列為一項選擇。所有的人，所有的一切，都反對他們。

詠歎調排除這些念頭。擔心也沒用。她抬頭看著麗薇。「黑貂呢？」她揉揉自己的手腕，感受他掌握的餘威。

麗薇聳聳肩。「他不是很可怕……我知道……對即將跟我結婚的男人只有這麼一句評語是不夠的，但已經比我預期的好太多了。我以為我會討厭他，但並沒有。」

她咬住嘴唇，遲疑一下，好像在考慮是否再多說一些。然後她來到床邊，坐在詠歎調身旁。「今年春天，我來到這兒，他本來要讓我離開。他告訴我，我可以去任何我想去的地方，但既然來了，我們也不妨互相熟識一下。他這樣一說，我就沒有那麼受到箝制的感覺。這讓我覺得比較不像一件被人買來賣去的物品。」

詠歎調懷疑黑貂故意那麼說，靈嗅者以善於操縱別人著稱。但麗薇不是也該看得出來嗎？

「我並不迎合他，」麗薇繼續道：「而他喜歡那樣。我猜他把我當作一項挑戰。」她撥弄腰上的綠帶子。「他受我吸引。我走進房間時他發出的氣味……那是假裝不來的。」

詠歎調瞪著房門，聽著外面的腳步聲走遠。「妳對他也有相同的感覺？」又安靜下來時，她問。

「不……不同。」麗薇思考時，把腰帶的尾端打成一個複雜的結。「他吻我的時候，我會緊張，但我以為那是因為感覺不一樣。」她迎上詠歎調的眼睛。「我沒有吻過羅吼之外的任何人，那是——」

她閉上眼睛。「我無法忍受這種狀況。我不能坐在這裡回想親吻羅吼是什麼感覺，同時再過幾天就要跟別人結婚。他必須離開。這太為難我了，我不忍心看他傷心。」她搖搖頭。「他讓我覺得軟弱，我討厭那樣。」

詠歎調往後靠在鐵製的床頭架上，憶起最後共處的那個晚上的阿游，在因她而起的打鬥中，被打得渾身是傷。第二天，他就失去了一部分族人。她沒有因他而覺得軟弱。她反倒覺得自己太強大，就像是她做的每個抉擇，都可能傷害到他，那卻是她最不願意看到的。

「羅吼會活下去。」麗薇低聲道。她的眼神變得溫柔，詠歎調知道她讀到自己的心情。「他會忘記我。」

「妳不可能真的相信這種話。」

麗薇咬住下唇。「不。」她道：「我不相信。」

「妳願意告訴他真相嗎？羅吼必須知道妳在做什麼，他必須知道原因。」

「妳認為這有幫助？」

「沒有。但這是妳欠他的。」

麗薇注視她很長一段時間。「好吧，我明天跟他談。」她挪到床上比較高的位置，把毯子拉到腿上。暴風雨的聲音傳到房裡，一股冷風從房門底下鑽進來。「我弟弟到底好不好？」

剛剛，她還在威脅詠歎調，如今卻表現得親密而輕鬆，沈浸在自己的思緒裡。極冷或極熱，詠歎調想。她真想知道麗薇有沒有維持中庸的時候。

詠歎調把另一半毛毯拉到自己身上。她最後一次見到阿游，是在他被很多人毆打與遺棄之後。但她自己呢，她痛恨知道自己加深了他的痛苦。「他的處境不輕鬆。」

「那麼多事要做，那麼多細節要照顧。」麗薇道：「他想念鷹爪一定想瘋了。」

「是啊，但我們正在設法拯救鷹爪回來。」詠歎調情不自禁地脫口而出。

麗薇皺起眉頭，綠眼睛在詠歎調的臉上打轉。「妳從哪兒來？」

詠歎調遲疑著。她有預感，一旦回答，就會改變她們的關係。她該冒險告訴麗薇真相嗎？她希望跟麗薇建立互信，而且此時此地，夜深人靜，待在自己的房間，她只想做自己。她吸口氣，答道：「我來自夢幻城。」

麗薇看著她眨眨眼。「妳是定居者？」

「是的……呃，一半的定居者。」

麗薇微笑，吐出一個輕輕的笑聲。「怎麼會有那種事？」

詠歎調翻身側臥，把頭枕在手臂上，擺出跟麗薇一樣的姿勢，然後開始敘述自己如何在前一年秋季被密閉城市放逐，遇見阿游的經過。她告訴麗薇潮族發生的一切，她又如何必須找到永恆藍天才能換回鷹爪。詠歎調講完，麗薇沈默不語，流火風暴襲擊的聲音也已減弱。邊緣城度過了暴風雨最兇猛的階段。

「我曾經聽黑貂提過幾次永恆藍天。」麗薇道。她眼皮上帶著濃濃的睡意。「他知道它在哪兒。我們會查出來，然後把鷹爪救回來。」

**我們**。小小兩個字，感覺卻無比強大。詠歎調興起一種腳踏實地、定下心來的亢奮。麗薇願意幫忙。

麗薇仔細看了她很久。「所以妳不在乎在潮族遇到的事？妳不介意他們下毒？妳還會回到我弟弟身邊？」

詠歎調點頭。「我在乎，但不回他身邊卻是我無法想像的事。」聲樂的記憶中，一段熟到不能再熟的歌詞浮上心頭。「『愛情是隻叛逆的小鳥，沒有人馴服得了。』」她道：「這是出自一齣名叫《卡門》的歌劇。」

麗薇瞇起眼睛。「妳跟我弟弟，誰是那隻小鳥？」

詠歎調微笑道：「我想小鳥指的是我們之間的關係……我願意為他做任何事。」她道，而且發現事情真的就是那麼簡單。

麗薇的目光變得很遙遠。「說得好。」她沈默了很長一段時間後說道，隨即打個呵欠。「我就在這兒睡了。如果我打鼾，先說聲抱歉。」

「當然，有何不可？如果不翻身，空間是足夠的。」

「那不成問題，我反正動不了，這件衣服緊得像止血帶。」

「妳綁帶子的方法不對，我從前在虛擬世界穿過這種衣服，可以示範給妳看。」

「不用了，這是件蠢衣服。」

詠歎調笑道：「一點都不蠢。妳穿起它來美若天仙，就像雅典娜。」

「是嗎？」麗薇又打了個呵欠，閉上眼睛。「我本來就覺得羅吼會喜歡它。好吧，明天教我怎麼綁這件蠢衣服。」

很快，正如警告，麗薇開始打鼾，聲音並不大，就像小貓打呼嚕，跟風聲交織在一起，催送詠歎調進入夢鄉。

# 27 游隼

「她在那上頭做什麼？」阿游問。

他在廣場上停下腳步，望著自家房子的屋頂。奇拉的頭髮引起他注意，就像一面紅旗在微風中飄拂。鐵鎚敲打的聲音傳入耳裡。

他在山洞裡跟馬龍耗了一整個早上，討論在海灣旁的山坡上開路的計畫。如果能闢一條之字形的小路，就可以把馬車駕到山下。這比開鑿階梯有用得多，頗值得一試，但也需要更多人手。

「你不知道這事？」李礁在旁問道。

「不，不知道。」阿游沿著梯子爬上屋頂。奇拉站在十來步開外，看著她兩名男部下——林森與拉雀——拆除屋瓦。阿游走上前，每走一步怒火就上漲幾分。他保護這片空間的意念比對房子的不捨更強烈。這是他的專屬位置。

奇拉轉身面對他，滿臉笑容。她雙手扠腰，歪著腦袋。

「早安。」她道。「昨晚我看見天花板上的裂縫，我想我們可以修好。」

她說話的音量大得超出必要，讓聲音傳到各處。她的手下望過來，對他上下打量。他們已掀起一大片石瓦，露出下面的木板。阿游知道廣場上那十來個靈聽者一定都聽見她的話。部落的人會怎麼想，不用猜就知道。每個人都心知肚明，那道裂縫正好在他的閣樓上方。

他吸口氣，壓下怒火。她在改變一個沒必要改變的東西。從有記憶以來，他一直透過那道裂縫觀察流火，但現在已不能停工了。原本幾吋寬的一條小縫，變成了一個直徑超過一呎的大洞，裡面的屋梁也暴露出來。望進洞裡，他可以看見下面閣樓裡的毛毯。

「阿熊告訴我，趁我們在這兒的時候，還可以把另外幾處地方也修理一下。」奇拉道。

「跟我去散個步，奇拉。」他道。

「非常樂意。」她的聲音——甜得像蜜糖——磨得他神經作痛。

他們爬下梯子，一起穿過廣場，阿游覺得大家的目光全都投射在他們身上。他選了通往港口的小徑，知道路上不會有人。時間還早，還不到漁夫回來的時刻。

「我想我們該發揮一點作用。」他們停下時，奇拉道。

她搶先開口，令他吃了一驚。「妳要工作，該來問我，不是問阿熊。」

「我試過，可是找不到你。」她挑起一道眉毛。「這代表你要我們留下嘍。」

整個上午，阿游聽馬龍報告山洞裡需要做哪些工程時，都在考慮這件事。他認為沒有理由拒絕一批身強力壯的人。如果他對流火的判斷沒錯，他們的時間很有限。

「是的。」他說：「我要你們留下。」

奇拉訝異地瞪大眼睛，但她很快就恢復常態。「我還以為你會跟我再爭執一番，不過我不介意，真的。」

她的話充滿挑逗，但她的情緒很難破解，是種奇怪的冷熱混合體，既苦又甜。

她笑起來，把一根掉落的髮絲夾到耳後。「你用那雙眼睛看著人家，害我好緊張。」

「我就這麼一雙眼睛。」

「我可沒說我不喜歡。」

「我知道妳什麼意思。」

她調整一下重心，身上的氣味逐漸升溫。「好嘛。」她道，目光游移到他的胸前，盯著他脖子上的項鍊。

她真的受他吸引——這是無法隱瞞的——但他就是擺脫不了她在蓄意勾引他的感覺。

「所以你要我們去哪兒工作？」她問。

「先完成屋頂，明天我帶妳去山洞。」他轉身就想走。

她拉住他手臂，不讓他動。一波腎上腺素湧出，蔓延他全身。「阿游，如果我們能好好相處，一切會容易點。」

「我們相處得夠好了。」他道，隨即走人。

晚餐時，奇拉那群人跟前晚一樣喧嘩。修理阿游屋頂的那兩名男子——林森與拉雀，跟奇拉一樣來自遙遠的南方。他們扯著大嗓門，輪流講笑話、說故事，比賽機智。晚餐結束時，潮族鼓掌叫好，要他們繼續。

奇拉在潮族當中適應得很好。阿游看著她跟葛倫和小枝嘻嘻哈哈，跟小溪也聊得很愉快。她甚至抽空陪老威聊天，逗得他在白鬍子底下脹紅了臉。

阿游並不訝異她這麼快就贏得潮族的接納。他知道她的到來讓每個人都大大鬆了口氣，他希望自己也能有同樣的感覺，但她說的每句話，做的每件事，都讓他覺得自己像個箭靶。

炊事房裡的人幾乎都走光了，阿熊走過來，坐在阿游對面，搓著一雙大手。「可以談談嗎，游隼？」

他的口吻極為正式，阿游不由得把背挺直。「當然。怎麼回事？」

阿熊嘆口氣，把手指擰在一起。「我們有些人在談，我們不想搬到山洞裡去。現在沒有理由這麼做。我們有食物——足夠我們重整旗鼓；又有奇拉的手下可以幫我們防禦外侮。我們啥都不缺。」

阿游的胃一緊。阿熊先前就質疑過他的決定，但這次的感覺不一樣，似乎還夾雜著別的因素。他清一下喉嚨。「我不會改變計畫。我發過誓，要做對全村有益的事。我現在就在做這樣的事。」

「我懂。」阿熊道：「我沒有要跟你作對，我們都不會那麼做。」他站起身，兩道濃眉打了個結。「我很抱歉，阿游。我只是希望你知道。」

稍後，在自己屋子裡，阿游跟馬龍、李礁圍桌開會，六人組其餘成員在玩骰子。連續兩天飽餐，又過了一個有音樂和餘興節目的夜晚，他們興致很高。

阿游心不在焉地聽他們把一瓶樂斯酒傳來傳去，互相開玩笑。方才跟阿熊的對話讓他心情不安。懷倫離開讓他心痛，但阿熊跟他對立更令他難過。他喜歡阿熊，也敬重他。讓他在乎的人失望，是更大的打擊。

阿游撥弄著頸上的項鍊，忽然之間，忠貞變得非常脆弱。他從來沒想到必須用每一天的表現來博取忠貞。阿游雖然仍不能原諒哥哥的行為，卻開始了解維谷不得不出售鷹爪和克拉拉的壓力。他是為全體的利益而犧牲少數人。阿游試著想像用柳兒跟定居者交換解決他的難題的出路，光是這念頭就令他作嘔。

「又是一對蛇眼，該死的骰子。」阿迷道。他掀開杯子，桌面上出現兩個一點。

海德冷哼道：「阿迷，手氣壞到你這種地步，簡直超乎想像。」

「他運氣這麼背，也是一種特別的運氣。」葛倫道：「好像他從來沒交過好運。」

「他的長相也是好看的相反。」海德道。

「我要相反地給你一拳。」阿迷對他哥哥道。

「這麼說很不聰明，老弟。意思是說你要打自己一拳嗎？」

馬龍坐在阿游身旁，掛著淺笑，在維谷的帳本上做筆記。他在設計手提式爐子，為洞穴提供溫暖與光線。他構想的許多東西都令阿游佩服，這只是其中之一。

李礁靠在椅背上，抱著手臂，垂下眼皮。阿游不理會嬉戲的那群人，告訴他阿熊說的話。

李礁抓抓腦袋，把辮子撥到腦後。「那是因為奇拉。」他道：「她改變了很多事。」

不僅因為奇拉，阿游想道。是因為麗薇。她跟黑貂成親，給潮族帶來一個機會。他不知道她是否了解他們多麼需要這機會。他覺得胸口一陣突如其來的刺痛，他想念姊姊，感激她，因她必須做的犧牲對她感到歉意。現在麗薇過著新生活了，有新的家。他什麼時候能再見到她？他搖搖頭，甩開這些念頭。

「所以你同意阿熊嘍？」他問李礁。「你覺得我們該留在這兒？」

「我同意阿熊，但我會跟隨你。」李礁對圍著桌子的其他人歪歪下巴。「我們都會。」

阿游放下心裡一塊石頭。他有他們的支持，但這是基於效忠的誓言。幾個月前，他們跪在地上對他發的誓。他們盲目地追隨他，即使他的想法裡沒有一丁點智慧，這種態度實在不正確。

「我同意你的計畫。」馬龍低聲說：「我覺得它有價值。」

阿游點頭致謝。在這時刻，這對他很重要。

「你怎麼說，游？」阿迷問道：「你仍然覺得我們該搬家？」

「是的。」阿游把手臂靠在桌上。「奇拉帶來了食物與戰士，但她擋不住流火。我們必須未雨綢繆。依我看來，她大有可能明天就打包離開。」

他立刻後悔自己說了這種話。骰子遊戲停頓下來，大家陷入尷尬的沈默。他聽起來很偏執，好像以為每個人都會跑掉。

炭渣從閣樓發話，打破沈默，讓他鬆了口氣。「我也不喜歡奇拉。」

「因為她把屋頂修好了嗎？」

炭渣從邊緣向下望，一手抓著帽子，以免它掉落。「不，我就是不喜歡。」

阿游大致猜到是怎麼回事。炭渣知道靈嗅者能聞到他身上的流火氣味。但只要空氣裡像現在這樣，一直充斥流火的刺鼻怪味，他就不必擔心奇拉。

小枝翻個白眼，把骰子嘩啦啦扔進杯裡。「這小鬼誰也不喜歡。」

葛倫用手肘頂他。「不對，他喜歡柳兒——是不是啊，炭渣？還說他呢，你只能跟青蛙接吻哦。」

六個大男人——外加一個男孩——用最大音量哄堂大笑，馬龍在滿屋子笑聲中闔上帳本。他在離開前，湊過去對阿游說，「領袖必須在黑暗中看得清楚。游隼，你已經做到了這一點。」

一小時後，阿游從桌前站起身，伸個懶腰。屋裡很安靜，外面的風卻變大了。他聽見風聲低吼，看見爐中餘燼發光，努力復燃。

他仰頭向閣樓望去，徒然想找那一線從前一直存在的天光。炭渣的腳掛在邊緣，在睡夢中抽動。阿游爬過海登和阿迷，打開維谷房間的門，走到裡面。

房間裡比較冷，也比較暗。另一間房間的地上睡滿了人，沒有理由把這間房空著，但他就是做不到。他始終沒法子忍受待在這個房間裡。他母親死在這兒，大嫂蜜拉也死在這兒。這房間只有一個記憶是美好的。

他在床上躺下，慢慢吐出一口氣，望著天花板上的木梁。他已習慣跟那股思念搏鬥，但現在沒必要那麼做。他讓自己回憶標記儀式前，臂彎裡擁著詠歎調是什麼感覺，微笑著聽她問他，有沒有他聞不出來的氣味。

他的答案仍然沒有改變。事實就是，不論他怎麼努力試著不去想，他還是很想她。永遠如此。

# 28 詠歎調

麗薇撫平身上那套象牙白的結婚禮服。「妳覺得怎麼樣？」她問。她的頭髮像糾纏的金色波浪，披散在肩上，眼睛也睡腫了。「還可以嗎？」

她們在麗薇的房間裡，這是個大房間，有跟昨晚的餐廳一樣的陽台，而且在同一條走廊裡，只隔幾扇門。一側有座巨大的石砌壁爐，爐火劈啪作響，木材地板上鋪了一條厚厚的毛皮毯子。

詠歎調坐在奢華舒適的床上，看一名壯碩的婦人把麗薇禮服的下襬用針別起來。她覺得好疲倦，真恨不得昨晚跟麗薇睡的是這張床，而不是她的床。清涼的晨風從外面吹進來，帶來一股煙味——昨晚暴風雨留下的痕跡。

「比『還可以』好太多了。」詠歎調答道。這件禮服的線條簡單，正好烘托出麗薇修長結實的身材，凸顯她天然的美貌。她看起來豔光照人，卻也很緊張。從半個小時前穿上這身禮服開始，麗薇就不停地用手指敲打大腿。

「不要動，否則我會扎到妳。」含了一嘴大頭針的女裁縫說，聲音含糊，透著怒意。

「這種威脅無效，瑞娜。妳已經扎了不下十次。」

「那是因為妳像條魚一樣扭來扭去。不許動！」

麗薇翻個白眼。「等妳完工，我就把妳扔進河裡去。」

瑞娜哼一聲。「在那之前，我就先跳河了，親愛的。」

麗薇嘴裡開著玩笑，臉色卻愈來愈蒼白。詠歎調不怪她。再過兩天她就要結婚了，跟一個她不愛的人——黑貂——廝守終身。

詠歎調朝門口望去，她的胃焦慮得揪成一團。羅吼從昨天晚餐中途離開之後，一直沒再出現。

外面走廊裡的聲音，穿過厚木板傳進來。她逐漸分辨得出來，這些彎彎曲曲的走廊通往何處。黑貂的房間就在附近。他既已得知她要尋找永恆藍天，恐怕溜出去蒐集情報會更困難，但稍後她會試試看。

「記得昨晚妳說的那隻叛逆小鳥嗎？」麗薇忽然說：「我同意妳的看法。」

詠歎調坐起身。「真的？」

麗薇點頭道：「不可能馴服牠……妳想會太遲嗎？」

告訴羅吼她愛他會太遲嗎？詠歎調快樂得差點哈哈大笑。「不會，我相信永遠不會太遲。」

接下來十分鐘，只等裁縫完工，她跟麗薇一樣躁動不安，努力不讓微笑浮現在唇上。瑞娜終於離開，她倆獨處時，她跳下床，衝到麗薇身旁。「妳確定嗎？」

「是的，他是我這一生唯一確定的東西。幫我把這玩意兒脫掉，我必須找到他。」幾秒鐘內，她就脫下禮服，換上咖啡色的舊褲子、皮靴和一件白色的長袖襯衫。她把頭髮綰在腦後，背起裝半截劍的皮套。

她們先檢查羅吼的房間，接著是詠歎調的房間，兩處都不見人。麗薇謹慎地向衛兵查問羅吼的下落。沒有人看到他。

「妳想他會在哪？」詠歎調被麗薇拉著穿過走廊時問道。

麗薇微笑道：「我有點概念。」

她們走到外面，來到陰影下的市區街道，詠歎調豎起耳朵，聆聽周圍的聲音。她可以趁找尋羅吼的同時蒐集一些情報。

她們一路走著，很多人注意到麗薇，認識她的人紛紛向她點頭致意。她的身高很難不引起注意。再過幾天，她就會成為一個有權勢的女人──領袖，與黑貂平起平坐──他們為這一點尊敬她。詠歎調很好奇那是什麼樣的感覺。她是否有朝一日也會站在阿游身旁，有自己的實力，因自己的成就而受到接納？

似乎所有的人都在談論前一晚的風暴。邊緣城南側的田地還在燃燒，每個人都在猜測黑貂會採取什麼行動。詠歎調也問自己相同的問題。如果他的土地起了火──如果他跟所有其他人一樣，飽受流火之苦──為什他麼還不離開，到永恆藍天那兒去？他在等什麼？

「角族的部落有多大？」她們穿過一個擁擠的市場時，她問麗薇。

「城裡有好幾千，郊外人更多。他還有殖民地。他什麼東西都要最好和最多，所以他不喜歡定居者。」她看一眼詠歎調，肩膀微聳，做出一個小小的歉意姿勢。「他買不到你們的醫藥或武器，他討厭這樣。他蔑視所有他不能擁有的東西。」

這比懷倫那套幾世紀前舊恨難消的理論更說得通。

詠歎調跟在麗薇身後，心念不停轉動。黑貂要怎樣將幾千人的部落搬到永恆藍天呢？不僅是人，還有他們需要的補給，同時還得保持足以逃避流火風暴的靈活度。她想不出要怎麼做到，或許這就是他遲遲未處理此事的原因。

麗薇在一扇紅漆斑駁、歪斜的門前停步。嘈雜的對話聲傳到詠歎調耳裡。「要找羅吼，一定得來這裡。」

她們走進去，詠歎調看到長桌上擠滿了男男女女。帶霉味的空氣裡攙雜著樂斯酒帶蜜味的甜香。「酒吧。」她搖搖頭，但不得不承認這是個好起點。她第一次遇見羅吼，他手裡就有一瓶樂斯酒。後來她也看過很多次同樣的畫面。

羅吼不在這裡，但多找兩家，就找到他了。他在陰暗的角落裡，獨佔一桌。看見她們，他臉色一沈，把頭低下。

詠歎調走上前去，他仍垂著頭，雙手握拳，撐著桌面。

她在他對面坐下。「你讓我好擔心。」她道，努力裝得很輕鬆。「我不喜歡擔心。」

他用充血的眼睛窺視她，扮了一個一閃即逝的倦怠微笑。「對不起。」然後他怒目瞪一眼在他身旁坐下的麗薇。「妳不是趕著結婚嗎？」

麗薇唇上的微笑壓也壓不住。她伸出手，把手放在羅吼手上。他微微一震，想把手抽開，但她緊緊抓住，不讓他移動。

好幾秒鐘過去了。羅吼先是瞪著她的手，然後瞪著她的眼睛。他的表情從失落變為獲得，從破碎變為完整。

詠歎調覺得喉嚨一緊，她沒法子再對著他看。光線黯淡的吧台對面，有個皮膚呈薑黃色的男人迎上她的目光，他的眼神停留得稍嫌久了一點。

「麗薇。」她低聲警告。他們正受到監視。

麗薇把手抽回來，但羅吼沒有動，他眼中滿是熱淚。他憋住呼吸，極力把持著最後一點自制。

「妳差點殺了我。」他啞著嗓子低聲道。「我恨妳，麗薇。我恨妳。」

這真是天大的謊言。世間的話語再沒有比這句話更偏離真相了。但四周都是黑貂的人，他只能這麼說。

「我知道。」麗薇道。

吧台前一個臉色陰鬱的婦人迎上詠歎調的目光。忽然間，好像每個人都在觀察他們，聆聽他們。她悄聲道：「我們快離開這裡。」

「麗薇，妳必須離開，」羅吼低聲道。「馬上走。妳留下來太冒險，他會知道妳的感覺。」

麗薇搖搖頭。「沒關係，這不會改變任何事。你出現的那一刻，他就已經知道了。」

詠歎調湊過去。「我們走吧。」她道，黑貂的衛兵也正好破門而入。

詠歎調和羅吼的刀都被沒收，接著被拖到大街上。麗薇看見他們被當作俘虜對待，氣得大呼小叫，怒火沖天，差點把劍拔出來，但那群衛兵毫不讓步。他們告訴她，這是黑貂的命令。

接近黑貂黑影幢幢的城堡時，詠歎調跟羅吼交換一個憂心忡忡的眼色。麗薇說黑貂知道她對羅吼真正的感情，但她似乎不擔心。他倆的婚姻是策略性安排，與愛情無關。但詠歎調心頭還是堆滿化不掉的憂慮。

他們被帶著通過大廳——這裡變得空蕩蕩、寂靜無聲——穿過曲折的走廊，來到桌子中間擺著荊棘盆花和鏽紅色帷幔的餐廳。黑貂坐在桌前，正在跟一個詠歎調見過的人交談。他衣服很邋遢，上面掛著湯匙和各種小玩意兒，牙齒少了很多顆，剩下的也東倒西歪。

他看起來有點眼熟，好像在夢裡——說不定是場噩夢——見過。然後她想起來了。她曾經在標記儀式上看過這人。她中毒那晚他也在場，他是那個散播八卦的商販。

一個念頭在她腦子裡警訊大作。

這人知道她是定居者。

黑貂看見她，就把椅子往後一推站起來。他瞥一眼麗薇和羅吼，表情很平淡，幾乎不感興趣，之後便把注意力轉到她身上。

「真抱歉，破壞了妳今天下午的遊興，詠歎調，」他走上前來說道：「但這邊這位薛影，剛透露了一些關於妳的有趣資料。看來我說得沒錯，妳真的很獨特。」

他停在她面前，她的心臟猛力撞擊她的肋骨。她無法不看他那雙有穿透力的藍眼睛。他再度發話時，刀鋒般的聲調涼透了她的脊髓。「妳來這兒偷我的知識嗎，定居者？」

她只想到一步棋，一個機會，她必須冒險。

「不。」她道：「我來建議你做一筆交易。」

# 29

# 游隼

「我討厭這玩意兒。」奇拉道。

阿游就著水袋喝水，看她拍掉手上的沙粒。「妳討厭沙子？從沒聽人說過這種話。」

「你覺得可笑？」

他搖頭。「不是。只覺得不可能……就像討厭樹木。」

奇拉微笑道：「我對樹木沒意見。」

他們的馬沿著沙丘扯海草來吃。

他們跟馬龍花了大半天為奇拉的手下分配工作。之後阿游便帶著奇拉去看他北方的邊界——他也要利用她的人手擔任守望工作。目前他們正沿著海岸回村裡去，在途中稍作休息。

他們應該盡快趕回去——北方有場暴風雨正在集結——但他想多擁有一點不需扮演血主的時間。

今天早晨，奇拉比較好相處。尚待完成的工作還很多，所以她提議他倆好好相處，這也不無道理，於是他決定給她一個機會。

她往後靠，用手肘撐著上半身。「我的家鄉有很多湖，它們比較安靜，也比較乾淨，而且空氣裡沒那麼多鹽分，嗅覺比較好發揮。」

他的想法正好相反。他比較喜歡濕潤的海風帶來的氣味。但話說回來，他一直是這麼長大的。「妳為什麼離開？」

「我小時候，我們就被另一個部落趕出來。我在三不管地帶長大，直到角族收留我們。黑貂對我很好。像這樣的任務，我是他最中意的人選。因為我不抱怨。我寧願跑來跑去，也不想一直守在邊緣城。」她露出微笑。「談我談夠了。」她眼神落到他手上。「我很好奇，你從哪兒得到那麼多疤？」

阿游伸縮一下手指。「去年被火燒傷。」

「看起來很嚴重。」

「是啊。」他不想談自己的手。炭渣點的火，詠歎調做的包紮。這兩件事他都不想說給奇拉聽。兩人陷入沈默。阿游向大海眺望，望向流火閃閃的海平線。現在風暴很常見了，主要在海上。

「剛來的時候，我不知道有那個女孩——定居者。」過了一會兒，奇拉道。

他克制住再次更換話題的衝動。「所以我有件事是妳沒聽說過的。」

她把頭歪向一側，模仿他的姿勢。「聽來好像我剛好錯過她。」她道：「說不定我跟她是同一個人？說不定我是她假裝的。」

這令他很驚訝，他笑了起來。「妳不是。」

「不是嗎？我打賭我比她更了解你。」

「我不以為然，奇拉。」

她挑起眉毛。「真的嗎？我們看看……你擔心你的族人，那是很深的憂慮，比戴著那條項鍊的責任更重大。就像你必須照顧其他人。如果要我猜，我會說，你從來不知道被保護和安全感的滋味。」

阿游強迫自己繼續盯著她的眼睛，他不能因她知道她所知道的事而怪她。她就像他一樣，他們習慣以這種方式觀察別人，直入他人感情的核心，直入他們最真實的內在。

「你跟馬龍和李礁的關係很密切。」她繼續道：「但跟後者的關係帶給你較大的壓力。」

又說對了。馬龍既是導師，也是同儕。但有時候李礁比較像父親——是種永遠不讓人覺得輕鬆的關係。

「還有炭渣。」她道：「就我所知，你並沒有被他收服，但你們之間有種強大的連結。」她頓了一下，等他回應，見他沒有反應，她繼續道：「真正有趣的是你跟女人相處時的情緒。你顯然——」

阿游勉強笑一聲。「好了，夠了，妳可以停止了。那妳自己呢，奇拉？」

「我怎麼樣？」她聽起來很鎮定，但一股濃烈的綠色氣息傳來，閃爍著焦慮。

「一連兩天，妳都在設法引起我注意，但今天沒有。」

「只要我覺得有機會，還是會設法引起你注意。」她平淡地說，沒有企圖解釋。「總而言之，你遇到這種事，我很同情。」

他知道這是個陷阱，但他忍不住要往裡面跳。「我遇到什麼事？」

她聳聳肩膀，「被你最要好的朋友背叛。」

阿游瞪著她。她以為詠歎調跟羅吼在一起？他搖頭。「不對，妳聽錯了。他們只是朋友，奇拉。他們都必須到北方去。」

「哦……我想我不過是照常情推斷罷了，因為他們都是靈聽者，又不告而別。對不起啦。忘記我的話吧。」她抬頭望向天空。「看起來真不妙。」她站起身，拍掉手上的沙子。「來吧，我們該回去了。」

騎馬回村途中，阿游一直擋不住腦海裡的畫面。

羅吼第一天把詠歎調抱離地面，就在他的房子裡。

羅吼站在沙灘上，目睹阿游吻過詠歎調後開玩笑。**我也快憋死了，游。**

玩笑，那一定是句玩笑。

流火風暴那晚，詠歎調跟羅吼在炊事房裡合唱，搭配得天衣無縫，好像他們之前合唱過一千次似的。

阿游搖頭。他知道詠歎調對他的感情——還有她對羅吼的感情。他們在一起時，他聞得出其間的差異。

奇拉故意挑撥。她把這想法栽到他心裡，讓他開始懷疑，但詠歎調沒有背叛他。她不會那麼做，羅吼也不會。那不是她離開的原因。

他不想考慮真正的原因。他把它丟到一旁，擱置了好幾個星期，但它仍不肯就範，不願停止，也不放開他。

詠歎調離開是因為她被下毒。她離開是因為她差點送命——在他家裡，當著他的面。她離開是因為他承諾要保護她，卻沒有做到。這就是原因。

因為他讓她失望。

# 30 詠歎調

「這叫作智慧眼罩。」詠歎調把裝置拿在顫抖的手中。她跟黑貂一起坐在餐桌前，室外的雨啪答啪答不斷落在石砌的陽台上。夜幕已降，她聽見漲滿雨水的蛇河在下面嘩嘩奔流。

「我聽說過。」黑貂道。

詠歎調還記得上回坐在那張桌子前面時他的眼神，他曾猝不及防地抓住她的手腕。他會毫不猶豫地傷害她。

麗薇默默坐在他身旁，臉上毫無表情。羅吼靠在房間另一頭的牆壁上，顯得很鎮定，目光在黑貂與守在門口的警衛之間不斷轉來轉去，專心算計。

詠歎調吞了口口水，她的喉嚨乾渴而緊繃。「我現在跟黑斯執政官聯絡。」她戴眼罩的動作從來沒有這麼不自然過，就連門旁的警衛也瞪著她看。不過黑貂至少把那個髒兮兮的八卦小販打發走了。

她分身後，再次來到黑斯的辦公室。他站在辦公桌後面那排窗戶旁邊。就像前幾次，她看到中樞圓頂一個個樓層，泛起濃濃的鄉愁。

「怎麼樣？」他不耐煩地問。

「我在黑貂這兒。」

「我知道妳在哪兒。」黑斯道，他的不悅很明顯。

「我的意思是，他就在這兒。」她道：「黑貂目前就坐在我對面。」

黑斯繞過辦公桌走過來，忽然變得專注、警覺。她繼續道：「他知道永恆藍天在什麼地方，但他需要交通工具。他說他願意做交易。」

詠歎調聽見自己說話，但聲音卻很詭異得遙遠。她覺得現實世界裡那把椅子的木頭靠背頂著她的脊椎，但那感覺模糊而疏離。她同時置身黑貂的餐廳和黑斯的辦公室，但兩者感覺都不真實。她無法相信這些事真的發生了。

「黑貂提議協商？」

詠歎調搖頭。「不，是我提出的。我猜測他有什麼需求，我知道我們有什麼。」幾個月前，她在夢幻城看到成排的浮力船，就是她被遺棄在外界那天。「我憑直覺行事。」她道：「我迫不得已——但我猜對了。」

黑斯盯著她看了很長一段時間，眼睛瞇著。「到哪裡的交通工具？數量多少？」

「我不知道。」她道：「黑貂要求直接跟你談。」

「什麼時候？」他問。

「現在。」

黑斯點頭道：「把眼罩交給他，其餘我來處理。」

詠歎調分身離開，但她沒有立刻取下眼罩。真實世界裡，黑貂仍盯著她看。她保持呼吸穩定，點選了魅影面具的圖案。

她一到歌劇院，索倫就說：「加我一份。」

「你會把他們會面的經過錄下來吧？我要知道他們說的每件事，索倫。我要親眼看到。」

「我說過我會做。」他滿面笑容。「幹得好，詠歎調，幹得好。」

詠歎調分身離開，取下智慧眼罩，托在掌心。她的手指還在發抖，她沒辦法讓它停止。「安排好了。」她對黑貂說：「黑斯在等你。」

黑貂伸出手，她卻遲疑起來，忽然捨不得這件裝置。前一年秋季，她心甘情願幫助阿游進入虛擬世界，這次的感覺卻不一樣，好像邀請陌生人接觸她的隱私似的。但她別無選擇。黑貂必須把永恆藍天的位置告訴黑斯，才能交換交通工具。好在這筆交易對她而言已經結束了。她可以接回鷹爪，同時擺脫黑斯。

她把眼罩交給黑貂。「把它放在眼睛上，像我剛才一樣。它會吸附你的皮膚。保持鎮定，放慢呼吸，很快就能適應。裝置啟動後，黑斯就會帶你進入虛擬世界。」

燭光照映在眼罩上產生反光，黑斯將它檢查一番。滿意後，他把它貼在眼睛上。詠歎調看著他在生化科技開始作用時，肩膀變得僵硬，適應那種溫和的壓力後，又放鬆下來。過了一會兒，他輕哼幾聲，眼睛的焦點變得很遙遠，她知道他已分身到虛擬世界。他跟黑斯在一起。現在唯一能做的事就是等待。

詠歎調在椅子上鬆弛下來，想像黑貂與黑斯之間正在進行的協商。誰會佔上風？以後她會看到整個過程，這要感謝索倫。她從未預期他會成為她在夢幻城的盟友。

在沈默中過了良久，終於黑貂全身一抖，挺直上身。他掃視室內一周，取下智慧眼罩。「難以置信。」他看著手中的裝置道。

「黑斯怎麼說？」她問。

黑貂慢慢吸了幾口氣。「我告訴他我需要什麼。他正在研究。」

「所以我們得等了？」詠歎調問：「要等多久呢？」

「幾小時。」

她輕呼一聲，很快嘛。她不敢相信這計畫竟然行得通。她覺得好像已踏出返回潮族的第一步，返回阿游身邊。

黑貂從桌旁起身。「走吧，奧麗薇亞。」他道，便向門口走去。

詠歎調跳起身。「等等，」她道：「智慧眼罩。時間到了，我再送回來。」

他轉身面對她。「沒必要，我留著。」

麗薇來到她身旁。「黑貂，那是她的東西。」

「已經不是了。」黑貂道。他吩咐門口的警衛：「把他們留在這兒過夜，我說不定還用得著那個定居者，然後天一亮就送他們出城。」黑貂鋼藍色的眼睛望向麗薇。「我相信妳明白，為什麼妳的朋友不能留下。」

麗薇看一眼羅吼，他站在幾呎外，靜止不動。「我明白。」她道。然後就尾隨黑貂頭也不回地走出了房間。

幾小時後，詠歎調跟羅吼一起坐在桌前，看著鏽紅色的帷幔在風中飄拂。餐廳籠罩在黑暗中，唯一的光線來自敞開的陽台門。她不時會聽見走廊裡站崗的警衛隱約的談話聲。

她搓搓手臂，感覺很麻木。黑貂一定又跟黑斯見過面了。他利用她，又拋棄她。她搖搖頭，他跟黑斯如出一轍。

外面的雨停了，陽台上的石塊變得很光滑，反射天空的亮光。從她坐的地方可以看到湍激的流火，光的河流在黑暗中流動。最後每天都會有風暴，就像大融合時代一樣。數十年之間，不斷有火焰漏斗墜落在地表各處，用毀滅籠罩地球。但它並沒有覆蓋每一塊地面。

她在腦海中想像，有一片綠洲，一個沐浴在陽光下的燦爛地方。她想像有條長長的碼頭，海鷗在藍天中翱翔。她想像阿游跟鷹爪一塊兒在碼頭的盡頭釣魚，心滿意足，輕鬆自在。炭渣也在那兒看著他們，手抓著帽子，免得它飛走。她想像麗薇和羅吼都在附近，說著悄悄話，設計某種惡作劇，最後必然會有人被扔進水裡。她也會在那兒，唱著溫柔美麗的歌，一首抓得住浪花波動與陽光和煦的歌，一首能表達她對他們所有的人感情的歌。

那就是她想要的，那是她的永恆藍天。她可以選擇用每一個呼吸、每一秒鐘為它奮鬥，要不然呢？

她發現根本毋需選擇，她會永遠奮鬥下去。

詠歎調站起身，示意羅吼跟她到陽台上去。走到室外，狂風鬼魅似的嘯聲讓她手臂上的寒毛根根豎起。下方，她看見蛇河的水映著流火波光粼粼。河岸上的住家升起炊煙，她看見前一天她才跟羅吼走過的那條橋，黑暗中它像一個用許多光點連綴成的拱形。

羅吼站在她身旁，咬緊牙關，褐眼裡怒火高張。

她伸手去握他的手。

我們去把眼罩偷回來。可以沿著雨遮爬到隔壁陽台，然後溜進去。我知道怎麼找到黑貂的房間。我要取得永恆藍天，為了鷹爪，也為了阿游。如果眼罩裡有情報，我們就達成了來此的目的。然後我們去接麗薇，一起離開。

他們是在鋌而走險。這計畫不僅漏洞百出，也很危險。但行動的時機不斷流失，再過幾小時，他們就會被逐出邊緣城。此時不冒險，更待何時。

「好。」羅吼熱切地說。「走吧。」

詠歎調從陽台邊緣的女兒牆向外張望。牆上有一道突起的雨遮，跟隔壁陽台銜接，距離約莫二十呎。雨遮的寬度只有四吋左右。她向下望，她並不懼高，但胃部仍舊一緊，就像挨了一拳。她估計掉下去到蛇河有六十呎深。從這麼高的地方墜落，極可能送命。

她抬腿跨過女兒牆，站到雨遮上。一陣強風拍打她的上衣，沿著脊椎竄上來的寒意令她縮起脖子。她用手指扣住砌石的縫隙，吸口氣，踏出脫離陽台的第一步，然後再一步，又一步。

她的手在石塊上滑動，抓住裂縫與邊緣，眼睛盯著自己的腳。她聽見後面傳來羅吼的腳輕輕滑動的聲音，還有上面某處一個女人的笑聲。

她瞥一眼前方，已經到中途了。

忽然她的靴子打滑，小腿撞到雨遮。她對著石塊拼命喘氣，手指亂抓。羅吼緊緊拉住她手臂，幫她穩住身形。她把臉貼在石壁上，全身每根肌肉繃得死緊。她盡量把整個人貼在牆上，但這樣還不夠。她調整呼吸，強迫自己不去想往後倒下的感覺。

「我在這兒。」羅吼低聲道。他的手按著她的背，堅定而溫暖。「我不會讓妳摔下去。」

她只能點頭，只能往前走。

一次跨一步，她一吋一吋向下一個陽台挺進。接近時，她看見兩扇對開的門。門開著，但裡面一片漆黑。她等了一下，強自壓抑立刻脫離滑溜溜的雨遮的衝動，等耳朵告訴她，裡面有什麼。

什麼也沒聽見，毫無一點聲息。

詠歎調跳過女兒牆，俯身採取蹲姿。她把一隻手放在地上，需要跟堅實的地面做短暫的接觸。羅吼無聲無息地落在她身旁。

他們一起跑到陽台對面，試探地往門裡看一眼，只見一個暗沈沈的空房間。他們跨進室內，不作聲，也沒武器。

只有門外投入的流火光線照亮這房間，但已足夠看出房間裡很空曠——除了幾把被推到牆角的椅子，沒有別的家具。羅吼很快走過去。她聽見低沈的喀嚓兩聲。他回來遞了一樣東西給她，一截斷裂的角杈。詠歎調拿它在手中掂一掂，重量跟她的刀大致相當，沒那麼鋒利，但可以湊數充作武器。

他們挪動到門旁，聆聽走廊裡的聲音。寂靜。他們溜到門外，匆匆往黑貂的房間走去。一路上燈火閃爍，分割成一個個明亮與黑暗的區塊。她握緊手中的鹿角。她花了一整個冬季跟羅吼練習格鬥技巧，學習速度、動力、潛匿。她覺得已準備好了，血液在急切與恐懼間流動得很快。

麗薇的房間就在附近，黑貂的房間想必也不遠。

詠歎調聽見腳步聲，她靜止不動。走在前面的羅吼也很緊張。有兩種腳步聲在她耳中回響。兩者都很沈重，腳步有力地踏在石板上。聲音來回跳躍——忽而來自前方，忽而來自後方。她從羅吼眼中看到同樣的不確定。哪個方向？沒時間了。

他們一起向前撲去，以輕捷的腳步滑向石砌走廊的一端。他們要麼便躲過警衛，要麼就正好撞見他們。

他們跑到盡頭，警衛也正好轉彎過來，接下來的動作像套過招似的。羅吼撲向塊頭較大，距他也較近的那人。詠歎調對付另一個。

她用鹿角重擊對方的太陽穴。這一記很結實，撞擊的力道令她手臂一震。那人搖晃著往後倒，停止動彈。她握住他腰帶上的佩刀，將它抽出，準備再次出擊、廝殺。但那人眼珠子上翻，已意識不清。她用刀柄敲中他下巴，把他正式打昏，並且還來得及拉住他制服的袖子，減輕他倒地的聲音。

她定睛看了那名警衛一眼——臉色紅潤、嘴巴鬆弛——徹底被打倒在地，心中油然產生一種刺青永遠無法給她的自信。她回頭見羅吼從另一名警衛身上站起來。他把一把刀插在腰上，黑眼睛迎上她，冷酷而專注。他微抬下巴，對走廊另一端示意，便把他殺死的那個人扛上肩頭。

詠歎調扛不動那名警衛，也沒時間東猜西猜。她跑向麗薇的房間，矮下身形，靠在麗薇房門上，握住鐵製門把，走了進去。

走廊裡的燈光照進黑暗的房間。麗薇衣著整齊，躺在被褥上，仍然醒著。她一看見詠歎調就跳起來，輕輕落在地板上。她仍穿著白天的衣服，連靴子都沒脫。

麗薇看看詠歎調，又看看門。她一言不發就衝進走廊，詠歎調跟在後面。她們遇見肩上扛著他那名警衛的羅吼。麗薇默不作聲從肋下托起詠歎調打昏的那人上半身，詠歎調抬他的腳，她們合力將他搬進麗薇的房間，放在牆邊。羅吼已將另一個人放在那兒。然後詠歎調又衝到敞開的門口，她輕手輕腳，慢慢把門關上，聽鉸鏈無聲無息地合攏。

她回過身，只見羅吼與麗薇緊緊擁抱在一起。

# 31　游隼

吃罷晚餐，阿游昏昏沈沈坐在炊事房裡，心思都繫在詠歎調身上。她沒有背叛他，她沒有跟羅吼相好，他沒有失去她。這些念頭周而復始地在他心頭打轉。

流火的威力一整天都在累積，讓所有的人都因等待風雨發威而感到焦慮。李礁與馬龍分別坐在他兩旁，都不說話。不遠處，奇拉正跟她的手下交談，聲音壓得很低。

只有柳兒保持常態。她坐在阿游對面，正在講她找到跳蚤的故事給炭渣聽。

「四年前的一天。」她道：「那時牠比現在還要小得不成樣子。」

「那還像樣嗎？」炭渣盡量憋著不笑。

「就是嘛。我和阿游和鷹爪從港口回來，鷹爪先看到牠。跳蚤側躺在路旁。對吧，阿游？」

他聽見自己的名字，隨口應道：「對啊。」

「所以我們走過去看，發現一根鐵釘穿過牠腳掌。你知道，就是腳趾之間那層軟軟像蹼的東西。」柳兒張開手掌，比給他看。「釘子就在這位置。我好怕牠會咬人，但阿游走過來說：『別怕，跳蚤包。只是看看你的小腳兒。』」

阿游聽到柳兒提起他，微微一笑。他不覺得自己的聲音有那麼低沈。她繼續說下去。他低頭看著自己的手，伸縮幾次，回味握著詠歎調的手的感覺。

她恨他嗎？她可曾忘記他？

「怎麼了？」李礁低聲問。

阿游搖頭。「沒事。」

李礁盯著他看了很久。「好吧。」他不滿地說，但他起身離開時，把手放在阿游肩上，輕捏一下，表示承諾。

阿游按捺著把那隻手撥開的衝動。真的沒事，他好得很。

另一側的馬龍假裝什麼都沒看見。他把維谷的舊帳本攤在桌上，翻到他畫的一張山洞形勢圖。他翻頁的時候，阿游看到一份一年前的食物清單，是他哥哥的筆跡。那時候的存糧就已嫌太少，現在卻更匱乏。奇拉送來的食物撐不了多久，阿游不知道要如何補充。

馬龍察覺到他的目光，抬起頭來，臉上掛著淡淡的笑容。「你挑了一個好時機當上血主，不是嗎？」

阿游吞下一口口水。這不是憐憫，真的不是。他點頭道：「要是沒你在恐怕更慘。」

馬龍笑得更親切。「你整編了一個好團隊，阿游。」他回頭作帳，寫了三行字，研究了半天，嘆口氣。他把本子闔攏。「我是個無用的人，不如去休息吧。」他把帳本夾在臂下離開了。

他一走，其他人紛紛效尤，一個接一個向外走，最後剩李礁和奇拉兩人一塊兒離開。阿游看著他們同行，心臟竟然為他無法理解的原因跳得飛快。這下子他總算可以獨處了。他把蠟燭拿近一點，玩弄火焰，測試自己忍受痛苦的極限時，兩眼朦朧，直到蠟燭燒盡熄滅。

他終於走到外面，空氣裡有灰燼與流火刺鼻的味道。這是廢墟的氣味。天空忽明忽暗，出現許多條紋，不斷變幻。暴風雨再過幾小時就要來襲，全體族人都會湧進炊事房尋求庇護。

跳蚤從廣場對面跑過來，長耳朵飛舞著。阿游蹲下來，抓抓牠的脖子。「嘿，跳蚤包。你在幫我看守嗎？」

跳蚤朝著他喘氣。阿游眼前閃現牠幾星期前一模一樣的姿勢，靠在詠歎調腿上。忽然他極端渴望恢復清醒與靈敏，把她逐出腦海。

他在通往海灘的小徑上飛奔，跳蚤衝到他前方，他加快腳步，開始跟狗兒賽跑。阿游使出全身力量，跳過最後一座沙丘，唯一的念頭就是跳進海裡去。

他落在柔軟的沙上，忽然站定腳步。

跳蚤奔向海邊的一個女孩。她面朝大海，阿游看得出她比柳兒高，有成熟女人的體型，即使在藍光中，也看得出她頭髮是紅色的。

奇拉看見跳蚤了，隨即轉過身來，看見了他。她舉手輕揮，向他打招呼。

阿游遲疑著，心知該揮手告別，掉頭回村，但他意識到的下一件事，就是自己已站在她面前，卻對走過沙灘或做出留下的決定毫無記憶。

「我正在希望你會出現。」她微笑道。

「我還以為妳不喜歡沙灘。」他的聲音聽起來低沈而沙啞。

「有你在的時候，感覺還不錯。睡不著嗎？」

「我……不是。」阿游抱起手臂，握緊拳頭。「我打算游個泳。」

「現在你不游了？」

他搖頭。浪頭又高又大，拍打著沙灘。他得進去，到水裡去，要不然就回家上床。任何地方都行，就是不能在這裡。

「關於我先前說的話。」她道：「我不該多管閒事。」

「沒關係。」

奇拉挑起一道眉毛。「真的？」

阿游很想說是。他不想當一個把心交給離他而去的女孩的傻瓜，不想再覺得軟弱。

他沒有回答，但奇拉還是走上前來，靠得比她應該在的位置還近。他再也沒辦法對她的身材或她唇上的笑容，視若無睹。

她碰觸他手臂時他很緊張，雖然這早在意料之中。她的手向下滑到他手腕上，輕輕拉開他交叉的手臂，將它們圍繞在自己背後，再走上前一步，他們之間已無距離。

# 32 詠歎調

「奧麗薇亞，瞧妳對我做了什麼？」羅吼望進麗薇的眼睛，壓低聲音，急促地說。「妳怎麼可以到這裡來？」

「對不起，羅吼。我以為我可以幫助潮族，我以為我可以完成這件事，我以為我沒有你也活得下去。」

她說話時，羅吼吻她的臉頰、下巴、額頭。詠歎調轉身衝向陽台，經過麗薇掛在敞開的門旁的結婚禮服。她一直往前走，直到雙腿頂著女兒牆，手指抓住冰冷的石塊，低頭往下看，看著遠處的黑水。

她不想聽，不要聽他們的交談。但她的耳朵太靈敏——腎上腺素大量分泌時尤其靈敏。

麗薇的聲音。「我錯了，我真是大錯特錯。」

接著是羅吼：「沒關係，小薇。我愛妳。不論發生什麼事，永遠都不會改變。」

接著一切安靜下來，詠歎調只聽見風在陽台上呼嘯，還有他們的呼吸聲。麗薇與羅吼，急促而斷斷續續。詠歎調垂下眼睛，她的心千迴百轉，幾乎感覺到阿游的手臂抱著她。他現在在哪裡？他也在想她嗎？

幾秒鐘後，羅吼和麗薇一起出現在陽台上，兩人都眼神發亮。麗薇的半截劍從一側肩頭翹出來，另一側肩膀上掛著她自己和詠歎調的背包。

「本來我今晚要去找妳的。」麗薇把皮袋遞過來道。她又伸手到自己的袋裡，取出智慧眼罩。「黑貂把這個藏在他房間裡，我趁他睡著時偷溜進去。稍早我在上面塗了松香。這步棋走對了。」她把它交給詠歎調。「喏。趕快使用吧。」

詠歎調搖頭道：「現在？」多久以後會有人發現警衛失蹤了？「我們得先離開這兒。」

「妳必須趁現在取得情報。」麗薇道：「如果拿走它，他一定會來追捕我們。」

「他無論如何都會追捕妳，奧麗薇亞。」羅吼道：「我們要趕快離開。」

「不會的，」麗薇道：「他要的是永恆藍天。沒有它就救不回鷹爪了。」

沒有時間爭論了。詠歎調戴上眼罩，她的智慧螢幕出現了。她點選魅影面具，索倫會知道黑貂與黑斯有沒有討論到永恆藍天。她等著，預期會分身到歌劇院。但是沒有，反倒是出現了兩個新圖像，圖形簡單，只有倒數計時器。索倫把錄影留給了她。

她點選了時間較短的那個。隨著一分一秒過去，她愈來愈緊張。羅吼在麗薇房間裡，靠在門上聆聽走廊裡的動靜。

圖像在螢幕上擴大。她看到一個還在草擬階段的虛擬世界，空白的空間裡一片漆黑，只有一盞聚光燈從上方打下來。黑貂站在一側，黑斯在另一側，他們的臉部輪廓有非常強烈的明暗對比。

黑斯穿著正式的執政官制服。深藍色，在袖子和領口上鑲有反光的斜線條。他僵硬筆挺地站著，雙手貼在身側。黑貂穿著合身的黑上衣和長褲，脖子上的血主項鍊閃閃發光。他的姿勢很輕鬆，興趣盎然地眯著眼睛。一個看起來很危險；另一個卻會置人於死地。

黑貂先發話：「很迷人，你這世界。它總是這麼有吸引力嗎？」

黑斯勾起嘴角，露出冷笑。「才剛開始，我不想讓你神魂顛倒。」

詠歎調發覺她選的是他們第二次會面的錄影，但已來不及更換。她讓它播放下去。

「你比較喜歡這樣？」黑斯問道。

無聲地一震，虛擬世界改變了。他們站在一間四面敞開、茅草覆蓋的小屋裡，屋子高出地面很多，像是搭在支架上。一片金色草原連接到遙遠的地平線，溫暖的微風吹起陣陣草浪。

黑斯毫無概念。他本來想用這幕風景來羞辱對手，諷刺在他心目中根本是個原始人的黑貂。但詠歎調——以及黑貂——都瞪著那幅陽光普照的畫面嘆為觀止，對著遼闊而靜止的天空，以及受到陽光溫柔烘焙，而不是被流火無情燒毀的大地，久久說不出話來。

黑貂把注意力轉回黑斯身上。「我比較喜歡這樣，謝謝你。你得出什麼結論？」

黑斯嘆口氣。「我的工程師向我保證，我們的機器可以在任何地形上通行。它們配備了防護盾，但效果有限，任何高度集中的流火都能摧毀它們。」

黑貂點頭道：「我可以解決這問題。總數呢，黑斯？」

「八百人，這已經是極限了。」

「那還不夠。」黑貂道。

「我們從來沒有離開夢幻城的打算。」黑斯道，語氣很沮喪。「我們沒有這麼大規模遷移的準備。難道你有嗎？」

黑貂微笑道：「要是有的話，我們就沒有必要協商了。」

黑斯不理會他的嘲弄。「我們平分人數，否則拉倒。」

「好，可以。」黑貂不耐煩地說，「這些條件都已經談過了。」

現實世界裡，羅吼回到陽台上。「我們得走了。」他拉著她手臂悄聲道。詠歎調搖頭，她不能在這個節骨眼上停止。

「你多久可以準備好？」黑貂問黑斯。

「一個星期加燃料和裝載人貨，以及把……生存者——選民——組織起來。」

黑貂點頭，望著那片草原若有所思。「八百人。」他自言自語，然後轉向黑斯。「剩下的市民，你打算怎麼辦？」

黑斯的臉刷一下失去血色。「我能把他們怎麼辦？他們會接到通知，等第二梯次運輸。」

黑貂挑起嘴角，微笑道：「但你知道不會有第二梯次，通過的機會只有一次。」

「是的，我知道。」黑斯乾澀地說。「但他們不知道。」

詠歎調膝蓋一軟，肩膀靠在麗薇身上。黑斯和黑貂要挑選可以去的人。離開者生，留下者死。她無法呼吸，她想嘔吐。他們竟然如此冷靜地談論人命關天的事，令她感到噁心。

羅吼加重捏她手臂的力道。「詠歎調，妳必須停止！」

走廊裡傳來聲響。她緊張起來，用最快速度發出指令，關閉眼罩。

「在這裡面！」有人喊道。

羅吼拔出刀。詠歎調聽見有人用肩膀頂門，砰的一聲，然後是木板轟然撞上石頭的巨響。麗薇房間黑暗，她只看見一連串動作。一大片黑浪湧上來。

她往後退，摸索她的皮袋。她把眼罩塞進袋子時，腿撞到陽台的牆壁。腳步聲愈來愈近，警衛出現了，喊著要他們不許動，鋼鐵在黑暗中閃光。

麗薇從鞘裡抽出半截劍，擋在羅吼前面。

「麗薇！」他喊道。

最前面一名警衛舉起石弓，攔住她。她站在詠歎調和羅吼前面幾步遠的地方，作勢要砍。黑貂的警衛列隊進來，在寬敞的門口組成一道紅黑二色的人牆。他們被困在陽台上了。

所有的一切都靜止不動，也不作聲，只除了整齊而從容不迫的腳步聲。黑貂走上前時，他的部下紛紛退後。詠歎調在他臉上看不到詫異的痕跡。

「那女孩拿了眼罩。」一名警衛道。「我看見她把它放進袋子裡。」

黑貂的眼光轉到她身上，冰冷而專注。詠歎調把袋子抓得更緊。

「我拿的。」麗薇道，仍保持戰鬥的架式。

「我知道。」黑貂走上前一步，胸膛隨著他嗅聞空氣而起伏。「我知道妳變了心意，奧麗薇亞。但我本來希望妳不至於付諸行動。」

「放他們走。」麗薇道：「讓他們離開，我留下。」

詠歎調身旁的羅吼緊張起來。「不要，麗薇！」

黑貂不理他。「妳憑什麼認為我會要妳留下？妳偷我的東西，還選了另一個男人。」他望向羅吼。「但或許有辦法解決，或許妳的問題就出在有太多選擇了。」

黑貂奪過身旁一個人手中的弓，向羅吼瞄準。

「你以為這能改變什麼嗎？」羅吼道，他的聲音很強硬。「不管你做什麼都無濟於事，她永遠不會屬於你。」

「你這麼想嗎？」黑貂道。他拿穩武器，準備發射。

「不！」詠歎調把皮袋懸空提在牆外。「你若想拿回智慧眼罩，就發誓你不會傷害他。當著你的部下發誓，要不然我就把它扔下去。」

「如果妳敢那麼做，定居者，我就把你們兩個都殺掉。」

麗薇揮舞著短劍撲上前。黑貂調整目標，箭離開弓弦。麗薇的身體向後飛，倒在地上。她的身體碰到石板，發出令人反胃的砰一聲，就像一袋沈重的穀物被扔在地上，然後就不動了。

真實世界碎裂了，它像虛擬世界一般卡住不動。麗薇沒有動靜，她躺在詠歎調腳邊、羅吼腳邊，僅一步之遙。長長的金髮披在胸前。透過縷縷金絲，詠歎調看見射中她的那支箭。血湧出來，在象牙白的襯衫上漫開一片殷紅。

她聽見羅吼吐氣，只有一聲，彷彿最後一口氣的一聲嘆息。

她知道接下來會發生什麼事。

羅吼會攻擊黑貂，不管這麼做能不能救回麗薇，不管有沒有幾十個武裝兵士站在他們的血主身旁，羅吼都會嘗試殺死黑貂。如果她不立刻採取行動的話，最後被殺的一定是他。

她衝上前，緊緊抱住羅吼，然後往後倒退，兩人一齊翻越陽台的女兒牆。他們變得好像沒有重量，向下墜落、墜落，穿過黑暗墜落。

# 33 游隼

「忘了她吧。」奇拉低語，仰頭看著他。「她已經走了。」

她的氣息鑽進阿游的鼻子。一種鬆脆的秋天氣息，葉子脆裂成不規則的碎片。這味道不對，但他的拳頭已然放鬆，手指在奇拉的腰上張開，撫摸著並不具有他想要的那種觸感的身體。她感覺得到他的手指在顫抖嗎？

「阿游……」奇拉低聲道，她的氣味溫度升高。她舔舔嘴唇，仰頭看他，眼睛閃閃發光。

「我也沒有料到會這樣。」

一股強烈的飢渴在他體內翻攪，心痛像一波波浪濤撞擊他的胸膛。「有的，妳有。」

她搖頭。「這不是我來這兒的目的，我們可以好好相處。」她道。然後她伸手抱他，冰冷的手在他胸前快速遊走，掠過他腹部。她靠得更近，把身體貼在他身上，湊過來吻他。

「奇拉。」

「別說話，阿游。」

他抓住她手腕，把她的手推開。「不要。」

她蹲坐在腳跟上，盯著他胸前看。他們保持這姿勢，既不動彈，也不說話。她的情緒像火一般燃起，猩紅，灼燙。然後他嗅到她的決心，她的自制，逐漸冷卻、冷卻，整個結了冰。

阿游聽見沙灘小徑上傳來吠聲。他已經忘了跳蚤，忘了頭上洶湧的風暴。短短一瞬間，他忘了被留下的滋味。

奇怪的是，他現在心情很平靜。不論詠歎調遠在幾百里外，或她有沒有傷害他，有沒有說再見，或任何其他事，都無關緊要。什麼都不會改變他的感覺，不論他是否故意逃避思念她的心情，或跟奇拉在一起。自從詠歎調在馬龍的屋頂上握住他的手的那一刻起，一切就改變了。不論發生什麼事，她永遠是唯一。

「抱歉，奇拉。」他道：「我不該到這兒來的。」

奇拉聳一下肩膀。「我會活下去。」她轉身離開，卻又停下腳步，回頭笑道：「但你該知道，凡是我追求的東西，都一定會到手。」

# 34 詠歎調

詠歎調有過飛行經驗，那是在虛擬世界。那是種輝煌燦爛的感受，沒有重量，無牽無掛地翱翔。飛行使人變成風。現在卻截然不同。這是一場醜陋、緊抓不放、驚惶失措的經驗。模糊的蛇河水面接近時，她唯一的念頭——她所有的念頭——就是不能放開羅吼。

河水砰然撞上她，硬得像石頭，接下來每件事都同時發生。她全身每塊骨頭都無法移動。羅吼脫離她的掌握，黑暗吞噬了她，也把所有念頭趕出她的大腦。她不知道自己是否還在——還活著——直到她看見波動的流火光芒召喚她到水面上。

她的四肢又可以動了，她踢騰著划開河水，寒冷刺進她的肌肉與眼睛。她太笨重，太慢了。衣服吸飽水，拖著她下沈，然後她摸到背包的帶子纏在腰上。她抓住它，開始游泳，每划一下都覺得好費力，好像穿過泥淖。她浮出水面，吸一大口氣。

「羅吼！」她喊道，向水面上張望。河水表面看起來很平靜，但水流兇猛強勁。

把肺裝滿，她又潛下去，焦急地找尋他。她只看得見前方幾呎，但總算看到他漂浮在附近，背對著她。

他沒在游泳。

驚慌在她心裡炸裂開來，是她把他從陽台上拉下來的。

要是她殺了他——

要是他死了——

她抓到他了，從腋下抓住他，把他往上拖。他們出了水面，但現在她必須用更多力氣踢水。他的身體無比沈重，無力地靠在她手臂上，變成一個拖她下沈的重擔。

「羅吼！」她喘道，奮力地讓他保持在水面上。她不曾經歷過這麼刺骨的寒冷，好像無數根針扎進她的肌肉。「羅吼，幫幫我！」她嗆了一口水，開始咳嗽。他們還在下沈，還在一起墜落。

她不能說話。詠歎調伸手摸索，摸到他脖子上裸露的皮膚。羅吼，求求你，沒有你我辦不到！

他震了一下，好像從噩夢中醒轉，掙脫了她的臂彎。

詠歎調鑽出水面，吐出河水，努力吸氣。

羅吼兀自游著，離她而去。一定是她神智不清，他絕對不會離開她的。然後她看見一條黑影乘著流水漂過來。非理性的一瞬間，她以為是黑貂來追他們了，直到眼睛對上焦，她才發現那是一根倒落的樹幹。羅吼抓住它了。

「詠歎調！」他伸手拉她過去。

詠歎調抓牢了，斷裂的樹枝戳到她麻痺的手。她不停發抖，從身體的核心抖起。他們從橋下通過，飛快掠過河岸邊的住家，到處漆黑一片。依然是靜悄悄的深夜。

「太冷了。」她道。「我們得離開。」她下巴抖得好厲害，連說話都口齒不清了。

他們一起向岸上游去，但她不知道他們是怎麼辦到的。她的腿已幾乎沒有知覺。他們的腳踩到夾雜碎石的河床時，才放開那塊漂流木。羅吼用手臂攬著她，他們涉水前進，互相扶持，現實隨著每個腳步回到心頭。

麗薇。

麗薇。

麗薇。

她還沒有看羅吼的臉，她害怕即將看到的景象。

他們東倒西歪地從河裡爬上陸地，她的身體忽然像是有幾百公斤重。她跟羅吼搖搖晃晃上了岸，手挽著手，分擔彼此的體重，一步一步前進。他們經過兩棟房子和一塊田地，躲進另一端的樹林裡。

詠歎調不知道他們走的是哪個方向，她連路都走不直。她已經無法思考，腳步蹣跚。

「走路就不冷了。」是她的聲音，但含糊不清，她也不覺得這句話有什麼道理。之後她側躺在高高的草叢裡，不記得自己曾經跌倒。她縮成一顆球，試圖阻止那種不斷刺戟她肌肉和心臟的痛楚。

羅吼出現在她上方。只有片刻，隨即消失，然後她就只看見流火，像河流般在上方流動。

詠歎調想跟他去。她不想一個人，落得孤孤單單。她需要一個窗台上擺著木雕老鷹的地方，需要一個可以歸屬的地方。

她張開眼睛時，只見細長的樹枝在上方搖曳，天空被第一道晨光染成彩色。她的頭靠在羅吼胸前，兩人合蓋一條粗糙厚重的毛毯，溫暖且有馬的氣味。

她坐起身，全身每條肌肉都在痛，顫抖無力。泡過河水的頭髮還沒乾。他們藏身在一條小溪溝的凹處，一定是羅吼趁她熟睡或失去知覺時把她搬過去的。旁邊有個冒煙的火堆，他們的外套和鞋子都攤開來烘乾。

羅吼睡著時唇上有淺淺的笑，皮膚有點過度蒼白。她把他這副模樣記在心裡。詠歎調不確定什麼時候會再看見他笑。

他長得真好看，這實在不公平。

她抖索著吸了口氣。「羅吼。」她道。

他一言不發就翻身跳起，這突如其來的動作嚇了她一跳，她不知道他是否真的睡著過。

他用渙散的眼神看著她，其實是穿過她望著遠處。她想起母親去世時她也有這種感覺，與世隔絕，看到的每件東西都變了。一夕之間，她整個人生起了變化。所有的一切——從周遭的世界乃至內心的感受——都變得面目全非。

詠歎調站起來。她要抱住他，跟他一起哭泣。**交給我**。她要尖叫。**給我痛苦，讓我從你那兒收走**。

羅吼躲開。他撿起自己的外套，把火堆滅跡，開始向前走。

他們匆匆趕路，盡可能遠離蛇河時，雲層開始聚攏，在樹林裡投下點點陰影。詠歎調的右膝抽痛——大概是在她從陽台墜落時扭傷了——但他們必須向前走。黑貂一定會追捕他們，他們得趕緊脫離邊緣城才算安全。她只准自己考慮這件事，也只做得到這一點。

他們沿著山頂走，下午在一片濃密的松樹林裡停留。蛇河沿著下方的山谷蜿蜒，水面波光宛如魚鱗。她看見遠方升起一堵黑牆般的濃煙，又有一片土地被暴風雨摧毀了。流火的威力愈來愈強，再也無人懷疑。

羅吼放下背包，坐下。今天他都未曾開口，一個字也沒說。

「我到附近看看，」她道：「我不會走遠。」她離開去探測周遭的環境。他們一側是頁岩的山坡，另一側是不可能通行的懸崖。如果有人從後面追來，他們一定會早早得到警告。

她回來時，發現羅吼抱著膝蓋，用手捧著臉，淚水滾到臉頰上，沿著下巴墜落，但他沒有移動。詠歎調從沒見過別人這樣哭泣，那麼平靜，好像連他都不知道自己在哭。

「我在這裡，羅吼。」她在他身旁坐下道：「我在這裡。」

他閉上眼睛，沒有回應。

看他這樣，讓她心痛。她好想尖叫，叫到喉嚨作痛，但她不想強迫他說話。他準備好的時候，她會在旁。

詠歎調在袋子裡找到一件備用襯衫。她把它撕成長條，包紮好膝蓋，整理一下自己的物品，然後除了眼睜睜看著羅吼的心流血，再也沒有別的事可做了。

忽然一幅畫面出現在她眼前，麗薇睡眼惺忪，微笑著問：*妳跟我弟弟，誰是那隻小鳥？*

詠歎調摀住自己的嘴巴，急忙跑開。她飛快奔過樹木與灌木叢，急切地想要拉開距離，因為她無法不出聲地哭泣，也不願害羅吼更難過。

本來明天該是麗薇結婚的日子，或者她可以跟羅吼一起逃走。本來她可以看到阿游當上血主，也可以成為詠歎調的朋友。轉瞬之間，那麼多美好的未來化為泡影。

詠歎調憶起跟黑貂一起在餐廳裡。她手中有把刀，也有把握命中他的脖子。她恨自己那時沒下手，她該當下殺掉他的。

她眼睛紅腫，頭痛不已，一跛一跛地回到羅吼那兒。他已枕著袋子睡著了。

她找出智慧眼罩，強自克制新一波湧出來的眼淚。如果麗薇沒偷它，是否現在還會活著呢？如果詠歎調在陽台上把它還給黑貂，她還會活著嗎？

想到黑斯與黑貂的會晤，她湧起一陣反胃。他們協議一起前往永恆藍天，拋棄不計其數無辜的人。她想到鷹爪和迦勒，還有她在夢幻城的其他朋友。他們會被選中離開嗎？還有阿游、炭渣和其餘的潮族人怎麼辦？所有其他人怎麼辦？大融合再次來臨，這比她想像可及的任何情況都更恐怖。

想到會看見黑斯就讓她反胃，但她必須去見他。她幫助他跟黑貂搭上線，已完成了幫助他找到永恆藍天的任務。現在他必須履行他對這筆交易的承諾——如果他背叛她，她就聯絡索倫。她不在乎用什麼手段，只要能救鷹爪回來。

她心跳加速，把智慧眼罩戴上。生化機制發生作用，眼罩附著在眼眶上。她看到錄影已經不見了，只剩下黑斯與索倫的符號。她先試黑斯，等著，但他沒出現。

接著再試索倫，他也一直沒現身。

# 35 游隼

稍後，阿游爬到自家屋頂上，觀察天空中流火的動靜。奇拉離開後，他到海裡游了一趟，為了洗掉身上她的氣味。他在浪花中衝刺，直到肩膀熱辣辣，然後回到村裡，身體疲倦而麻木，但頭腦很清晰。

他把頭靠在屋瓦上時，仍能感受到海浪的波動。閉上眼睛，他開始在模糊不清的記憶邊緣浮沈。

他想起曾經有一次，父親帶他去打獵，就在鷹爪誕生那天下午，只有他們兩個。阿游十一歲。那天很溫暖，風輕柔得像呼吸。他記得他們穿過森林時父親大步走路的聲音，沈重而篤定。過了好幾個小時，阿游忽然發現父親根本沒在追蹤獵物，也沒留心各種氣味。他忽然停下腳步，跪下來，用一種前所未見的方式凝視阿游的眼睛，幾點陽光在他額頭上舞動。然後他告訴阿游，愛就像海裡的波浪，有時溫柔善良，有時卻粗暴可怕，但愛永無窮盡，而且比天空和大地，以及天地間任何東西都強大。

「有一天，」父親道：「我希望你會了解，希望你會原諒我。」

阿游知道，每次躺下來想睡覺，都被揮之不去的錯誤糾纏是什麼感覺。沒有比傷害心愛的人更痛苦的事。因為維谷，阿游終於了解。不論他多麼努力嘗試，總有些時候，他無法制止那些粗暴可怕的事發生。不論受害者是潮族，或詠歎調，或他的哥哥。

他在屋瓦上挪動一下背部，決定他父親所謂的有一天，就是今天。今晚。現在。他原諒了一切。

暴風雨在黎明前來襲，將他從帶來充分休息的深沈睡眠中驚醒。流火化為一個個螺旋，發出他從未見過的明亮光芒。阿游翻身站起，皮膚刺痛，辛辣的怪味令人窒息。西方的天空有個漏斗盤旋著從天而降，它擊中地面後反彈，騰空旋轉，淒厲的嘯聲在他耳中震響。他看見南方有另一個漏斗，接著又一個。夜空忽然活了起來，強光此起彼落。

「阿游，快下來！」葛倫在下面的廣場上大喊。眾人紛紛從家裡跑出來，衝進炊事房。

阿游立刻向梯子撲去。才下到一半，周遭忽然變得一片慘白，空氣被震碎。他的腿緊繃。他踏空一級梯階，摔了下去，倒在地上。

廣場對面，盤旋墜落的流火漏斗命中阿熊的房子，他腳下的土地在搖撼。阿游目瞪口呆，無法動彈，屋瓦被炸成碎片，向四面八方飛濺。漏斗旋轉著冉冉上升，屋頂轟一聲歪倒。他立刻跳起身，疾奔過去，一路撞倒了好幾個人。

「阿熊！」他喊道。「茉莉！」原來該是前門和窗戶的地方，只剩下一片瓦礫。碎瓦片中冒出煙來，裡面有某個地方起火了。

小枝出現在他身旁。「他們在裡面！我聽見阿熊了！」

大家圍攏過來，驚駭地看著火舌從傾斜屋頂的裂縫中竄出。阿游捕捉到李礁的眼神。「讓所有的人進炊事房去！」

海登從井裡打水。奇拉的手下站在她身後，衣服在熱呼呼的旋風裡獵獵飄動。

「你要我們做什麼？」她問，已經把他們在海灘上的事置諸腦後。

「我們需要更多水。」他告訴她。「還需要人搬瓦礫。」

「一旦搬動任何東西，剩下的屋頂就會整個掉下來。」葛倫道。

「我們別無選擇！」阿游喊道。火勢趁著流失的每一秒鐘蔓延。他拿起倒坍牆壁的石頭，一塊一塊搬開。火的熱氣從瓦礫縫隙中鑽出，沾到他手上，令他心慌意亂。他只知道自己的手下跟奇拉的部下都在場。

分秒如年。他仰頭望去，看見一個流火漏斗撲向炊事房。衝擊的力道把他推得身體一歪，跪倒在地。漏斗轉回天空，他說不出話，昏了好幾秒鐘才回神。卻見小枝兩眼茫然瞪著他，一縷鮮血從耳朵裡流下來。

「阿游！在這兒！」阿迷在十幾步外喊道。海德與海登從瓦礫中清出一條溝，把茉莉拖出來。

阿游跑到她身旁，她前額裂了一道傷口，血冒出來，但還活著。「阿熊還在裡面。」她道。

「我會救他，茉莉。」他承諾，他不會讓阿熊死掉。

那對兄弟抬她到炊事房去，她會得到治療。阿游放眼望去，漏斗正展開全面攻擊。

不遠處，奇拉召集她的部下到炊事房去。「我們試過了。」她告訴他，聳聳肩膀便走了。這麼輕易就放棄需要幫助的人，也不管他們正命懸一線。

阿游轉回那棟房子，正好看見剩下的屋頂整個坍塌。他吐出一口大氣，四周一片驚呼聲。

「不行了，阿游。」小枝抓住他手臂道，試圖把他往炊事房拉。「我們得進裡面去。」

阿游甩開他的手。「我不會丟下他！」他看見李礁在廣場對面，跟海德一起跑過來。他知道他們打算硬把他架走。

這時炭渣跟柳兒也一起跑過來，跳蚤在他們腳邊狂吠。他看一眼阿游，眼中有種兇猛的專注。「我來幫忙！」

「不要！」阿游不要拿炭渣的生命冒險。「進炊事房去！」

炭渣搖頭。「我可以做點事！」

「炭渣，不要！柳兒，把他帶走！」

太遲了，炭渣已開始離神。他眼神空洞，渾然不覺周遭的混亂。他往後退，退到廣場正中央，眼睛開始發光，臉上和手上出現流火的筋絡。阿游周圍的其他人看到炭渣——以及天空——的變化，七嘴八舌地發出驚駭的咒罵與尖叫。

上方，流火融合成一個巨大無比的漩渦，凝聚為一個漏斗旋轉降下，形成一道光芒萬丈、幾乎是實體的圍牆，環繞著炭渣，吞沒了他。阿游說不出話，也無法移動。他不知道該如何阻止炭渣。

一片強光爆裂，刺得他眼睛劇痛，看不見東西。他往後飛出去，跌落地面，側身倒下，抱住自己的頭，等待皮膚開始灼痛。一股熱風吹過，壓得他好一會兒不能動彈；然後村子裡忽然安靜下來。他偷眼望去，發現流火不見了。目光所及，只見碧藍澄淨的天空。

他望向廣場中央，一個小人影蜷縮在一圈發光的灰燼中央。阿游蹣跚爬起，向他跑去。炭渣像死了一樣靜止，全身赤裸，帽子沒有了，頭髮沒有了，胸膛也不見起伏。

## *36* 詠歎調

「我得找別條路回潮族。」第二天早晨，詠歎調抱著咕嚕作響的肚子道。她前一晚設的陷阱是空的。「我們掉下來的時候，我的膝蓋受傷了。」

羅吼從火焰上抬起無神的眼睛。他還是不說話。她試著回憶：他們在蛇河裡的時候，他怎麼喊她的名字來著？當時她已凍得神智不清，現在她開始懷疑那一幕是否出於想像。

「我們可以坐一段船，沿蛇河而下，」她繼續道。「那有點冒險，但在這兒同樣也不安全。而且起碼速度會快一點。」

她盡量壓低聲音，但聽起來就是覺得很響。「羅吼……拜託你說句話。」她挪到他身旁，握住他的手。我在這裡。我就在這裡。麗薇的事我覺得很難過。拜託讓我知道你聽得見我。

他看著她，他的眼神溫暖了一下下，然後又退縮回去了。

他們沿著遠離邊緣城的路線，往西走了一段路，回到蛇河邊。那天下午，他們來到一座捕魚的小鎮，她在這兒找到一條航向下游的平底貨船，貨艙裡堆著塞滿貨物的木箱和麻袋。她本來準備面臨一場惡鬥，為萬一黑貂派人來抓他們做了各種防範，但那個滿臉皺紋、名叫野牛的船長，沒有提出任何問題。她用一把刀充當船資。

「好刀，瓢蟲小妹。」野牛道。他眼光飄向羅吼。「另外那把刀也給我，我的艙房就讓你們使用。」

她心情焦慮，傷處疼痛，沒什麼耐心。「再叫我瓢蟲小妹，就給你另一把刀。」

野牛微笑，露出一口銀牙。「歡迎上船。」

啟程前，詠歎調豎起耳朵，竊聽繁忙碼頭上的八卦。黑貂召募了一支軍隊，準備帶到南方去。她聽到此舉的各種理由。他要征服新的領土；他要去追尋永恆藍天；他要報復在婚禮前殺死他新娘的某個靈聽者。

詠歎調猜測最後這則謠言是黑貂親自放出的消息。她本來不打算恨他，但聽到這件事，她恨定了。

在船上，她跟羅吼在裝羊毛的麻袋、成捲的皮革、搶救下來的大融合之前留下的輪胎與塑膠管等物資之間，安頓下來。她對貿易照常進行覺得不可思議，只覺得這好像無濟於事。她自覺握有一個天大的祕密。世界末日即將來臨，如果黑斯和黑貂可以為所欲為，就只有八百個人可以活下去。一部分的她想用最大音量發出警告。但那麼做有用嗎？若不知道永恆藍天的位置，誰又能怎麼辦？另一部分的她卻仍然不相信她的聽聞──也就是她所見黑貂與黑斯所做的安排──竟然會是真的。

在河上航行時，她閉上眼睛，聆聽船員的交談和木船咿呀聲。每個聲音都讓她更為羅吼難過。四周安靜下來時，詠歎調把外套披在頭上，再次試戴智慧眼罩。她仍沒有放棄跟黑斯或索倫聯絡的希望。她不能放棄把鷹爪帶回阿游身邊的努力。

黑斯和索倫都沒有回應。她把眼罩塞回袋子。他們背棄她了嗎？還是夢幻城出事了？她不斷想起虛擬世界那些小故障。如果失去聯絡是因為夢幻城的損害程度惡化，該怎麼辦？要是它崩壞了該怎麼辦？她無法否認有這種可能。去年秋季她去找母親時，已目睹極樂城的下場。

心情不安的詠歎調把頭靠在羅吼肩上，看著上空的流火翻湧。一陣冷風沿著蛇河吹過來，寒氣麻痺了她的耳朵和鼻子。羅吼伸手摟住她。她靠過去一點，沈默與悲痛的外殼底下，這個代表他還存在的小動作，讓她重拾信心。她找到他的手，即使不透過言語跟他說話，至少希望藉由這種方式能讓他聽見。

她告訴他，只要能減輕他的傷痛，做什麼她都願意，然後等他把手拿開。但他沒有。他的手指與她的手指交纏，他的掌握還是那麼熟悉，給人安慰，所以她繼續跟他說話。

沿著蛇河向下游航行途中，她告訴他黑斯與黑貂的安排，還有他對夢幻城目前狀況的擔憂。她談到虛擬世界——她最喜歡哪些，又最不喜歡哪些——以及她認為他會喜歡的那些。她告訴他她最驚恐的經驗：去年秋季她以為阿游被烏鴉族抓走那次，還有她在蛇河裡找不到羅吼的時候，兩者勢均力敵。她最悲傷的時候：是在極樂城找到她母親的時候。她也跟他說阿游。她從前不曾分享過的刻骨銘心的感受。羅吼曾經對她說，**不用管我耳根子清不清淨**。現在她就說個痛快。即使她想住嘴也做不到，阿游一直在她心上。

她一直用意念跟羅吼溝通，到頭來一切變得自然而然，她根本不需要再把思想整理成意念，而是直接把思想傳遞給他。羅吼聽到一切。他完全了解她的想法，她完全對他開放，就如同阿游了解她的情緒一樣。她想，她已被這兩個人看透了。

她一直在追尋一個安定的所在。有牆，有屋頂，一個可以把頭靠上去的枕頭。現在她知道，她愛的人會塑造她的人生，提供安適與意義。阿游和羅吼就是她的家。

兩天後，他們的河上旅程告一段落。蛇河帶著他們走了很長一段路，也讓她的膝蓋得以痊癒，但現在它的支流折向西行，他們必須徒步走完回潮族的最後一段路。

「一天半的路程。」野牛告訴她。「也許更久，如果那個耽誤到你們。」他歪歪頭，對遠方一個正在醞釀的大型流火風暴示意。然後他看一眼等在碼頭上的羅吼。野牛不曾聽他說過一個字，只見過他兩眼無神地瞪著水面或天空。「妳知道，妳可以找到比他更好的貨色，瓢蟲小妹。」

詠歎調搖頭。「不，不可能。」

那天他們的行程很順利，晚上才停下來休息。第二天早晨，想到離開將近一個月，當天下午就可以回到潮族，詠歎調真覺得難以置信。

她覺得此行很失敗。既沒有找到永恆藍天的位置，也沒有帶回麗薇。她的心在迫不及待見到阿游的熱望與必須告訴他壞消息的忐忑之間，撕裂成兩半。

詠歎調從皮袋裡取出眼罩，將它戴上。眼罩才剛吸住她的皮膚，她就被分身到歌劇院，她立刻知道情況不妙。一排排椅子和樓上的包廂都在波動，好像隔著水幕看到的景象。索倫站在幾呎外，臉色發紅，滿臉驚慌。

「我被父親追蹤到之前，只有幾秒鐘時間。結束了，詠歎調。夢幻城快完蛋了。我們遭到風暴襲擊，又損失了一台發電機。整個密閉城市系統快停擺了，目前只能勉強控制住而已。」

詠歎調倒抽一口涼氣，覺得好像肚子上挨了一拳。「鷹爪在哪裡？」她問。現實世界裡，羅吼在她身旁也緊張了起來。

「他跟我在一起。我父親跟黑貂聯絡上了。」

「他怎麼——」

「他追蹤妳的智慧眼罩就知道妳把它拿走了，所以妳離開後，他派人送了另一副眼罩到邊緣城去。」索倫打斷她。「黑斯和黑貂都在做前往永恆藍天的準備。我父親已挑好他要帶的人，將他們集中在同一個維修圓頂館。凡是患有大腦邊緣系統退化症候群的人都不准去，他把我們這些人都關在中樞圓頂裡。」

詠歎調試圖理解他的話。「他把你關在那裡，你父親要丟下你？」

索倫搖頭道：「不，他要帶我一起去，但我不要走。我不能讓這麼多人留在這兒等死。我本來以為我可以從裡頭打開中樞圓頂的門，但我做不到。鷹爪在這裡。迦勒和盧恩——所有的人。妳必須來把我們放出去。我們靠輔助能源維生，只能撐個幾天。就這麼多。然後我們就沒有空氣了。」

「我盡快趕去，」她道：「你要保護鷹爪安全。」

「我會的，但妳要快一點。對了——我知道他們要去哪裡，我一直在監聽我父親跟黑貂的通訊——」

一道強光使她什麼也看不見，劇痛在眼睛深處爆裂開來，沿著她的脊椎竄下。她尖聲慘叫，用力拉扯智慧眼罩，不顧一切地拔下，直到它掉落在她手中。

羅吼跪在她面前，抓住她手臂，他的眼神比這幾天來她看到的都更有深度。詠歎調的頭不斷抽痛，熱淚滾滾流出，但她掙扎著站起來。

「我們快走，羅吼！」她道。「鷹爪有危險。我們立刻去找阿游！」

# 37　游隼

阿游把窗台上的老鷹雕刻全抓下來，塞進一個棉被袋。他的東西早已搬到山洞去了，現在他收拾的是鷹爪的衣服、玩具和書。把姪兒的東西搬去或許有點蠢，但他就是放不下。

他拿起桌上一把小弓，露出笑容。他跟鷹爪經常花好幾個小時隔著房間互相把襪子射來射去。他輕拉弓弦，測試一下。這把弓還適合鷹爪嗎——這段時間他會不會長得特別快？他離開已經半年了，但阿游對他的思念從未減少。

小枝從前門走進來。「暴風雨要來了。」他提起塞滿的袋子道：「這個好了嗎？」

阿游點頭。「我馬上出來。」

距上次風暴才不過幾天，另一個風暴又在南方形成，巨大的暴風前端翻騰起伏，預示著會帶來更大的破壞。差點失去阿熊和茉莉的慘痛教訓，終於說服潮族放棄村子。炭渣也差點丟了小命，但他們總算要離開了。

阿游走向維谷的房間，交叉手臂，靠在門框上。茉莉坐在床畔的椅子上照顧炭渣；他的犧牲為潮族爭取到足夠的時間，可以平安抵達山洞。也因為他，他們才來得及把阿熊活著從廢墟裡挖出來。現在茉莉跟阿游一樣，把炭渣看成心肝寶貝。

「他怎麼樣了？」阿游問道。

茉莉注視著他的眼睛，微笑道：「好多了。他醒了。」

阿游走進房間。炭渣張開眼睛，他臉色灰暗，整個人瘦了一大圈，呼吸短促，還會發出怪聲。他仍戴著帽子，但帽子底下的腦袋是禿的。阿游抓抓下巴，忽然想起暴風雨那晚，炭渣醒來只說了一句話，**不要讓別人看見我**。

「我先過去，確定每件事都替他準備好了。」茉莉道，離開了他們。

「你準備要走了嗎？」阿游問炭渣。「我再搬一趟東西，就過來接你。」

炭渣舔舔嘴唇。「我不要去。」

「柳兒也在那兒，她等著要見你呢。」

炭渣滿眶淚水。「她知道我是什麼了。」

「你以為她在乎你與眾不同嗎？你救了她的命呀，炭渣。你還救了潮族。我看她現在喜歡你遠超過跳蚤呢。」

炭渣眨著眼，淚水滾下臉頰，滲進枕頭。「她會看到我這種樣子。」

「我想她不會在乎你的樣子，像我就不在乎。我不強迫你，但我認為你該來。馬龍替你安排了一個特別的住所，柳兒也要找回她的朋友。」他咧嘴一笑。「她把所有的人都逼瘋了。」

炭渣掀動嘴角，露出一個短暫的微笑。「好吧，我去。」

「很好。」阿游把手放在炭渣帽子上。「我非常感謝你，每個人都是。」

葛倫牽著一匹馬，在外面等著。「我會看著他。」他把韁繩遞給阿游道。

村裡很安靜，但阿游看到林森和拉雀在廣場對面，把東西裝上他們的馬匹。他們望過來，歪著頭看他。

自從暴風雨那晚過後，奇拉不再挑逗他，也不再催促他。一個星期內，她從興趣濃厚變得冷漠，他覺得無所謂。對於跟她在海灘上接觸的每一秒，他都感到懊悔。其實凡是跟她接觸的每一秒，他都感到懊惱。

阿游翻身上馬。「我一小時內回來。」他告訴葛倫。

馬龍整個改變了山洞。許多個火堆用金黃色光芒照亮龐大的空間，鼠尾草的香氣飄浮在空中，沖淡了濕氣和鹹味。他在洞的周邊，模擬村子的格局，用帳篷搭出睡眠區，分配給每個家庭。幾個帳篷已透出燈光，篷布的材質使光線顯得潔白柔和。中央的一大片空間保持淨空，以便集會之用，還搭了一個小小的木頭平台。相鄰的岩洞裡有烹煮、清洗的空間，甚至還可以養牲口和儲存食物。大家到處走來走去，好奇地東張西望，適應這個新家。

這看起來比阿游想像中更有吸引力一千倍。他簡直不會想到自己是在一座岩山底下。

他看到馬龍跟李礁和阿熊都在那座小平台旁邊，便走過去加入他們。阿熊拄著一根枴杖，兩隻眼睛都有黑眼圈。

「你覺得如何？」馬龍問道。

阿游搓搓後腦杓。雖然馬龍盡了力，這兒仍然是個臨時避難所，仍然是個山洞。「我覺得認識你很幸運。」最後他說道。

馬龍微笑道：「彼此彼此。」

阿熊不安地挪移重心，偷看他一眼。「當初懷疑你，是我錯了。」

阿游搖頭道：「不，每個人都有懷疑的時候。我要知道你的想法——尤其是在你覺得我有錯的時候。但我需要你信任我，我一直都希望你和茉莉過得好，潮族每個人都過得好。」

阿熊點頭道：「我知道，阿游。我們都知道。」他伸出手，勁道十足地握住阿游的手。

暴風雨過後，潮族不只阿熊一個人改變了對阿游的觀感。他們不再跟他爭執。現在他說話時都感覺到他們真正在聽，也意識到他們注意力的力量。他一天比一天像個血主，藉由每一個行動，每一次成功，甚至每一次失敗，而不是藉由奪取維谷的項鍊。

阿游朝四周望去，忽然有一顆懷疑的種子萌芽。在這個新據點裡不容易評估，但人數似乎太少了一點。有人不見了。

「奇拉到哪裡去了？」他問。他沒看見她，或她任何一名部下。

「她沒告訴你嗎？」馬龍道。「今天早晨她離開了。她告訴我，他們要回黑貂那兒去。」

「什麼時候？」阿游質問。「他們什麼時候走的？」

「幾個小時前。」阿熊道：「一大早走的。」

這不可能，阿游才剛看見拉雀和林森。他們幹嘛要留下？

他滿懷恐懼，轉身向他在洞外交給小枝的那匹馬跑去。幾分鐘後，他策馬奔回自己的房子。前門洞開，到處不見半個人影。阿游跑進屋裡，心臟咚咚急跳。葛倫倒在地上，手腳都被繩索綁住，鼻子流著血，眼睛腫得睜不開。

「他們抓走了炭渣，」他道：「我攔不住他們。」

半小時後，阿游跟馬龍和李礁站在洞口的沙灘上。他取下血主的項鍊，握在手中。

馬龍瞪大藍眼：「游隼？」

李礁站在一旁，凝望大海，抱緊手臂，文風不動。

「我不能帶這個走。」阿游不需要說明原因。風暴襲擊的次數這麼頻繁，三不管地帶的離散者那麼多，離開的危險性前所未有的高。「潮族信任你。」他繼續道。「更何況，你比我喜歡珠寶。」

「我替你保管，」馬龍道。「但它屬於你，你會再戴上它的。」

阿游試著微笑，但只讓嘴角抽搐了一下。他比從前更想戴這條項鍊，他忽然意識到，他不是維谷或他父親那種類型的血主，但他還是有他的價值。目前的他，正是潮族需要的領袖。他知道自己擔當得了這份責任——以他自己的方式。

他把項鍊交給馬龍，跟李礁一起向海灘走去。小枝牽著兩匹馬，在小徑上等候。奇拉只留下這兩匹。

「讓我去。」李礁道。

阿游搖頭。「這件事必須我來做，李礁。有人需要我，我就跳下水。」

過了一會兒，李礁點點頭。「我知道。」他道：「現在我懂了。」他抹一把臉。「你有一個星期時間，然後我會去找你。」

阿游想起他去追詠歎調那天。李礁說要給他一小時，卻只維持了十分鐘。他露出微笑，緊緊握住李礁的手道：「我知道你的個性，實際上大概是一天吧。」他把皮袋掄上肩頭，拿起弓箭，隨即騎上馬，跟小枝一塊兒離開。

離開途中，阿游的喉嚨縮得很緊。幾星期前，他也曾計畫離開部落，現在他才知道，這件事的難度遠超出他的預期。他從來沒想到會是這麼困難。

整個下午，他都想著奇拉。她一直在打炭渣的主意。她打聽烏鴉族和他手上的疤痕時，其實不是對他有興趣。她一直企圖從他那兒刺探消息，等待適當的時機——與途徑——綁架炭渣。她騙了阿游，就像維谷一樣。

黑貂是這件事的幕後主使，阿游不願去想他打算怎麼利用炭渣。他早該信任自己的直覺，奇拉出現那天，他就該打發她離開。

奇拉一行人的足跡沿著一條貿易商的舊路往北走。他們騎了幾小時，阿游忽然看到遠方有動靜，腎上腺素流竄他全身。他催馬前進，向前疾奔，希望能攔截拉雀和林森。

當他看到那不是奇拉的手下時，胃部忽然一緊。

小枝騎到他身旁。「你看到什麼了？」

一波波麻木感淹沒了他，他無法相信自己的眼睛。「是羅吼。」他道：「還有詠歎調。」

小枝咒罵一聲。「你說真的？」

阿游有向他們大喊的衝動。他們都是靈聽者，他只要提高音量，他們一定聽得到。若在以前，他絕對會這麼做。羅吼是他最好的朋友，詠歎調是……

她是他的什麼呢？他們互相是對方的什麼呢？

「你打算怎麼辦？」小枝問道。

阿游想跑到她身邊，因為她回來了。他又想傷害她，因為她曾經離開。

「阿游？」小枝道，把他拉回現實。

他策馬前行。他們騎近了一點，終於詠歎調聽見了馬蹄聲。她回頭向他望過來，但眼神仍然不集中，在黑暗中看不見。他看見她的嘴唇在動，說著他聽不見的話，然後聽見身旁的小枝回答。

「是我，小枝。」他道，擔心地看阿游一眼。「阿游跟我在一起。」

靈聽者之間傳遞消息，只有靈聽者聽得見。

阿游看見詠歎調朝羅吼望去，她的臉因明顯的悲傷而繃得很緊。不對，那不僅是悲傷而已，那是恐懼。分開了一個月，她害怕見到他。

她伸手過去，握住羅吼的手，他知道他們之間在傳遞消息。阿游無法相信自己的眼睛，他們以為他看不見，但他看見了。他通通看見了。

他在半昏沉中跟他們會合。他下了馬，卻覺得像飄浮在空中，好像從遠處看著這一切。

他不知道發生了什麼事。為什麼詠歎調沒有在他懷裡，為什麼羅吼沒有打招呼，臉上也沒有笑容。然後詠歎調的情緒撞上他，是那麼沈重而黑暗，使他搖搖欲墜，被它壓垮。

「阿游……」她看一眼羅吼，淚水盈眶。

「怎麼回事？」阿游問道，但他已知道答案。他不敢相信，奇拉說的每件事——每一件他不願意相信，與羅吼和詠歎調有關的事——都是真的。

他看著羅吼。「你做了什麼？」

羅吼不肯正眼看他，他臉色蒼白。

憤怒在他心裡燃燒。他撲過去推打羅吼，搖他，不絕口地罵他。

詠歎調衝過來。「阿游，不要這樣！」

羅吼動作極快，他往後退一步，抓住阿游的手臂。「是麗薇。」他道：「阿游……是麗薇。」

## *38* 詠歎調

羅吼終於說話了，詠歎調的心卻隨著他說出的每一個字碎裂。

「我什麼也不能做，我阻止不了黑貂。對不起，阿游，發生得那麼快。她走了，我失去了她，阿游。她走了。」

「你在說什麼呀？」阿游推開羅吼道。他看著詠歎調，綠眼睛裡閃現困惑。「他為什麼那麼說？」

詠歎調不想回答。她不想讓這件事對他成為事實，但她必須這麼做。「是真的。」她道：

「我很抱歉。」

阿游對她眨著眼睛。「妳是說……我姊姊？」他的聲調——脆弱、傷痛——讓她傷心欲絕。

「發生了什麼事？」

她盡可能以最快的速度，說明黑斯與黑貂一起前往永恆藍天的交易，還有鷹爪的狀況。她不喜歡提這種事，但他必須知道鷹爪的生命有危險。麗薇的部分她保留到最後。說話時她覺得腦袋輕飄飄的，上氣不接下氣，與周遭脫節，就像她在虛擬世界裡變成隱形人那次一樣。

她說話的時間不長，但說完之後，森林感覺更黑暗，彷彿黑夜已降臨。阿游從她看到羅吼，目中含淚。她看著他跟自己掙扎，尋找一個焦點，努力保持鎮定。最後他道：「鷹爪在夢幻城？」

「鷹爪跟另外幾千人。」她答道。「如果我們不救他們出來，他們會窒息而死。我們是他們僅有的希望。」

她話還沒說完，他就走向他的馬。「去追炭渣。」阿游吩咐小枝。

詠歎調已經忘了小枝在旁。「炭渣怎麼了？」

阿游跳上馬背。「角族把他抓走了。」他騎馬過來，伸手給她。「我們走吧！」

詠歎調看一眼羅吼。她對今天的各種期待之中，無論如何都不包括丟下他這一項。

「我跟小枝走。」他對她說。他跟阿游之間的緊張還沒有化解。

她以最快的速度抱一下羅吼，隨即握住阿游的手。他拉她上馬，坐他後面，還沒坐穩，馬就開始狂奔。

詠歎調直覺地伸出手臂，在馬跑進林中時抱住他，暫時忘記了麗薇，忘了羅吼和炭渣。忘了一切，只除了鷹爪。

她隔著襯衫摸到阿游肋骨的突起，他肌肉的動作。他真實而靠近，就像過去幾星期來——幾個月來——她想要的那樣。但情況並沒有改變。感覺上，他依然遙不可及。

# 39 游隼

流火竄動的夜空下，阿游策馬前往夢幻城。樹木縫隙中不時瞥見漏斗的強光在地平線上跳動。他們向南疾走，正好闖入風暴的核心，但他沒得選擇。鷹爪受困了。

姊姊的模樣在他眼前閃現，都是些沒啥意義的小事。小時候麗薇把他壓在地上，拿梳子梳他頭髮。海灘上，麗薇躺在羅吼懷裡大笑。麗薇為了安排她與黑貂成親一事，跟維谷爭吵，差點大打出手。他不能接受再也見不到她這件事。

現在他只剩鷹爪了，他是阿游碩果僅存的親人。他看一眼詠歎調緊抱著他的手臂，也許他錯了，也許他還有別的親人。

接近夢幻城時，一股強勁的熱風吹進樹林，送來刺鼻的氣味。他的舌頭嘗到化學藥品的怪味，使他聯想到前一年秋季闖進密閉城市那晚。雖然還沒有看見夢幻城，他已知道它著火了。

不久，他們爬到山頂，好在坐得穩，因為胯下的馬兒驀然人立而起，驚恐地長嘶。前方那片廣大的山谷裡，展開一幕阿游前所未見的奇景。他們騎了好幾個小時——這時大約已是午夜——但流火把平野照得一片通明。幾百支漏斗從天而降，在沙漠中劃下耀眼的紅色軌跡。馬兒用力跺地，甩動腦袋，阿游唯有抓緊韁繩。這種時刻，再多的訓練也安撫不了牠的本能。

找到密閉城市的圓形輪廓時，恐懼在他心頭油然滋生。它位於風暴攻勢最密集的區域，煤炭般濃黑的煙雲滾滾湧出。城市大部分都被遮住，但他還記得它在其他時刻的形狀。一個小山似的中樞大圓頂，周圍環繞許多個小圓頂，做類似太陽光芒的輻射狀排列。他可以在那裡面的某處找到鷹爪。

馬不肯安靜。阿游在馬鞍上轉身道：「我們不能再向前騎了。」

詠歎調二話不說，跳下地面。「來吧！」

阿游抓起弓，跑在她身後，騎了幾小時馬，步伐有點僵硬。衝過沙漠時，他試著不去想他們有多少勝算，這樣穿過長達幾哩的流火風暴，沒個遮蔽的地方，根本找不到掩護。

漏斗墜地，一個比一個響，一個比一個近，熱浪一波波滾過他的皮膚。突然一陣尖嘯在他耳中爆開；一道照瞎他雙眼的強光閃過。四十步外，一個流火漏斗旋轉著降落，撕裂了大地。他身上每條肌肉都繃得死緊，劇痛撼動他的全身。他無法緩和跌倒的力道，砰一聲倒在地上，肺裡的空氣整個擠了出來。

詠歎調蹲在幾步外，縮成一顆球，雙手摀住耳朵。她在尖叫。她痛苦的聲音超越流火，把他切割成兩半。他無法中止她的痛苦，也無力趕到她身邊。他怎麼可以帶她到這裡來？

光芒忽然減弱，漏斗冉冉升回空中。寂靜在他耳中咆哮。他奮力抬起兩條腿，蹣跚向她走去。詠歎調也同時向他衝過來。他們撞在一起，撞得很痛，緊緊抓住對方，同時也找到了平衡。他們四目相望，阿游看到自己的恐懼反映在她臉上。

一個小時轉眼過去。阿游感覺不到身體的重量，奔跑時聽不見自己的腳步聲。一道道刺眼強光在他們四周劃過，風暴不斷發出震耳欲聾的怒吼。

他們已很接近龐大的密閉城市，在半哩外停下腳步。四周都是濃煙，阿游的眼睛和肺都在灼痛，他再也聞不到任何味道。從他站立的位置可以看見農業六號，也就是他幾個月前闖入的那座圓頂屋已經倒塌。烈焰沖上空中一百呎高。他本來希望能再次從那兒進入夢幻城，現在顯然毫無機會。

「阿游，看啊！」

煙霧被風掀起，像帷幕般往兩旁拉開。他看見另一座圓頂屋閃爍藍光，出現一個巨大的開口。就在他眼前，兩架浮力船從洞裡飛出來，跟龐大的圓頂屋相較，小得像兩隻麻雀。它們在沙漠上空切開一條縫，機頭照明燈漸行漸遠，飛入煙霧瀰漫、電光閃閃的暗影。

「一定是黑斯。」詠歎調說。「他要放棄這兒了。」

「那是我們進去的機會。」他說。

他們跑過去，緊靠在一起，站在開口旁，那開口足足有幾百呎高。往裡面望去，他看到成排的定居者飛行器。他認得他們抓走鷹爪使用的小飛船。機身呈淚滴形，像鮑魚殼一樣光滑，發出幽幽閃光。再過去有一艘比其他飛行器都龐大的飛船高高聳立，它的構造分為好幾節，外型像一隻蜈蚣。許多武裝軍人正在忙碌，行動亂中有序，有人裝載補給箱，有人指揮一架接一架的浮力船快速離開密閉城市。

就在他觀察之際，附近一架浮力船有了動靜。翅膀從機腹下面伸出來，一共四片，很像蜻蜓的翅膀。每片機翅上有一排燈光，飛離地面時，震動了空氣。它飛過時發出嗡嗡巨響，震耳欲聾，令他瑟縮了一下。

詠歎調迎上他的目光。「進入夢幻城的空氣密室在另一頭。」

阿游看見了，入口在幾百碼外。他注意到不遠處有一群人，還看到他們腰間都佩著小型衝鋒手槍。

「我們可以偷溜進去。」詠歎調道：「他們把重心放在離開，不會刻意保護密閉城市。」

他點頭，這是他們僅有的機會。他指著飛機庫中間一落一落堆疊、裝補給品的箱子，箱子與牆壁之間有道空隙。「下一架浮力船發動時，跑到那堆箱子那裡，我們可以利用它們做掩護。」

浮力船一離開地面，詠歎調就向前飛奔。阿游也全速衝刺，緊跟在後。他們即將跑到箱子旁邊時，被一隊士兵看見。子彈打在他背後的牆上，但跟飛機起飛的聲音相較，幾乎聽不見。他衝到箱子後面，把背後的弓箭取在手中。

「我們得繼續跑！」他喊道。他們不能讓士兵有機會組織起來。詠歎調拔出刀，他們沿著狹窄的通道盡力快跑。

跑到盡頭，他看見一群士兵擋在他們與入口之間。有三名男性，其中兩人已拔出武器；還有一個正困惑地東張西望。他要跟鷹爪團聚，唯一的方法就是通過他們。

阿游邊跑邊發射。他的箭命中第一個人胸口，讓他飛跌倒地。警衛還擊，一道紅光從他身旁飛過，打在他背後的鐵箱上，發出響亮的噹噹聲。他對第二個人發箭，但這樣還不夠。詠歎調撲上前，把刀擲向第三個人，正中他腹部。那人搖晃著倒下時，開了一槍。

「詠歎調！」

阿游看到她跌倒，心頭一緊。他一箭射穿那個開槍打她的人，然後立刻衝到她身旁，攬住她的腰，把她從地上扶起。他們向前跑時，她抓住自己的手臂，鮮血從指縫間湧出。阿游拉著她一起跑，從倒地的士兵旁邊經過時，他彎腰順手拾起一把手槍。機庫另一頭傳來混亂的叫喊聲，警報也響了起來。

更多士兵對他們開火，但阿游注意到，大多數人都沒有放下疏散的工作。阿游用手指找到扳機，他開了一槍又一槍，暗中對這種武器的容易使用與速度，感到不可思議。

每走一步，詠歎調就把更多重量依靠在他身上。在身後傳來的喊聲中，他們沿著一條斜坡跑進氣密室，人聲與警報聲都變得微弱。他拍打門的控制開關，門滑開了，門外站著幾個大吃一驚的士兵。

阿游一把推開他們，衝進寬敞的弧形走廊。背後的警報聲漸漸消失。他不知道可以去到哪裡，只知道必須尋求安全處所照顧她，找到鷹爪。

詠歎調忽然停步。「這裡！」她用手指去按一扇門的控制鍵盤，將它打開，跑了進去。

# 40 詠歎調

詠歎調貼著牆倒下，一陣陣暈眩湧上來。她需要喘口氣。她的心臟跳得太快，她要它放慢一點。

阿游站在門旁，聆聽走廊裡的聲音。她有種稍縱即逝的感覺，覺得他手中握槍很稱手，好像已經使槍多年，而不是幾分鐘前才第一次拿到手。警衛的喊聲變響亮了。

「算了！」詠歎調聽見外面有人說：「他們跑不見了。」然後腳步聲遠去。

阿游放下槍，看著她，眉毛擔心地擠在一起。「坐著別動。」

她閉上眼睛。手臂痛得要命，但她頭腦很清醒，不像被人下毒那次。奇怪的是，她最擔心的是血沿著她的手臂流下，從指尖滴落這件事。疼痛她可以應付，但失血會使她軟弱，速度變慢。

這個房間是緊急疏散時的補給品倉庫，她在密閉城市的安全演習時得知有這種地方。房間裡有一排排的金屬置物櫃，她看到裡面有救生衣、氧氣面罩、滅火器、醫療用品。阿游跑到最近的櫃子，拿來一個金屬箱。他跪下來，打開箱子。

「裡面應該有個藍色的小瓶子，」她大口喘氣道。「可以止血。」

他東翻西找，取出那瓶子和一捲繃帶。「看著我。」他直起上身道：「看著我的眼睛。」

他把她的手從傷口上移開。

疼痛爆發開來，沿著她手臂竄下，詠歎調頓時倒抽一大口氣。被擊中的是她的二頭肌，奇怪的是，痛得最厲害的卻是她的手指尖。她腿上的肌肉也開始顫抖。

「放輕鬆。」阿游道：「繼續呼吸，慢慢來，深呼吸。」

「我的手臂還在嗎？」她問。

「還在。」他勾起嘴角，短促地一笑，但她看得出來笑容背後的憂慮。「等它好了以後，跟我這隻手是天生一對。」

他用堅定而有效率的動作，塗好凝血劑，用繃帶緊緊包紮住她的手臂。詠歎調一直盯著他的臉看，看他下巴上金色的鬍碴，還有他鼻梁上的彎曲。她可以永遠看著他。如果能用一輩子的時間看他在離她這麼近的地方眨眼和呼吸，她就心滿意足了。

她視力開始模糊，但她不確定這是因為疼痛，還是因為又跟他在一起而感到鬆弛。他帶來一種適切的感覺，跟他共度的每一分鐘都有這種感覺。即使在不好的時刻，即使在痛苦的時刻，好比現在。

阿游停下手，抬頭望過來，他的眼光告訴了她一切。他也有同樣的感覺。

忽然隆隆的震動從她腳下傳來，接著儲物櫃開始喀喀搖晃。震動不斷加強，它不但持續，而且聲音也愈來愈大。燈熄了，詠歎調在黑暗中摸索，開始慌張起來。門上方一盞紅色的緊急照明燈閃爍了幾下，自動開啟，燈光保持穩定，噪音也逐漸消失。

「這地方快倒了。」阿游把繃帶綁好，說道。

她點頭道：「走廊環繞著中樞圓頂，只要一直沿著它走，就會找到入口。」她扶著牆站起。

出血已緩和，但她還是覺得頭重腳輕。

阿游站在門口張望。走廊漆黑一片，只靠每隔二十步一盞的緊急照明燈照亮。「緊跟著我。」

他們一起沿著弧形走廊向前跑，迴盪在混凝土牆壁之間的火警警報聲，充斥她耳中。詠歎調聞到煙味，溫度也大幅上升，火勢已進入密閉城市內部。她的精力流失得很快，這是她最擔心的事。她覺得好像在水底跑步。

「這兒。」她道，停在一扇標示「中樞管控」、雙扇門的寬闊入口前。「黑斯把他們關在這裡。」她按下門旁的控制鍵盤。螢幕閃現「禁止進入」字樣。她再試一次，憤怒地敲打鍵盤。已經這麼近了，卻進不去，這怎麼可以。

她沒聽見夢幻城的士兵繞過轉角，向他們走來的聲音。警報掩蓋了他們的腳步聲，但阿游看見他們，他開槍時迸出點點火光，走廊另一端的警衛紛紛倒下。阿游急奔過去，以驚人的速度衝到士兵那兒。他從地上拎起一名腿上中槍的士兵的衣領，把那個不斷掙扎的人拖過來。

「開門。」他命令道，把警衛推到鍵盤前面。

「不要！」那人扭動身體想掙脫。一瞬間，詠歎調眼前出現她母親的臉，已無生命跡象，那是她最後見到她的模樣。這次她不可以再失敗，鷹爪就在裡面，如果進不去，幾千個人都會送命。

她用沒受傷的手抽出刀，往警衛臉上揮去。她抓住他下巴，刀鋒抵著骨頭。「放我們進去！」

那人尖叫著猛力退後，接著死命地敲擊鍵盤，鍵入通行密碼，求他們放他走。

門開了，裡面是一條很長的走廊。

她奔跑，腳步啪搭啪搭地敲打著光滑的地板，但到達另一頭，進入中樞圓頂，來到她的家時，她卻忽然停下不動。

她一眼便看到它的全貌，卻覺得自己像個陌生人。環繞著位於正中央的中庭，呈完美的螺旋形向上攀升的四十個樓層，是她睡眠、飲食、上學、漫遊虛擬世界的地方。

它看起來比記憶中更大、更荒蕪。一度可以視若無睹的那種灰色，現在卻讓她覺得沒有一點兒生氣，冷酷得令人窒息。何以她從前在這種地方會覺得快樂呢？

然後她的眼光超越熟悉的部分，看到所有不對勁的地方。黑煙從高樓層滾滾流下，混凝土一塊接一塊墜落，掉落在她和阿游的四周。人群奔跑——或互相追逐——的畫面不斷閃現。令人毛髮豎立的慘叫聲，夾雜著火警蜂鳴器此起彼落。但最難相信的卻是，竟然還有人三五成群，坐在中庭的休息區裡進行正常的社交活動，好像什麼事也沒發生似的。

詠歎調看見一頭短短黑髮的小仙，連忙跑過去。

小仙見她跑過來，嚇了一跳，困惑地眨眨眼。

「詠歎調？」她露出笑容。「看見妳真高興！索倫告訴我們妳還活著，我還以為他又在瞎說呢。」

「夢幻城快毀滅了！妳得離開這兒，小仙。妳必須離開！」

「離開去哪兒？」

「到外界去！」

小仙搖頭，滿臉恐懼。「哦，不要……我才不去那裡。黑斯叫我們待在這兒，享用虛擬世界。他正在做全面的維修。」她微笑道：「坐下吧，詠歎調。妳看過亞特蘭提斯虛擬世界嗎？每年這時刻，海草花園都特別熱門。」

「我們快沒時間了，詠歎調。」阿游在她身旁道。

小仙似乎這才第一次注意到他。「他是什麼人？」

「我們要找索倫。」詠歎調趕緊道：「可以幫我發個簡訊給他嗎？」

「當然，我馬上發。但他離此不遠，就在南側的休息室。」

詠歎調轉向阿游。「這邊來！」她向中庭另一頭跑去時，一個爆炸聲帶來猛烈搖撼，令她卻步。混凝土塊落在他們四周，在光滑的地板上炸裂成碎片。她抱住頭，被恐懼驅策著往前走。唯一的出路——他們唯一存活的希望——就是離開這兒。

她看到前方有一群人向她跑來，其中有一張熟悉的面孔，接著又有好幾個。看到他們讓她很想落淚。迦勒在其中，他驚喜地瞪大眼睛。盧恩和裘比得並肩奔跑。她看到位於這群人核心的索倫，以及他身旁的那個男孩。

阿游從她身旁衝過去。他以強勁有力的步伐，一下子越過這片空間，把鷹爪抱進懷裡。從阿游肩上，她瞥見鷹爪的笑容，然後他就把臉埋在阿游脖子上。

她為了想看這一幕，已經等了好幾個月。她想盡情品味，即使片刻也好，但索倫跑上前來，眼睛深深地注視著她。

「妳耽擱得太久了。」他道：「我已履行我的承諾，現在輪到妳了。」

# 41 游隼

「我很好，真的，我好得很。」鷹爪道。阿游在不至於弄痛他的前提下盡力把他抱緊。「阿游叔叔，我們得離開。」

阿游放下他，握住他的小手。他觀察姪兒的臉，鷹爪很健康，而且就在這兒。

小溪的妹妹克拉拉跑過來，抱住他的腿。她脹紅了臉，正在哭泣。阿游跪下。「沒事了，克拉拉，我會帶你們兩個回家。我要妳和鷹爪手牽著手，誰都不可以放開，你們要守在一起，緊緊跟在我旁邊。」

克拉拉用袖子抹一把臉，擦掉眼淚，點點頭。阿游站起身。詠歎調旁邊站著索倫，就是幾個月前跟他打過一架的那個定居者。好幾十個人跟他一塊兒跑過來，他們既緊張又害怕，跟方才他看見的那群渾渾噩噩的人不一樣。他也注意到他們都沒戴智慧眼罩。

「妳把那個野蠻人帶來了？」索倫道。

中庭對面，忽然有股烈焰從一條走廊裡噴進來。「我們得趕緊走，詠歎調。馬上！」

「到運輸機庫去。」她道。「這邊來！」

他們回頭往中樞圓頂的大門跑，索倫和他率領的那群人跟在後面。詠歎調邊跑邊喊，呼叫任何願意聽從的人，盡速離開夢幻城，但火災警報器和混凝土轟然著地的聲音，吞噬了她的喊聲。三三兩兩坐在一樓的人，沒有一個移動。他們面無表情，對周遭的混亂渾然不覺。詠歎調在先前跟她交談過的那個女孩面前停步，抓住她的肩膀。

「小仙，妳得馬上離開這裡！」她喊道。這次那女孩完全沒有反應，她漠然瞪著前方。詠歎調轉向索倫。「他們出了什麼問題？這就是大腦邊緣系統退化症候群嗎？」

「沒錯。要去外界，就不可能帶她。這是問題的根本。」索倫答道。

「你不能關掉他們的智慧眼罩嗎？」她絕望地問。

「我試過！」索倫道。「但他們得自己動手才有用。這些人已經不可理喻，他們嚇壞了，這是他們有生以來唯一知道的東西。我什麼都試過了。」

爆炸的隆隆聲充斥在阿游耳中。「詠歎調，我們必須離開。」

她搖頭，眼淚直流。「我做不到，我不能丟下他們。」

阿游走到她面前，雙手捧起她的臉。「妳必須離開。沒有妳，我也不走。」

這幾個字的真實性，像一陣冰冷的寒意籠罩住他。他願意盡一切可能改變現狀，他願意付出任何代價。但不論怎麼做，他們都救不了所有的人。

「跟我來。」他道：「求求妳，詠歎調。沒時間了。」

她抬起頭，目光慢慢掃過即將瓦解的密閉城市。「對不起……對不起。」她道。他伸手摟著她，陪她一起心碎。為了每一個有資格活下去、卻不能存活的無辜者。他們一起跑向出口，把中樞圓頂拋在後面。

他們率領那群定居者跑回外圍的走廊。黑煙從通風管湧進來，紅色的緊急備用燈光慢吞吞地一明一滅，閃閃爍爍亮個一秒鐘、熄滅幾秒。阿游一直密切注意鷹爪和克拉拉的蹤跡，但詠歎調更讓他擔心。她抱著手臂，吃力地跟在後面。

他們來到機庫，衝了進去。這兒好像被遺棄了，稍早阿游看到的忙碌活動已經結束，既看不見任何士兵，浮力船也只剩幾架。

「你會駕駛這機器嗎？」詠歎調問索倫，她臉上已沒有半點血色。

「在虛擬世界裡我會。」索倫道：「但這些是真實的。」

所有的人都圍攏在他們四周，從另一端的大洞望出去，暴風雨還在全力肆虐，沙漠發出陣陣閃光。

「那就做吧。」阿游道。方才他和詠歎調穿過沙漠，差點送命。在他看來，帶幾十個嚇壞的人——從不曾踏出密閉城市的定居者——進入流火風暴發威的範圍，絕無可能生還。

索倫猛然轉向他：「我不聽你的命令！」

「那就聽我的好了！」詠歎調喊道：「快去，索倫！沒有時間了！」

「這樣行不通的。」索倫道，但他還是向一架浮力船跑去。

從近處看，這飛機極為龐大，機身的材質沒有縫隙，呈淺藍色，散發出珍珠光澤。阿游牽起鷹爪和克拉拉，拉著他們走向登機梯。

內部的機艙是一個長條形空間，寬敞但沒有窗戶。一端有扇小門，可以看到裡面是駕駛艙，另一端堆滿金屬貨箱。他發現這是運送補給品的貨機，不過還沒裝滿。他站的地方是貨艙中間，目前仍空著，但很快就擠滿了人。

「盡量往後走，坐下來。」詠歎調吩咐他們。「能夠的話，找個東西抓住。」

他看到定居者都穿同樣的灰色衣服，跟那天晚上在農業六區他第一次看到的詠歎調一樣。他們皮膚都很白，眼睛都很大，雖然他在濃煙中嗅不到他們的情緒，但他們毫不掩飾對他的觀感，從他們驚愕的臉上一望即知。

他低頭看看自己。破舊的衣服上滿是血跡和煤煙，手裡拿著一把槍。除此之外，他知道自己在他們眼中殘酷而兇猛，就如在他眼中，他們都顯得柔弱且害怕。

他待在這兒毫無幫助。

「來這裡。」他對鷹爪和克拉拉說，把他們帶進駕駛艙。

他入內時，在門上撞到頭，忽然想到羅吼，他若在場，一定會說句俏皮話。他才應該在這裡。稍早阿游對待他的態度太惡劣了，他不敢相信自己竟然懷疑羅吼的忠貞。忽然他又想起麗薇，胸口為之一緊，胃開始抽搐。對姊姊思念到無法克制時，他很想跪在地上，但不是現在。現在不行。

駕駛艙很小，光線黯淡，比維谷的房間大不了多少。前方有弧形的圓窗。阿游望向機庫另一端的出口，外面的濃密黑煙遮住了沙漠，只有流火的閃光能穿透。

索倫坐在兩個駕駛座中的一個，一邊咒罵，一邊在光滑的儀表板上東摸西弄。他一定意識到阿游在看他，因為他回目瞪他，眼中滿是憎恨。「我沒有忘記，野蠻人。」

阿游看到索倫下巴上的疤痕。「那你也該記得後果。」

「我不怕你。」

阿游身旁有個小小的聲音說道：「索倫，他是我叔叔。」

索倫看著鷹爪，表情柔和下來。他回頭繼續研究儀表板。

阿游看看他的姪兒，很訝異他對索倫有這麼大的影響力。這是怎麼回事？他把槍放在架上另外其他武器旁邊，吩咐鷹爪和克拉拉靠牆壁坐下。然後他蹲下來，細看姪兒的臉。「你都好嗎？」

鷹爪點頭，露出疲倦的笑容。阿游在他深邃的綠眼睛裡看到少許維谷的影子，也注意到他的門牙已經長好了。他忽然意識到他們失去的那幾個月，還有他所有責任的重擔。現在鷹爪屬於他了。

引擎嗡嗡響起時，他站起身來。索倫面前的儀表板亮了起來，機艙其餘部分卻陷入一片黑暗。

「抓緊了！」索倫喊道。

機艙裡掀起一陣緊張的低語。詠歎調從阿游身旁的艙門鑽進來，剛踏進駕駛艙，便覺機身一震，脫離地面。他一把攬住她的腰，在她差點跌倒時扶住她。浮力船向前衝，使詠歎調的背緊貼他胸前。他伸出雙手抱著她，抱得很緊，機庫的牆壁飛馳而過，浮力船每秒鐘都在加速。他們衝到外界，進入煙霧中。阿游從機窗望出去，什麼也看不見，只見索倫坐在他前面，按照儀表板上的螢幕導航。

不消幾秒鐘，他們就衝破煙幕，視野變得開闊，他看著地面飛快退後，不由得肅然起敬。他雖然取了鷹的名字，卻從來沒想到有生之年可以飛行。漏斗仍不時落到沙漠上，但數量已減少了。白色的晨曦照亮天空，流火的光芒不再刺眼。他覺得詠歎調的身體偎在他懷裡鬆弛下來。他也將下巴靠在她頭頂上，這在他而言，是件輕而易舉之事。

浮力船斜轉向西，調整航線。阿游瞥見黑斯的機隊在遠方橫過山谷，留下一道光的軌跡。他認出他稍早見到的那架巨大飛行器的形狀。接著看到正在倒坍的夢幻城，一塊塊被濃煙吞噬。

詠歎調在他臂彎裡默默觀看。他則用目光追逐她肩膀的曲線，脖子的弧度，她眨眼時黑色的睫毛閃動。他心裡滿滿都是痛，為她，也為自己。他完全了解她的心情，他也失去了他的家。

「等妳準備好，詠歎調，或許妳能告訴我，該往哪個方向走。」

索倫的語氣讓阿游緊握雙手，捏成拳頭。詠歎調回過身，詢問地仰頭看他。她手臂上的繃帶已被血浸透，她需要醫療——而且要快。

「去潮族。」他沒打算提建議，只是直接說出感覺上正確的事。他有足夠的棲身空間，而且根據剛才所見，他覺得定居者會比族人更快適應穴居生活。

詠歎調的灰眼睛在黯淡的機艙裡一亮。「後面那些箱子裝滿補給品，食物、武器和藥品。」

他點點頭。這是個簡單的決定，顯而易見的盟友，他們聯手會更強大。而且，他想道，這次定居者會受到歡迎。阿游瞥一眼索倫，至少是他們之中的大多數吧。

「向西北方飛。」詠歎調說：「越過那片山嶺。」

索倫調整方向舵，飛行器直指潮族山谷。阿游低頭看去，他迫不及待地想把鷹爪帶回部落。

他姪兒的眼睛半睜半閉，一旁的克拉拉已經睡著了。

詠歎調牽起他的手，把他帶到那個空著的駕駛座前。阿游坐下，拉她坐在他腿上。她挪動一下，靠在他懷裡，額頭貼著他的臉頰，此時此刻，他需要的一切都具足了。

## *42* 詠歎調

「你們要害我墜機嗎？」索倫從另一個座位看著她說。儀表板上的燈光映得他的臉更嚴峻、更殘酷、更像他父親。索倫視線轉向阿游。「因為這麼做太噁心了。」

詠歎調的手臂抽痛，煙燻與疲倦也使她的眼睛痛如火燒。她很想閉上雙眼，就此失去知覺，但他們很快就會抵達潮族。她必須保持清醒。

她聽見身後機艙裡其他人在竊竊私語。迦勒在後面，她甚至還沒有機會跟他交談。盧恩與袞比得也在那兒，另外還有幾十個人——每一個都很害怕。

他們需要她。她把他們帶出夢幻城。她知道如何在外界求生，他們需要她的引導，現在照顧他們是她的責任了。

阿游輕撫她肩上的頭髮，在她耳邊悄聲道：「休息吧，別理他。」

他的聲音低沈而從容，傳到她耳裡，讓她從丹田裡湧起一陣暖意。她仰起頭，阿游看著她，滿臉憂慮。她伸出手指，刮刮他下巴上新長出來的鬍子，又把手指插進他頭髮裡，體會他全身上下不同的質感。「如果你對看到的畫面不滿意，索倫，別看就是了。」

他們的嘴唇接觸前，她看到阿游的微笑閃過。他們的吻溫柔而緩慢，意義深遠。從他們在林中相見那一刻起，分分秒秒都在追逐時間。他們在潮族的時候，趕到夢幻城的時候。現在他們終於可以共處，不需要躲藏，不需要匆忙。她有那麼多話要說，有那麼多事要讓他知道。

阿游把手放在她臀部，牢牢掌握。她覺得他們的吻，隨著他的嘴愈來愈急切地在她唇上移動，變成某種更深層的東西。忽然之間，他們之間爆出熾烈而真實的慾望，她必須強迫自己抽離。

她掙脫時，阿游輕輕抱怨一聲。他眼睛半閉，目光渙散。看起來，他跟她一樣心情迷離，不能自已。

詠歎調貼在他耳畔說：「等我們獨處時再繼續吧。」

他笑一聲：「最好快點。」他雙手捧起她的臉，把她拉近，兩人額頭靠在一起。詠歎調的頭髮披散下來，形成一堵牆，一個只屬於他們的私密空間。距離這麼近，她只看見他的眼睛，它們好光滑，像水面下的硬幣發著光。

「妳的離開，把我劈成兩半。」他悄聲道。

她知道自己真的做到這一點，打從一開始那麼做的時候她就知道。「我是想保護你。」

「我知道。」他吁一口氣，吐出的風柔柔地吹上她的臉。「我知道妳的用意。」他用指背輕觸她的臉頰。「我有件事要告訴妳。」他在微笑，眼神愉快而充滿誘惑。

「是嗎？」

他點頭道：「我想告訴妳有一陣子了，但我要再等一下，等我們獨處的時候。」

詠歎調笑道：「最好快點。」她躺回他胸膛上，怎麼也想不起來自己還有比這一刻更有安全感的時候。

外面的山嶺化為一片模糊光影掠過。她很訝異速度竟然這麼快，很快就要抵達潮族了。

「我發誓你們讓我差點嘔吐。」索倫嘟噥道。

詠歎調憶起他們最後一次透過智慧眼罩匆促的交談。

「什麼事？」索倫皺起眉頭瞪她。「幹嘛這樣看我？」

「你說你知道永恆藍天在哪裡。」他們的談話正好在他還沒來得及開口時被打斷了。

索倫咧嘴一笑。「對啦，我知道。黑貂跟我父親談判的過程，我全看到了。但我不會在那個野蠻人面前吐露一個字。」

阿游摟著她的手臂緊繃起來。「再那麼叫我，定居者，那就是你這輩子說的最後一句話。」他挪動一下背部，再度鬆弛下來。「而且不需要你來告訴我，我知道它在哪裡。」

詠歎調仰頭望向阿游。她動作太快，疼痛衝上了手臂，她咬緊嘴唇，等它緩和。「你知道永恆藍天在哪裡？」

他點頭。「撤退機隊向正西方前進，那個方向只有一個東西。」

他還沒講完，她就恍然大悟。「它在海上。」她道。

阿游輕嗯一聲，表示同意。「我在家的時候離它最近。」

索倫的嘴唇因失望而扭曲。「好吧，但你並非什麼都知道。」

詠歎調搖搖頭，沒有心情陪索倫玩遊戲。「你就說吧，索倫。你到底知道什麼？」

索倫嘟起嘴巴，好像想要反唇相稽，但他忽然輕鬆下來。他回答時，語氣平和，少了一貫的尖酸刻薄。「黑貂說，必須通過一道密集的流火形成的障礙，才能進入開闊的天空。」他不屑地冷哼一聲。「他說他有辦法，但那是謊言。船隻和飛機都做不到。」

船隻和飛機都做不到，詠歎調想道，但還有另一個辦法。她跟阿游異口同聲地說出答案。

「炭渣。」

# *43* 游隼

浮力船飛越潮族村上空，沿著海岸向北滑行。索倫必須先帶他們飛到海上，才能進入岩洞外那個隱祕的小海灣，因為懸崖太過陡峭，浮力船無法靠近。阿游注意到這趟旅程在水面上反而特別顛簸。詠歎調在他臂彎裡睡著了，他望著海平線，希望在心頭湧起。他們沒有炭渣，也沒有黑斯與黑貂聯合的實力，但永恆藍天既然在海上某處，沒有人像潮族這麼了解大海。海是他們的地盤。

浮力船在海灘上降落時，鷹爪和克拉拉都醒了。阿游已準備好向他們解釋為何必須離開村子，但見到他們滿臉笑容，他決定以後再說。

「告訴我，我剛剛不是降落在一個山洞前面。」索倫道。

詠歎調在阿游臂彎裡動彈了一下。她慢慢伸直兩腿，從他腿上站起來。「我們隨時可以趕他走。」

「但願妳不是開玩笑。」阿游道，他已經開始想念她的體重壓在身上的感覺。

索倫推開駕駛舵，站起身來。「我才剛救了你們的命就說這種話，還真懂得感恩哪。順便告訴兩位，不用客氣。」

詠歎調微笑。她伸手拉起阿游，受傷的手臂貼著身側。「誰說我開玩笑來著？」

阿游站起來，跟著她走到機艙裡，對瑟縮在那兒的定居者發出的驚呼聲置之不理。他手扶著鷹爪肩膀，站在詠歎調身邊，等她按下門旁的控制鍵。艙門打開，降到沙灘上，海風吹進來，帶來海浪的聲音。

晨光中，他看到潮族湧出山洞，走到沙灘上。他們張口結舌看著飛船，表情介於不信與驚惶失措之間。他身後也有幾十名定居者，看著外面的世界目瞪口呆，他們的恐懼顯而易見，強烈的情緒就連他被煙霧燻得麻木的鼻子也聞得到。

阿游看到馬龍與李礁，阿熊與茉莉。他的目光掃過海德、海登、阿迷三兄弟。掃過柳兒與小溪。他在找羅吼與小枝，發現他們都不在，懊悔襲上心頭。他必須找到他們——以及炭渣——但首先他和詠歎調必須把定居者安頓到他們臨時的家。

跳蚤跑到活動梯下方，看到鷹爪，發出嗚嗚的叫聲，尾巴狂搖，牠全身都在抖動。鷹爪抬起頭，綠眼睛裡充滿期待。「我可以去嗎？」

「當然。」阿游道，看著他跟克拉拉一起衝下活動梯。

鷹爪沒跑幾步，跳蚤就撲到他身上，把他推倒在沙灘。克拉拉從他們身旁跑過，跳進小溪的懷抱。整個部落都衝上前去，把他們團團圍住，阿游都看不見他們了。

他看著身旁的詠歎調。還有很多問題要解決，但至少他們已經把鷹爪和克拉拉送回家了，也盡他們所能，從夢幻城救出了一批人。這是好的開始。

現在他們要組成新的部落，並找到永恆藍天。

阿游伸出手，憶起幾個星期前，他帶她回潮族的情景，他們笨拙的沈默與刻意保持的距離。他們把最大的優點當作缺點，把它藏了起來。

「再試一次好嗎？」他問。

詠歎調微笑道：「這次要用正確的方式。」她把兩人的手指交纏在一起。「一起來。」

# 致謝

第一位也是最重要的，Barbara Lalicki，感謝妳在這本書創作過程中的支持與指導。妳用鼓勵和睿智的忠告，多次帶領我走上正確的路。我何其幸運，能遇見一位兼具藝術家的心靈與才華的編輯。謝謝妳。

Andrew Harwell在編輯方面給我更多回饋，並在不計其數的其他方面提供協助。Andrew，你做這些事的態度真了不起，跟你合作真乃人生一樂也。還要感謝我的校對Karen Sherman：謝謝妳的洞察力與無微不至。妳為我修瑕遮醜，沒有妳我會見不得人。我還要感謝哈柏柯林斯出版公司行銷、設計與業務部門的工作人員。幕後工作繁重，我非常感謝各位的努力。

謝謝你們，我的忍者經紀人Josh與Tracy Adams，多虧你們幫我處理商業事務，我才能專心玩耍——我是說，創作。你們太棒了。也感謝Stephen Moore處理洛杉磯的show。

感謝Lorin Oberweger、Eric Elfman、Lia Keyes和Jackie Garlick在我寫作《流火風暴》期間，需要腦力激盪、讀稿、批評或只是給我支持時，一直在我身旁。你們都是我的無價之寶。

青少年讀物繆斯群——我的鄉親團Katy Longshore、Talia Vance、Bret Ballou，以及Donna Cooner——少了你們，樂子就少了不止一半，深深感謝你們陪我走完這趟旅程。耶——繆斯群萬歲！

成為作家，最大的收穫就是加入寫作社群。感謝Apocalypsies在我剛起步那年提供我美好的友誼與大量支持。幾年前，SCBWI對我敞開大門。尤其要感謝Kim Turrisi，我熱切期待有朝一日能像妳一樣，也為其他人開啟新的門戶。

家人是我最大的寶藏。我的父母、公婆、兄弟姊妹、堂表兄弟姊妹、叔伯阿姨舅舅、姪子姪女、外甥外甥女……族繁不及備載。我可以再寫一本、兩本或十本書告訴你們，我有多麼愛你們。謝謝你們對我有信心。特別是Michael、Luca、Rocky：一切的一切，都是為了你們。

最後，當然也很重要的，感謝各地的讀者和部落客——就是你——謝謝你跟阿游和詠歎調分享你的時間。你們很多人主動跟我聯絡，你們的支持和熱情都深深打動我。謝謝。

現在，準備好了嗎？接下來要進入《永恆藍天》嘍……

LOCUS

LOCUS

LOCUS

LOCUS